静しずと人にっ日き记

〔日〕天童荒太 著

匡匡 译

人民文学出版社

著作权合同登记号　图字01-2017-1157

SHIZUTO NIKKI by TENDO Arata
Copyright © 2009 by TENDO Arata
All rights reserved.
Original Japanese edition published by Bungeishunju Ltd., Japan 2009.
Chinese (in simplified character only) soft-cover rights in CHINA(P.R.C.)
reserved by SHANGHAI 99 READERS' CULTURE CO., LTD. under the license
granted by TENDO Arata arranged with Bungeishunju Ltd., Japan through The
Sakai Agency, Japan and BARDON-CHINESE MEDIA AGENCY, Taiwan(R.O.C.).

图书在版编目(CIP)数据

静人日记/(日)天童荒太著；匡匡译.
—北京：人民文学出版社，2017
　（天童荒太作品）
　ISBN 978-7-02-012904-1

Ⅰ.①静… Ⅱ.①天… ②匡… Ⅲ.①日记体小说—日本—现代
Ⅳ.①I313.45

中国版本图书馆CIP数据核字(2017)第116935号

责任编辑　卜艳冰　陶媛媛
装帧设计　钱　珺

出版发行　人民文学出版社
社　　址　北京市朝内大街166号
邮政编码　100705
网　　址　http://www.rw-cn.com

印　　制　上海盛通时代印刷有限公司
经　　销　全国新华书店等

字　　数　148千字
开　　本　787毫米×1092毫米　1/32
印　　张　10.75
版　　次　2017年9月北京第1版
印　　次　2017年9月第1次印刷

书　　号　978-7-02-012904-1
定　　价　48.00元

如有印装质量问题，请与本社图书销售中心调换。电话：010-65233595

目录

二〇〇五年十二月　　　　1

二〇〇六年一月　　　　23

二〇〇六年二月　　　　61

二〇〇六年三月　　　　101

二〇〇六年四月　　　　147

二〇〇六年五月　　　　199

二〇〇六年六月　　　　261

尽所能一日一次,在睡前的时间里,身为"静人",与穹空相向;

身为"静人",仰望星曜,仰望遮蔽星辰的夜云,写下沸盈于心间的,那些事。

二〇〇五年十二月

十二月七日

并无疏失过犯，却无辜遭害之人；在火灾、地震等未可测知的灾厄当中逝去之人；在他人过失酿就的事故中离魂殒命之人……这些亡者，置身于他们丧生现场的凄呼悲喊、对苦痛的喋喋嗔诉、对命运的怨憎咒诅，似乎声犹在耳。

调低感受的阈值，使内在稍稍空洞麻木，方才得以站立在那里。

比如：医务工作者。学习他们将心中的某部分情感斩去。

谨慎地抱有同情之念，与此同时，也不忘自己的身份立场。

承接逝者的悲痛懊恼，再将它们悉数置于一旁，不挂于心，而是在胸中铭刻一些别的什么。

他或她曾爱过谁？又被谁爱过？因何事被人感念过？

夜晚，我钻入睡袋，举目望星空，脑中再度浮起今日悼亡之人的音容。仿佛感到，在他们各自往生之处听闻的那些悲鸣、苦与痛的倾诉、怨怼咒骂的纷纭词句……字字声声，皆升入天际，获得了净化。最终，逝者们往昔与人快乐交谈、嬉耍、欢笑的每一个日子……以及他们与人真挚相处、诚实劳作、向人投以温言关怀之时的音容，都会在我的内心当中留存下来。

家人、朋友、近邻对逝者的追述，对故人的感念，也都将继续为他们增添人性的光彩。

我与自己立下约定：要记取逝者的音容笑貌。记取他们在生时的美丽姿态。

十二月八日

在公园度过难眠的长夜。一念忽起，我不由想到，自己如此执着，又能成就什么？

坐食往日工作攒下的积蓄，乘巴士启程前往山麓间的村庄。每日诸种花销，包括最低限度的交通费用，全都要想方设法在几百日元之内解决。而结果，并不发生任何改变，死去之人无法复生，我也难以慰藉他们的遗属。所作所为，皆是徒劳无果的虚空。

这些，我全部明白。虽然明白，却不能不哀悼，于是踏上旅程。

身裹睡袋，仰面向天，深邃幽蓝的天幕上寥寥闪烁着几颗星。每当我脑中有"索性不如放弃"的念头掠过时，视线斜上方便会有光燃起。印象中，如同闪光灯瞬间的明灭，保持着一道强光，向着斜下方坠落，刹那间消逝。而亮白的轨迹仍残留在眼中，片刻后方才缓缓淡去。我想，这景象必定是天空显示给我看的。内心虽知眼前一切皆为错觉，但依然感觉是上苍为了激勉我而使我见到，并叮嘱我、教我继续哀悼。

流星，许多人与之错过，无缘一见。而人之死亦然，忽略无视之者，恐怕为数甚众。

当有人说："我看到了流星，好美！"

唯有这句话会存留下来，存留下去。

而流星本身仅仅存在于铭记这句话的人心中。

十二月九日

一名三岁幼女，绿灯时穿越斑马线，被卷进一辆左拐卡车的后轮中。据说事故发生之际，女童已即将走到路边。在母亲因与某自行车险些相撞而稍有闪神的瞬间，女童发现了路旁的蚂蚁，于是不自觉地向后方转了身……

在幼童丧生的现场，至今，我依然会心存犹豫——是否可以像哀悼旁人一样去哀悼他们？对那份痛楚的感同身受，无论如何，总会来得更加酷烈。

十二月十日

一辆车停在路上，某个女人正往后备厢里堆放刚刚采购的物品，失手将一只纸袋掉落在外边。驾驶座上年近五十七岁的丈夫留意到地上的纸袋，迈出车门，正欲拾起时，一位年轻驾驶者只顾摆弄着眼前的定位导航仪，驱车轧了上来。

同样是车祸丧生，我却无法像昨日悼亡那名女童那样去哀悼这位死者。"他为谁所爱？又爱着谁？"——这类问题，我原以为早已深刻于心，却发现在心境上依然存有微妙的差别，不禁痛感自己的不成熟。

十二月十一日

昏沉的天空中，甚至感觉不到太阳的存在。黑云鼓胀着，将白云缓缓侵蚀、吞噬。风仿佛携裹着冰凌，刺穿身体，劫掠而去。

在这样的日子里死去的人，心中会否有一丝寂寥？是否也会期待，至少能死在一个阳光稍微温煦的日子？刺骨的风再次迎面袭来。黯淡的池塘水面上，泛起细碎的涟漪。死者为一名六十七岁的男性，据说因脑梗塞后遗症而导致左腿瘫痪不便，尽管如此，他仍为了哄孙儿开心，来这里钓鲫鱼。

男人珍视孙儿的笑容甚于自身的健康，而这一点较之于死亡事件本身的悲哀，更加深刻在我的心上。但这份铭记又能给什么人带来什么慰藉呢？我但愿能。

十二月十二日

都市人流混杂的车站前，行走的脚步若略为悠闲，便会成为旁人的妨碍。不是被身后的来人踩到鞋跟，就是被硬邦邦的箱包磕到腿脚，再不然就会遭人呲嘴，不耐烦地喝斥："别慢慢吞吞的！"

在如此往来汹涌的人潮之中，紧挨着出站口的路口处，有一位三十六岁的女性被摩托车撞飞而丧命。无人知晓她是谁。哦，不，知晓她的人或许有，只不过无人肯因我的询问而做片刻驻足。周边店铺里的人也只是一个劲地摇头。其中，也有人苦笑说："这附近真的太常出事故了。"

而我只是把这不彻底的哀悼一日日地堆积……距离所谓的"满足感""充实感"，为时尚远。

十二月十三日

双膝跪地，右手举向空中，左手垂近地面——呼吸着这世间空气的人，诞生在这大地上的每条生命的珍贵与无可替代，我要将这些一一铭记在心。

双手合十置于胸前——这始于无意识之中不知不觉间自然而然形成的惯性姿势，看在他人眼里，则未免滑稽吧？

事情发生在某女子高校附近的交叉路口。一位七十五岁的老人被某醉驾车辆撞倒后死去。当我为他进行悼亡仪式时，遭到放学的女生们的嗤笑。这倒也并不是头一回了，如今的我早已不再介意。

以前，曾有过悼亡到半途时被小学生们团团围住询问的经历。你手里拿的是什么呀？蝴蝶吗？金龟子吗？锹甲虫吗？问得我终于忍俊不禁，扑哧笑了出来。

我回想起来，自那以后，自己就再不曾笑过。

十二月十四日

在露宿的公园里，我曾喝过一位长期在此生活、年逾七十的老人递过来的酒。对方甚至撂话说，哪个家伙要是不喝老子的酒，就别想在这地盘儿睡。没办法，我只得灌上几口。

或许是因为每日的哀悼从未顺利过，在那份愁郁情绪的作用下，对方不停地劝酒，又想到逝去之人再也无法享用，片刻后，我便揣着一份罪恶感，钻进了睡袋。

不知过去了多久，我在寒意中瑟缩着睁开眼，见头顶繁星璀璨，举目之处皆闪耀着细碎的光芒。

我被注视着。我想，被群星们，或者说被那些逝去的亡魂们，注视着……

星辰，不会责备在世之人。它们不诘问，只是闪耀。这比任何激励与呵斥对于我来说都更为有效。被注视着……被等待着。

往生之人，在我抵达的每个地方，等待着我。

并非每簇星光都强烈。也有的隐匿在角落里，柔弱不起眼。但只要凝目细看，就会察觉它们的存在。它们一定会向我投射出光线。

十二月十五日

楼房的一半已经被烧毁，埋没在烟尘中。十一岁的男孩死了。楼边角落里，颠倒横弃着一辆儿童自行车，是男孩生前的用品。

男孩放学回家时，母亲正要外出工作，据说出门前曾叮嘱他在自己下班前上床睡觉。而男孩总会深夜里在楼前的庭院内骑自行车，只要听到母亲归来的脚步声，便会飞骑着迎上去，扬声高喊："妈妈回来啦！"而后，便会传来母亲的笑语声："哎呀，怎么还没睡呢？"据住在对面楼上的老人回忆，孩子的母亲在火灾之后便消失了。

"你了解这些做什么？"当被老人如此问时，我无法给出好的解释。只是，一个被珍视与关爱的人逝去了，而我却被漫天的星斗这样注视着。悼亡的理由，仅仅如此，我想也足够了。

十二月十六日

摊开不知被何人遗忘在公园长椅上的报纸，虽是社会版，却翻不到一条死亡报道，经济新闻与政治话题占满了版面。

我想起世间那些劳碌苟营的人们。他们的脸庞自纸面深处浮现出来——僵硬紧绷的双颊、灼灼索求的视线……然而透过这些，在更深处，是亡者们澄净纯澈的面容。

任是谁，任是如何忙碌捕风，终究有一天，都会力竭人亡，归于那张澄澈的面容。

十二月十七日

我在死者——一位二十四岁的女性生前居住的公寓前为她悼亡。

据说，女子死前曾和友人在练歌房练唱一首即将在公司同事的婚礼上表演的歌曲,谁知却死于回家的途中。她自小学时代起就喜欢自己创作俳句和歌曲,为了调侃新郎新娘而亲自将一首著名歌谣填上了打趣的歌词。生前,她总会在朋友或上司的生日派对上献赠自作的和歌,或是跟公司里的高手一同参加俳句诗会的郊游活动,深受大家的喜爱。

据说,某个曾有过杀人经验的少年,成人之后依旧对刀子刺入肉体时的触感念念不忘,而将凶器挥向了偶然经过身边的女子。向我口述此事的所有人都对加害者能否悔过自新存有疑念,认为这一次应该对罪犯予以严惩重处。我理解,之所以会有这样的意见产生,正是由于死者生前深为大家所爱。于是,便将这样的爱加进了自己的悼词当中。

十二月十八日

雨转为雨夹雪。我脱掉球鞋换上长靴,但走得久了,双腿十分疲累。在没有车辆经过的乡间小路上,觉得还是光脚行路更轻松,便索性脱去了长靴。

走了一阵子,忽觉左脚一痛,似乎踩到了路上的碎玻璃碴,脚跟处流出血来。伤口不算深,但在这乡间农道上,连个避雨的去处也找不到。我姑且冒着雨给伤口简单消了毒,贴上创可贴,重新穿回长靴保护伤脚,走到一间带屋檐的农具小屋。

小屋看样子早已弃用,三面板壁破裂灌风,里面凌乱堆放着腐朽的木板、旧塑料布和生锈的独轮手推车等。今天只能在此处歇脚了。我后悔自己愚蠢的失误。

十二月十九日

雨仍在下。风更烈了。我手脚僵冷,困在这间小屋里,度过了一整天。

农家或许也冬歇了吧。远处星星点点散落着几座民宅,却不见人影。

直到入夜,雨才停歇。强风吹散了雨云,天边冒出几颗星,像是夜幕不经意间吐出的叹息。两天无所事事地过去了。脚伤已好,身体反倒感觉比长途步行时更加疲倦。

十二月二十日

当我想为被爱犬咬死的某四十二岁的男性悼亡而在其住家附近打听情况时,遭到了警察的盘问。似乎是邻人们觉得我形迹可疑而报了警。

大概因为本次死亡不具有事件性吧,我免于被带往警署。不一会儿，他们就把我放了，但严令我即刻离开，不许逗留。

我从邻居处好歹了解到，死去的男性一向珍视爱犬如同家人，甚至不惜放弃与妻儿的家庭旅行也要留在家中照顾爱犬……因此或许应该说：他爱狗更甚于家人，在被送往医院的途中，仍为爱犬辩护，声称"这事儿不怨它……"并拜托身边陪护的人："千万别把它处理掉！"

可惜，悼亡只能在别处进行。

十二月二十一日

我哀悼一位八岁的女孩儿。据说，她与年长四岁的姐姐一同在舞蹈教室学舞，梦想成为一名嘻哈舞者。她不仅在家中或教室中练舞，就连走在路上都要练习。甚至还教邻居的小孩跳舞，成了协助大人照看孩子的好帮手，因此受到孩子父母们的感激。

而女孩儿灵动活泼的姿态，落在了某个愚蠢男人的眼中……

夜晚，听着收音机播报的新闻，总有人因各种事件与事故丧生，而全球范围内，更多的生命在消逝。这许许多多的逝者，他们都将去往何处？坐在公园那株巨樟之下，我举目望天，侧耳聆听，却听不到来自任何地方的任何回答。

自己目前所能做的，也不过是等待黎明来临后，再次踏上悼亡的旅程。

十二月二十二日

报纸上曾记录过每年死亡之人的估数。二〇〇五年，估数为一百零七万七千。

虽说只是粗略估计，但用这个数字除以三百六十五天，平均每天就有两千九百五十人丧生。在这当中，能够从报道中知晓死者姓名和年龄的，每天平均不过十人左右吧。不，或许更少……

至少还有我，哪怕只能为这寥寥几人悼亡，也要将他们视作绝对无可替代的"唯一个体"加以哀悼。然而，这哀悼也有局限。对待这份局限，需常怀谦卑，与自己的微薄渺小坦诚相向。

十二月二十三日

悼亡，是一个约定。它约定，生者将铭记死者曾经活过，同时是一个极其短暂的瞬间行为。因此看起来未免简单，或许会被责怪过于草草了事。

"好容易给你讲了这么多，怎么一下子就完事了？跪在地上，摆摆手，还以为接下来该有什么仪式呢，结果你就走了？……耍我玩儿呢吧？凭这几下子就能告慰死者的在天之灵吗？这男人因为疼爱自己的妹妹和三岁的小外甥女，替沉迷赌马的蠢蛋妹夫扛起了还债的担子，十五年来，没日没夜地开大货车挣钱，总算把欠的债都还清了。在妹妹家的庆祝酒宴上，被一眨眼出落成十八岁大姑娘的外甥女亲了一下脸，平日里那么响当当的一条硬汉，竟然也掉了泪，一不留神就喝高了，醉倒在回家的路上。那条路，自打我们高中的时候起，就经常喝醉了酒往那儿一睡，从来没啥车经过。什么迷了路不小心闯进来的过路车，真是太稀罕了！被当成愚蠢的醉酒事故，真叫人难过啊！"

面对这位死者高中时期橄榄球队的学弟，我也感到抱歉和遗憾，但自己所能做的仅止于此了。姿势虽只停留在一瞬，但哀悼的本质，却在接下来的漫长时间里持续存在。

十二月二十四日

眼前有些白色絮状物飘落。伸手去接，却化成了水。人在旅途，对这个地域的情况不甚了解，但于我来说，这是今年冬天的第一场雪。

商店街上，处处点缀着圣诞饰物。圣诞颂歌同时从几个方向传来，旋律重叠交错。往来穿梭的人也表情愉悦，用脚步踩出一种欢快的节奏。

在这样的地方，竟有人死去……无论如何，难以想象。忘年会后返家的途中，与路人擦撞肩膀后发生了冲突，一位二十八岁的男性公司职员，因倒下去时撞击到要害而身亡。是五天前的事情了。然而向好几家商店打听情况，店员都摇头表示不知。甚至有人不知道这条街上死了人。又或许，他们只是单纯地不愿与此事有所牵连。

情侣们、三五成群的伙伴们和拖家带口的，说笑着打此经过。至于有人在此处死去，则当作不曾知晓。生者讴歌和赞美生的意义，这无可厚非。从前的我也认为如此很好。然而此刻，有人在此处死去……他为谁所爱？又爱着谁？一个生前因其爱的言行而被感念过的人，我发自内心地希望能够铭记住他曾经多么真实地存在过。

十二月二十五日

太阳已落山，我仍未找到夜宿的地方。此处远离城市，民宅寥寥。

意外地，看到前方亮着一点灯光。房屋的轮廓逐渐浮现，并传来人语声。

比起毫不犹豫快步前去投宿的渴望，胸中涌起的是发现此处有活人气息的那种安心感。

有人活着。仅仅为此，我也感到珍贵且神圣。

十二月二十六日

印尼苏门答腊岛大地震过去一年后，我在旅途中的图书馆里阅览报纸时，看到一篇对当时当地死亡儿童父母的访谈。

——看到一只蝴蝶或一只鸟，都会以为是不是自己的孩子回来了……觉得若是不振作起来乐观地活下去，死去的孩子就未免太可怜了……

我想，应当避免进一步榨取这些父母的悲伤了。因为本就不可能去询问，所以从一开始便断绝此念，并不想要榨取什么，只愿有机会沉默地倾听，去了解曾经活着的是怎样一个人，在脑中清晰地勾勒他们的姿态与形象……

十二月二十七日

清早，我在桥下醒来。正做上路的准备时，听到救护车的笛声疾速自桥上掠过，霎间绝尘而去。

救救这个人吧。目送着远去的红色尾灯，我不禁念祷。

如今的自己，对于死亡，已不像当初踏上旅途之际那样单纯地觉得是一件痛苦、悲伤或是应当避忌的事了。而另一方面，对于尚有存活可能的生命，则希望其能够得到竭尽所能的救治。这种想法，倒比之前更加强烈。虽说这有些不可思议。

十二月二十八日

某个熄了灯的建筑工地前聚着三位中年男子，外貌给人的印象像是那种按日雇用的劳工，穿着厚厚的制服夹克，畏冷似的，缩着身子，每人手里握着一杯简装烧酒。其中的某人，自夹克口袋里掏出一朵菊花，不讲究地随意往工地大门前一搁。我走近前，打招呼道："这里是有什么人过世了吗？"

起初三位对我有些戒备。我解释说自己是一名旅人，只是为了悼亡逝者才四处行走。也许是因为彼此的衣着打扮有几分相似，对方接纳了我，感叹着"你这人可真怪""你还真闲啊"之类的话，并且告诉我，某个与他们一块儿干活的男人被空中掉落的钢筋砸中头部，今天死在了医院里。据说男人生前曾操着乡音告诉大伙，自己离乡背井出外打工是为了或正读大学或准备参加高考的两个孩子，不得不拼命挣钱，而一天喝一杯的简装烧酒是他最大的享受。当年轻的伙伴发牢骚说，成天过着这样的日子，一年到头只能跟女人睡上几回觉时，男人就会安慰大伙："哪像我这种人，恐怕一辈子都甭想再搂着女人睡觉了。就算这样，也不要紧，别整天自寻烦恼了。"说着，被春夏农田里的暖阳晒得黝黑的脸膛上便会涌起憨憨的笑容。

"来，你也喝上一口吧。"工人向我劝酒道。想到逝去之人无法享用，我便客气地拒绝了。无奈对方坚持说，这酒是为了祭奠死者的，我只好领受下来。空腹喝下，酒意立刻流遍全身，但心中没有罪恶感。自我的内在，萌芽了能够抑制这种罪恶感滋生的东西。

若是连微不足道的喜悦和一丁点解放感也悉数否定的话，那么就会轻易地将活着这件事本身也一并否定掉了。只需待到明日，继续完成自己应做的事便好——那曾因务农而晒得黝黑的汉子，我仿佛被他的笑容开示了迷津。

十二月二十九日

我犹豫着要不要给家里打个电话。看来今年正月无论如何是回不去了。

好好把情况解释一下，母亲或许会谅解。但我想，自己应该能感受到吧，在那句"没关系啊"的回答中所包含的，其实是祈盼儿子归去的心情。

小我五岁的妹妹曾激烈反对我的这趟旅行。而我也承认，她的阻挠理所当然。父亲跟母亲自然也反对过，但终究还是尊重了我这无法按捺的念头。大概他们觉得，强行阻止的话，反而只会激起我的逆反心理。要不然，就是期望我有一天能够改换心境，学会以客观淡然的心态看待人之生死，届时，我便会回家了吧。或者更单纯地认为我会累了、厌了、虚无了，早早放弃也说不定。

这也是我自己曾经的想法，觉得这样的旅程必定不会持续太久。然而，当我一次又一次重复着悼亡时，就会生出一种类似罪疚感的焦灼——可以哀悼了这个人却不去哀悼那个人吗？甚至会后悔——今天的哀悼，仅仅做完那些便足够了吗？在这种焦灼与悔意交织的混乱中，至今，我仍未生出终止旅途的心境。

我一再地任性着，令家人伤痛并困扰。有我这样的家人存在，也只能祈祷妹妹不要为此太过难过了。终究，我也没能打出这个电话。

十二月三十日

星星看起来仿佛在颤抖。十七岁的少年走前留下这句话。

傍晚，我从一座建造在小山坡上的墓园前面走过，看见一对四十多岁的男女，貌似夫妇俩，正坐在半坡上仰望天空，便向他们打了个招呼。

少年自小时候起就特别喜欢探索宇宙，憧憬着有一天能成为一名天文学家，即便被同学们捉弄、嘲笑，说他是宅男，是外星人，他也一直以能给人这种印象而自豪。友人们对他则刮目相看，说若有什么关于宇宙的问题，去问他就行，甚至组建了宇宙研究会，选他做了会长。可他被不治之症缠身，突然有一天卧床不起，让周围的人吃了一惊。或许少年对自己的死已有了觉悟和准备，依照他本人的意愿，从医院搬回了家里。某夜，少年提出想睡在院子里，父母与他三个人便并排在院中躺了下来。那是一个美丽的星月夜。

"星星看起来仿佛在颤抖。"少年说。

"好像是在哭泣吗？"母亲问。

"它们都活着哦。"少年答，"这么美丽的星星，一旦死了就看不到了，想想真像是个谎言。"少年呢喃着。

"看得到的，一定看得到。"父亲语气肯定地说。

少年微笑答道："是啊，说不定可以离得更近，看得更清楚呢……"

据说今天是他的祭日。我与他的父母并肩坐下，焦灼而渴望地等待着星辰出现。

十二月三十一日

我在公园的大橡树下铺开睡袋,聆听除夕夜的钟声。

对死去之人哀悼,再哀悼,星空依然不会有任何改变。世界依然不会有任何改变。

不陷于绝望,不沉溺于虚空,将与死者的约定践行始终。那份自信,此时此刻,我尚未具足。

二〇〇六年一月

一月一日

"难得这样的喜庆之日，竟然……"——对那些正月里去世的人，从今往后，我会留意自己的措词，不再存着分别心而发此感慨之语。与寻常之死无异，他们不过是在某个日子离去了而已。

对待亡者，我不会因某种特殊性而将他们区别开来。同样，也不会用纪念日这种形式去予以区分。

一月二日

纵然诚恳本分地生活，也会有突然被人夺去生命的可能。还有那不辍不休、努力复努力、眼看仅差最后一步便将来到收获阶段时却因他人的过失而殒命的人。

活着本身究竟有什么意义？对生命的珍重又能够带来些什么？接触到的死亡愈多，就愈是必然要与人生的虚无直面相向。

然而与此同时，每当遇到那些痛失了心爱之人、与生之脆弱无常正面相对的遗属亲朋时，我便会想：假使人们都能在心中常留一隅，存着"生命无常"的觉悟去生活，恐怕就会对或伤害他人、或急于自损、或夺人性命的事情感到虚空而毫无意义了吧。对待谎言亦然，对待虚伪矫饰亦然，当感受到意义的匮乏时，自然就会觉得厌烦吧。

当然，尽管并非适用于所有人，但在我的印象中，凡真切感悟到生命无常的人，都会对当下的存在抱有一种虔敬之念，投入地去生活。

一月三日

去年，我曾给某位正月里吃年糕噎住而去世的八十一岁老者做过哀悼。我朝一个站在邮筒前、正打算投寄贺年明信片的五十多岁的女人搭话，发现正巧她就是死者的儿媳。当我说明了哀悼的意图后，对方似乎以为这是我的某种信仰，跟我说：

"我家老爷子也是一个信仰特别虔诚的人，看到电视上有人死去的消息，总要为人家祈祷。眼看他的身子一天天衰弱下去，没法子，半年前我们把他送进了老人院。吃年糕噎住，是正月回家过年时的事。我那出门在外两年的大儿子从东京回到家，一家七口阔别许久，终于围桌团聚。近来一直只吃流质食物的老人家，吵着要喝延命长寿的屠苏酒，还要吃杂煮，估计是看全家老少团圆，实在太开心了吧。被年糕噎住的时候，平时一向叛逆的大儿子最先冲上去奋力急救,有些洁癖症的女儿直接把手指伸进了爷爷的嘴里。我搬来吸尘器,老公叫救护车,小儿子打开电脑上网搜索有没有什么急救的方法,孩子们的奶奶不停地摩挲着爷爷的身体……我们全家从没有像那会儿那么齐心合力过。孩子一旦长大成人,一家人无论如何都免不了要四分五散,可是……托爷爷的福,感觉大家好像又重新抱成了一团儿。最难得的是,从那之后,大家的相处一直都很和睦。"

一月四日

仍是去年正月,新年里参拜的人流一直排到了神社前的石阶上。某位双膝有宿疾的五十六岁的女人,不知怎么,在推搡拥挤间,一时脚下使不上力,自石阶滚落,头部遭到了强烈撞击。

来到神社,今日也是人满为患。我向社务室打听死去女人的情况,一位在神社里侍奉司职的少女表情困惑地接待了我。跟着出来一位年长的男性,听明我的来意,了解到我与死者非亲非故,便怒斥道:"你小子是来讨钱的吧?也不挑挑时间地方……"

关于"时间"和"地方"的斥责,是以往常有之事。不过，我总希望尽量能在死者丧生的现场进行哀悼。再者，也因为自己人在旅途中，有时不得已会在对方感觉不便的时间里造访。今日也是刻意避开新年的头三天才来拜访的，本来已打算动身去其他地方了。

或许是怕麻烦，想要赶紧打发我，社务室的男人一脸不情愿，把从别人那儿听来的故事告诉了我。死去的女人生前跟丈夫一同经营一家精肉店，育有三个儿女。孩子们全都结了婚，如今已有五个孙子孙女。听说葬礼上有个小姑娘不停地向大人追问："奶奶上哪儿去了呀？"实际情况如何，虽说社务室的男人无从知晓，但听说那女人做的炸肉饼味道堪称一绝，又常给客人们结账时算得便宜一些，所以备受大家感念。

我排在几组向着前殿行进的参拜客身后，依序来到供案前，摇响土铃，在香资箱前双膝跪地，为去年曾在此处祈拜过的女人奉上了我的哀悼。

一月五日

据说起因于黑社会的内部纠纷，一位三十二岁的男性正欲登车时，遭到来自身后的枪击而丧生。我一路打听，好不容易抵达事发现场，来到一座停车场内。

却完全探听不到死者的有关信息。或许谁都不愿与此事有所牵连吧，又或者，看情形从一开始就没有什么人想对他有所了解。他曾经爱着谁？又被谁所爱？等等，属于他个人的一些情况，自打得知此人是黑帮成员起，人们似乎在潜意识层面就已经拒绝去了解更多。事件的痕迹已荡然无存的凄清的停车场内，我垂首哀悼着。

一月六日

"这孩子生前是体操部的一名候补队员。因为在大赛之前手指骨折，也断送了晋升正式队员的梦想，于是就将全部期望寄托在自己的队友身上，平日里常为大家冲泡营养饮料，时不时给正式队员们送上写有鼓励话语的小纸片，或者编辑一些可以放松神经、缓解疲劳的音乐……听说队友们全都特别感谢他。他走之后，我们收到大家的好几封联名哀悼信，彩纸上写满了对他的怀念。

"大赛那天早晨，他比平日早出门了一会儿，兴许这就是命吧……直到现在我还总想，要是他能晚五分钟，不，哪怕晚个十秒钟再出门呢……当时我听那孩子声音欢快响亮地说：'我走啦！'就搭着腔从卧室走出来回了句：'路上小心啊。'看见他为我们冲好的咖啡正在咖啡机上热乎乎地冒着气儿……

"那壶咖啡，如今被我冷冻起来了。我们要等到他的弟妹们长大成人、成家立业、抱上孙子，我们两口子也都上了年纪、约摸着该入土去跟儿子相会的时候，再拿出来一人一杯，心里想着他、念着他地喝下去。我想一定会特别好喝，毕竟这杯咖啡是世上独一无二的……"

一月七日

因为大雨的关系，我待在车站内，整理着过往的悼亡记录，度过了一整天。待最后一班电车驶出、入口处的铁闸落下后，我便转到车站外狭窄的檐下过夜。

两名穿制服的巡警走到我跟前，警告说："不要在这里睡觉，这里不可以过夜。"檐下同时还有其他几人，有的不耐烦地回答："没有睡啊！"有的索性冲进雨里去了。我则回答说自己在避雨。看到我脚边的背囊，上了年纪的警察问："在旅行？"我说是。那人又问："没工作？"同样，我刚答是，就听对方叹了口气：

"好好找个工作，认真干起来吧。像你这样年龄的人，大家都在拼命做事呢！你就不觉得害臊吗？""嗯，是很羞愧。"我答。闻言，对方露出一副满意的表情："对嘛，大家都要工作，要对家庭和社会负起责任来才行。快别乱逛了。"

我垂下头回答："虽说内心也觉得很抱歉，不过旅程还是要继续一阵子的。"

正欲离去的警察闻言又折了回来,蹙眉道:"你说啥?"一副被我耍了的表情,伸手要推搡我似的,逼到我跟前来,不耐地咂着舌,口中嘟囔着:"无可救药的家伙。"年轻的小警察或许是介意周围的眼光,喊了一声:"巡查长!"年长那位这才退后几步,啐了一句:"少给社会添麻烦行不行?像你小子这种垃圾,光是活在世上,对别人都是骚扰!"巡警离去后,我在原地蹲下身来,将头埋进双膝间,闭上眼睛。趁着被下一轮巡逻吵醒之前,抓紧睡上一小会儿。

一月八日

为哀悼因炉具老化而一氧化碳中毒致死的某二十六岁美术院校学生,我前去探访。房东太太就住在死者生前所住公寓楼的对面,自她处,我了解到一些情况。

死去的学生原就读于油画科,据说学业进展一直不太顺利。首先,最大的原因是,传闻他净喜欢画些肮脏污秽的东西,什么马桶里残留的粪便、居酒屋前的呕吐物之类。

"那小子跟我说了,以他的才能,即使再过一百年也没人能懂。他说,大婶啊,我就画张'污秽画'给你抵房租吧。谁要那样的玩意儿啊?还说是什么印象派,是莫奈风格。这都什么跟什么嘛！"

不过，据说这栋老旧居民楼里的住客曾日渐减少，那孩子就喊来美术学校的同学和学弟学妹把外墙涂上彩绘，将公共洗手间以雕塑装饰起来，又弄到已小有名气的前辈过去习画年代的作品，并在某个空房间里搞起了素描展，等等，使整栋公寓洋溢着活泼的艺术氛围。如今，所有的房间都被艺术系的学生们租下了。

"于是他自己的那份房租，就说已经抵销了，后来干脆一分钱都不付了。到现在我也不知道这孩子到底是好人还是特别会耍心眼。不过，他不在了，我还挺想念呢。"

"他是不是送了幅画给你？"我问道。听房东太太说，实在没辙，家里现在还挂着他那幅所谓"莫奈风格"的作品。我便请求借看一下。眼前的画作绝非"污秽"，而是看起来像一片池面，上面绘着摇曳的藤蔓与菖蒲。

一月九日

养老院里传染病肆虐，四位老人因此死亡。

我在接待处遭到了拒绝。一位坐轮椅的老妇似乎听到了我与工作人员间的对话，从旁问道："你是想打听死者的事情吗？那我来告诉你吧。"

随后,她领我来到院内的花园。绿化墙上四处绽放着红艳的寒山茶花。

"工作人员害怕被追究责任,不管你问什么,他们一概只说不知道、不便讲。其实有什么呢?再过个一百年,这里的每个人全都不存在了。"

几绺头发染成紫色、戴着副大眼镜的老妇人,随和而坦率地分别回忆了几位死者过去的趣事。说完,竟嘻嘻笑了起来:"老实讲,其实每个人都干过些钩心斗角、贪心没脸的事儿。虽说上了年纪,但谁都不是神仙嘛。再加上待在这种地方养老,眼看就要伸腿瞪眼,就算很多人此刻还笑得出,可一旦到了死前的节骨眼上,就不是那么回事儿了。谁也没想到会因为区区一点小感冒把命送掉。他们几个都相信自己肯定能治好,还在那儿合计去赏花的事呢……"

我内心微妙地认同了这个说法。谁都必有一死。但,知晓自己明日会死的,必定寥寥无几。我想,即便是重病在身的人,内心某处,也是在祈盼奇迹的。

"但是,死总归要来的。平时总降临在他人头上的死亡,有一天也会轮到自己。不过,对于在这里寿终正寝的人来说,最好的告慰,还是临终时遗属们脸上的那种表情,完全不同于丧子或是亲人夭折的那些……话虽如此啊,我还是打算再活上个一百年。"

老妇人张大嘴,哈哈笑出了声。

静人日记 33

一月十日

昨日那位老妇说，如果今天我能再去，她会很高兴。我便应其所求地去了。

"为什么你会决定用爱和感谢去哀悼那些死去的人啊？成天净想着死去的人，不痛苦吗？今天有没有什么人正逢祭日？有的话，就给我讲讲他的故事吧。"

我之所以会选择如今这种方法来哀悼，是在连续走访了多位了解死者的人之后，自然累积的结果。作为对她提问的回答，我讲了在曾经的今天哀悼过的某位九岁男童的故事。

男孩儿生性活泼好动，很难老老实实地待着。他跟妈妈去购物，回家途中遇到堵车，车子排成一条长龙，几乎纹丝不动。"妈妈啊！"副驾驶座上的男孩儿烦躁不耐地对开车的母亲高叫起来。

后座上放着刚买的游戏机。

"车子正走着呢，危险哦！"母亲警告说。

"车子明明就没动！"男孩回嘴道，双脚气恼地踢着地板。

"行行！别闹啦！不过坐在后面也得好好地系着安全带，听到了吗？"

男孩高兴地"嗯"了一声，爬到后座上去。

"安全带！"母亲提醒道。

"欧耶！"男孩拆开游戏机的包装，在座位上蹦来跳去。

此时，后方一阵喇叭鸣响，拥挤的车列似乎有所移动，前方出现了一个豁口，母亲慌忙发动了车子。

"啊！"男孩大叫一声。

"怎么了？"母亲问。

"游戏机掉了。"

"你小心点儿吧！"母亲嘴上数落着，却也笑了起来。正在这一瞬间，忽见前方车子猛一个急刹车，母亲赶忙拼命踩下脚刹车。然而为时已晚，一记猛烈的冲击袭来，有个黑色物体掠过她身侧，撞在了挡风玻璃上。

为了能多多少少体会一下这位母亲的悲伤，我曾想象过她的心情，不由得感到一阵揪心的窒闷，连呼吸都困难起来，胸中翻涌着仿佛要呕吐的感觉，只得躺下去，半天不能起身。

这样的事做久了，身心都感到难以承受。

除事故经过之外，我又了解到男孩平日生活中的一些事。

比如在母亲生日那天自编自演滑稽蹩脚的舞蹈，逗得全家乐不可支。父亲过生日时，他就表演模仿秀，故意把左右邻人的神态举止学得既夸张又好笑，令家人哈哈大笑。

男孩生动鲜活的形象在我愁闷郁结的胸中燃亮了一盏小灯。故事讲完，老妇人闭目良久，脸上浮起一抹温柔笑意，道："这样令家人快乐欢笑的男孩，就让我也把他的活泼开朗铭记在心里吧。"

一月十一日

刚刚工作十个月、用好不容易攒够的首付金买下一辆汽车的十九岁少年,驾车上路的第一天,不知是轮胎打滑还是怎样,撞在路边民居的院墙上,与同车朋友共三人一起丧生。

我在养老院哀悼过的诸位亡者皆已年过七旬,并全部经历过婚姻。而今天去世的几位,全都只有十九岁,还未结过婚。

每当此时,想要不带分别心地去看待每位逝者的死,终究还是困难的。即便"死亡"这个事实是相同的,它也不会以平等的形式在公平的时间里造访。

不过我想,无论多么短暂的人生,其被爱的那一瞬间的珍贵无价与那些走过漫长一生的人都不会有任何差别。在少年们各自的短暂生命中,曾拥有过一些微小却深藏着丰盛情感的回忆。我祈愿,至少要将这些铭刻在心。

事故刚过去一周,现场仍留着许多敬献的花束,并夹着些纸条,上面分别写有给几位少年的悼语。我便以此为凭,对逝者敬献了我的哀悼。

一月十二日

在雨中长时间行走,忽觉脚下虚乏,一阵踉跄。我以为是肌肉抽筋,却见眼前雨水笼罩的街景开始模糊重叠,正诧异着，忽然身子一软，歪倒在地。

找到住宅区内的一座小公园，钻进水泥假山下面的隧洞中，寒意不仅自我脊背蹿起，连大腿处也阵阵冰冷。以我自己的经验判断，只要大腿发寒，那必是伤风无疑了。腹中也在绞痛，像被一只大手揉搓。我钻出隧洞，进了公厕，腹泻了。

昨夜露宿在居民区的楼道内，风夹着雪不住灌进来，寒冷彻骨。今日又在冷雨中走了许久，或许是自己太逞强了。咬几口随身带的吐司面包，喝了些为防万一、备急用的感冒药，在毛衣下面穿上两层干爽内衣，我选了隧洞中央避风的所在，铺好睡袋钻了进去。若有玩耍的孩童前来，发现隧洞中有只巨型蠕虫般的生物，恐怕会起一阵骚乱吧？想到这里，我不禁苦笑。

一月十三日

半夜里，我醒了数次。明明近在咫尺的隧洞出口，感觉却非常遥远。望着街灯映衬下的秋千，随风摇曳，宛若梦境。

待外面天光放亮之后，我钻出隧洞，身体摇晃虚乏。雨仍未停歇。我穿上雨衣，走去公厕解了个手。腹泻还在继续。往水杯里灌了些水，就着水把面包冲下肚去，服下感冒药，我重新潜入洞中。

我如一只负伤野兽,在巢穴中蜷缩着身体,却了无睡意,凝望外面的雨水发呆。脑中闪过一念:如此下去,恐怕要死在这洞中了。或许现实感太过迟钝的缘故,竟不觉得不安。我想,死后,定会有个格外活泼调皮的小男孩,比他的小伙伴们都更积极地率先跑进洞来探索,然后发现堵在洞中仿如一团碎布烂絮的我。

那小孩会战战兢兢地凑近前来,用一根木棍儿对我捅来捅去,然后为那种奇妙的触感而兴奋起来,回家去取来手电筒,钻进隧洞,将灯打亮,用棍子挑开碎布。于是,他将发现一具曾经名为"坂筑静人"的生物的丑陋尸骸……

啊,我想:对不起了,小孩。但愿他不要因为我这样一个任性而为的家伙而在心中留下什么伤痕。

一月十四日

总这么待着也是无用。雨虽未停,我仍勉强来到洞外,试着走动走动。然而连公园都没走出去,几乎是爬着折回了洞里。

"伪善的家伙,你不过是利用那些死去之人来满足自己的恶趣味罢了!"耳边传来饱含愤怒的责骂。我吃惊地环顾四下,洞内只有我一人。好似做了个梦。我想起每当哀悼什么人时，总会一遍遍听到这样的指责。

"你真能一直记着他们吗？就算是亲戚家人，三七祭、七七祭地这么依次挨过去，慢慢也就淡忘了。参加法事的人也一天比一天少。对那些见都没见过、也不认识的陌生人，你能一直记着？"

类似这样的质问，我常常听到。我回答："我十分清楚这很难做到，所以会记在本子上。去年同一日、前年同一日，甚至大前年的……每天我都会加以确认。"

"这样就可以了吗？这样做真能谈得上是哀悼吗？"

至今我也依旧困惑。每一次哀悼时都深切感到：自己所能做的，仅仅如此而已……不，或者说，至少这般小事，或许我尚能做到——就在这番心境中继续着旅程。

一月十五日

有什么东西碰触着我的额头。之后，肩膀、脊背被一根尾梢尖细的东西轻轻捅着。

"什么啊这是？"我听到一声嘀咕。可爱的、尖尖的、有些口齿不清的声音。

对方戳得更用力了，狠狠地，似乎在确认我这边的反应。其中一记正好戳在我的脖子上，我不由得缩了缩身子。

"啊！动啦！"听声音，对方吓了一跳，不过并没有逃走。停了一会儿，那支棒状物又伸了过来。"蹭蹭""蹭蹭"，狠狠一记，又一记。

疼、疼！我想喊：别捅了！但猛然坐起身后，一下子却发不出声。

谁知戳在身上的力量消失了。我松了口气，想起学生时代读过的荒诞小说里那些主人公的故事，若是就这样从此再也走不出隧洞，该怎么办……

突如其来的一道光砸在我脸上，眼前一阵昏花。

"啊，是个人，还活着……"

还活着，并且是个人……从这句话中我得到鼓励，向着声音源头爬过去。对方尖叫起来，光离我远去。我追着那道光，感到风的吹拂，视野被一片白茫茫覆盖。终于，眼前出现了晴朗明澈的天空和积着水洼的公园。稍远处，一个五六岁的小男孩儿抱着手电筒，呆呆立在那里。也许是清晨天色尚早的缘故吧，四周不见其他人影。

"早上好。"男孩问候道。身子不再感到虚乏无力，我向男孩迈出一步，腿脚也不再哆嗦摇晃。男孩嗖地躲开去，逃到离我几步远的地方，又回头盯着我。

"谢谢你，是你把我拉回了这个世界哦。"我搭讪道。

那孩子小嘴一撇，或许是惊吓过后又放下心来，竟一下子哭了起来。

我返回洞内,取了行李,再度来到外面,着手做上路的准备。男孩一边抽噎着一边观察着我这边的动静,擦擦鼻涕问:"你不是从外太空来的吗?"

"哪里,我可是普通人哦……虽然呢,人家都觉得我不太普通。"

男孩把手伸进裤袋,掏出块饼干递过来。"给我?"我问。他抬手摸一下鼻子,点点头。"谢谢啊!"我接过饼干,冲他摆手再见。

男孩用衣服袖子蹭蹭眼泪,挥手道:"那个,是太空食品。"

一月十六日

铁道口,供奉着鲜花。

一只绘有可爱小仓鼠图案的塑料花瓶,摆在不会妨碍往来交通的地方,里面插着雪白的雏菊与红黄黑的三色堇。看上去不像是从花店买的,似乎是从自家庭院里摘来的。

铁道口四下不见人影,没法去跟谁打听什么。

不过,有鲜花在此。死去的人必然被什么人所爱着……毋庸置疑。

一月十七日

我在从公园捡来的报纸上读到一则报道,据说在神户大地震后兴建的援助房里发现了几名"孤独死"的人,而这些与孤独相伴离去的死者中,有人生前曾表示:更愿意在十一年前地震发生的当时就追随亲人一同死去。

或许因为幸存下来的一方每日祷念着死去的亲人,不停地体会着强烈的虚空与寂寞的缘故吧。

但经年累月地,在孤独之中持续为逝者哀悼的那份真挚情怀,即使谈不上崇高,也有一种坚毅的品格之美,是作为一个人、作为一个借由与他者发生关联才能够生存下去的人,所应具备的品格之美。我相信,正是那种怀念着什么人时的澄澈与真纯支撑着我们身处的这个尘世。

我想,即便漫长岁月里并不全然是美丽的时光,但若能够心怀勇气与真纯持续地哀悼亡者,也将是幸福的。

一月十八日

被雨后暴涨的河水卷走而不见下落的十二岁男孩的遗体被找到了。

据说不仅是父母,还有祖父母、附近的邻居们以及男孩学校里的老师同学,也全部参加了搜救。"孩子死前一定好冷好冷呢""真是可怜啊"……大家七嘴八舌地哀叹着。

然而,悼亡之时,我却并不认为他会"好冷",也并不觉得他"可怜"。

当深夜的搜救行动暂且告一段落时,孩子的父母曾激动地对负责人说道:"那孩子此刻正在寒冷中浑身发抖,等着咱们去救他呢!"而附近邻居们一旦稍事休息,夫妇俩就会声嘶力竭地喊:"请你们再认真一点去找好吗?"喊完立刻便哭起来,跟人家"对不起、对不起"地道歉,一会儿却又念叨:"孩子这会儿恐怕早就回家了,正在家里吃着他最喜欢的甜甜圈呢。"于是自河边与家之间来来回回两头跑,还向大家倾诉:"我的孩子平时在学校是集体上下学,所以对低年级的弟弟妹妹一向特别照顾。碰上有心理问题不愿去学校的小孩儿,就鼓励人家说'没关系,有我保护你呢',然后陪着对方一起走到教室去。像这样的好孩子,你们说,神明会弃之不顾吗?"当遗体被找到时,父母两人悲痛欲绝的样子简直让人不忍直视,母亲更是当场昏倒在地。

那么,就让我来为他哀悼吧。哀悼一个生前被如此深爱的孩子。我将铭记这个被亲人、邻居、弟弟妹妹和学校的老师同学挚爱的男孩。即使生命短暂,他也依然活在这座河边的城市里。

一月十九日

父母出门购物,留下尚且年幼的三个孩子在家,或许是调皮玩火的缘故,引燃了所居公寓的某个房间,被浓烟吞噬而丧生。

孩子的父母如今已搬走。我在附近公园跟带小孩来玩的人打听事故发生时的情形。

大家皆道:"特别可爱的三个小孩儿啊!说起来,毕竟都还处在那种看起来跟天使一样的年纪嘛。"可当我更进一步询问每个孩子的具体情况时,看到的却尽是困惑的表情。

"成天骑个三轮小车的估计是老大吧。下面那个好像已经会走了。不对,那个可能是别人家的……"答案五花八门。孩子的父母都有工作,平时跟左邻右舍几乎没什么来往。三个小孩分别哪个跟哪个,各自的性格又怎样,这些情况,大家都说记不清了。看样子谁都不甚了了。

不知是否在我的刨根问底之下,大家仿佛感到遭受了责备,气氛突然变得尴尬起来。甚至有人盘问说:"你是干什么的?我看是不是报警比较好?你在这儿会吓到孩子们的。"我只好离开。

最终,无法逐个地进行哀悼仪式,只能以"孩子们"的名义完成了哀悼。

一月二十日

去年春天,一场迟来的大雪压垮了某座民宅,户内九十二岁的老妪与她七十一岁的女儿,还有五十岁的孙女,三人同时丧生。我走访了现场。

平时她们都会找男人帮手一点点铲去屋顶的积雪。但春日已至,之前一直帮忙的男人们都外出打工挣钱去了,家中净是女人的这户人家便发生了这样的不幸。

这家的女人三代都是教师。孙女当时尚未退休。收拾院子之类一些稍微需要体力的活儿总是学生们赶来弄的,帮忙铲雪的也都是她从前教过的孩子。

正因为如此,人人都以为,即使平日里帮手的那些男人都不在,也必定会有人及时赶到。众人纷纷悔恨:要是当时她们能联络一下大家就好了……也有许多人自责:明明应该早点察觉,主动去打个电话问问情况。她们一定是怕给别人添麻烦,才一声不吭的……我将这两种声音都作为对死者的哀悼。

一月二十一日

为哀悼某位慢跑时突然心脏衰竭而身亡的六十四岁男性,我来到某公园。

我向一个看样子是生活在公园里的流浪汉试着打了个招

呼。那人与死者大致相同年纪，瘦削身材，红红脸蛋，肩上挂着个纸箱板做的假电吉他。

"那人我认识啊，他以前每晚都上这儿来跑步。晚间那群慢跑者里面，他算是年纪大的。我一直半带看热闹地认为，他的心脏病早晚发作，没准就死翘翘了。有一次，他的钱包掉了，正好落在我跟前儿，我就追着他喊：'喂——'估摸他可能觉得有个可怕的家伙在撵他，嗖地就逃没影儿了。我哪能跑得过他啊？可就算这样也得把钱包还给人家啊，否则我不就成了昧人钱财的玩意儿了吗？就算我过着这种流浪生活，也有我的自尊跟骄傲啊！自从我工作第五年时参加过公司运动会以来，还没有这么死命跑过步呢。后来因为娶了个特能干、特强势的女人，曾经为了显摆给她看，跑过几下子。我媳妇要是还活着，我怎么会过眼前这种日子呀？

"我只特别想叫别人瞧瞧，再一次跑给别人看看我的厉害。跑得呀，我觉得自己都快死翘翘了。'喂——'我喊，'那位大叔！'

"估计对方是觉得'你才大叔呢'，这才停了下来。我把钱包交给他，他说：'不好意思啊，那我给你一万日元好了。'我这人就是太要面子，当场就呵斥他：'我追你可不是为了讨钱的。'后来后悔了老半天呢。不过，有一天白天，他拎着几罐啤酒找我来了。我俩就坐在长椅上聊了聊。据说他老婆得了老年痴呆症，虽说有俩孩子，可是都各自成家了。为了补偿自己早年对老婆的疏忽，眼看快退休的时候，他从公司辞了职回家，一个人做起陪护。以前家务事里里外外都由他老婆操持，现在突然啥也干不了了。就算他再怎么尽力，对方还是会发牢骚、扔东西。他气急了就会甩老婆几巴掌，次数一多，连自己都讨厌起自己来，说是甚至考虑过抱着老婆一块儿自杀算了。还是偶尔来拜访的儿媳察觉到不对劲，孩子们总算也开始来给他帮把手了，都劝他一天里最少出门一趟散散心。可都到如今这步田地了，说要放松、要散心，又能有啥好法子不成？那就先在公园里跑几圈吧。谁知一开了头，倒跑上瘾了。从那以后，隔三岔五他就会跟我这样唠唠嗑，不过关于陪护的牢骚却只发过那一回。渐渐的，从前看过的电影呀，喜欢过的歌手呀，电影明星啥的，都会聊一聊。还一块儿唱过歌。听说他家里人都不知道，他以前当学生那会儿曾经在乐队里弹过电子贝司。我也喜欢摇滚乐，我俩就用这个纸壳子做的假吉他穷乐呵。他说全凭有了我，陪护的日子也觉得轻松了不少……哪儿啊，我回说，其实我应该感谢你才是，已经好久没这样子跟什么人好好聊聊天了。可惜啊，他怎么就……我不过上了个厕所的工夫，回来一看长椅上没人，还以为他打算上哪儿遛一圈再来呢。

"遗属？不不，没见过。他的家人要是听说老爸跟一个无家可归的流浪汉交朋友，恐怕会不高兴吧。我想他也没跟任何人提起过。也好，这是我俩之间的事儿。直到现在，要是看到谁坐在从前我跟他碰头的那张长椅上，'哎？'我还会揉揉眼睛呢。"

一月二十二日

昨天我问那男人，可不可以请他讲讲过世妻子的事情。

他思忖良久，回答说不想讲。

"她的事儿，我从不愿跟任何人提。你也不用哀悼她。就算讲了，也表达不出我真正的心情。关于她啊，我尊敬她哪儿，又爱她的啥，用话语根本说不清楚。哦，不，从前我也讲过。跟人家说她是怎么着怎么着的好女人。可说得越多吧，越觉得漏掉了什么重要的东西。非但没有传达出她这个人真正的价值，反倒觉得增添了一种说不清是悔恨还是歉意的心情。于是后来我不讲了。就让它们都烂在我肚里好了。我会一直把它们珍藏在心里，这就够了……"

告别时他问："要是有一天我死了，你会哀悼我吗？你打算怎么哀悼？"

我答："你跟那位在公园中去世的人能够开心地畅谈，并得到对方的感谢，甚至令他觉得陪护病人的日子都轻松快乐了起来……你深爱自己的妻子，又被她所爱。作为这样一个人，我会为你哀悼的。"

"可是关于到底有多爱自己的妻子,我都没具体跟你讲啊。""不,你已经讲了。刚才那番话已经足够了。""切……"他皱了皱眉,仿佛在投球似的,一副不以为然的样子,把手胡乱一挥,转过了身去。

一月二十三日

当遗属们回忆起死去亲人生前的事,谈起那些有着欢笑、有着爱与被爱的日子时,他们的面容会显得格外美丽。

将这视为一件十分美好的事,难道仅仅是我的自我陶醉吗?

我想,当遗属或死者身边的那些人倾吐他们的痛与怨时,我不可以因着一己私愿而加以阻止,有时,听取和接纳也是非常重要的。

听取,也要记取,死去之人那些曾经光辉灿烂的日子。

一月二十四日

我走访了某家公司的员工公寓。一名五岁女孩在此丧生,据说与死去女孩毗邻而居的一个女人因自己无法生育、心怀恨意而下了毒手。

作为当事人的两家都已搬走。我从如今生活在这儿的某个女人那里了解到事件的来龙去脉。这女人也有一个跟死去女孩同龄的女儿，以前两个小孩曾在同一个儿童游泳班里学游泳，关系十分要好。

"你有小孩儿吗？没有的话，很难理解失去孩子的父母的那种悲痛。"被对方这么讲，我不想辩驳。作为事实，我并不认为单凭自己目前所做的事就能体会丧子者的悲痛，便回答："我并不是为了这些而哀悼的。"女人闻言一惊，或许我的回答太出乎她意料，她于是用狐疑且敌意的眼神瞪着我。

死去的女孩是个凡事都积极主动去挑战的要强孩子，跟胆小怕羞、生性畏缩的朋友提出一起去上游泳课的也是她。

当好朋友因学不会而哭鼻子时，她就鼓励说："我会在旁边陪着你的。"最后，朋友也终于稍稍会游那么一点了。

告诉我这些的女人，作为死去女孩生前好友的母亲，对那孩子非常感谢。据说她女儿也是。我说："这些，才是我真正想要<u>铭记</u>在心的。"

结束了哀悼，正待离去时，女人又一次重复道："自己没有孩子的话，是绝对不会明白的。所以杀人的那个女的，并没真正地反省……你没有要孩子的打算吗？"

不知如何回答才好，于是我只微微欠了欠身。说实在的，此时我正为悼亡之事倾尽全力，并没有考虑这种事的心境。不过，若自己具备将一个新生命带到这个世界的能力……身体方面并没问题，自然应该是具备能力的吧……在触摸过那么多死亡之后，我想：那，将会是一件无与伦比的幸事。

一月二十五日

某高尔夫球场遭遇雷击，一名五十三岁的男性公司负责人因而丧生。得知消息后，我乘巴士前去悼亡。一踏入俱乐部，接待处的男士便对我投来严肃的一瞥。

我打听死者的事时，被问道："你是他的什么人吗？"我回答："没有任何关系。"对方半是惊讶地说道："无可奉告，请你立即离开这里。"我软磨硬泡，说不是要探听事故的情况，只想了解与此人生前有关的美好回忆。结果来了两名人高马大、孔武有力的警卫，命令我马上出去。来到外面的马路上，两名警卫仍不离左右，押着我走到巴士站，站在那里盯着我，直到我登上巴士。我心中莫名涌起一阵歉意，自车窗探出头去对他们挥了挥手。其中一人面无表情，另一人则展颜冲我扑哧一笑。

一月二十六日

某位从事铁道整修工作的养路工被一辆载货火车撞死。我在距离事故地点最近的车站向站员们探听有关情况，见对方什么也不愿多讲，便决定沿铁轨一路走去现场。

天空中飞着零星小雪，足尖冻得冰凉，不小心踢到一块石子都会一阵发麻。我边走边不停朝手心哈着热气，再用微温的手掌捂捂脸颊跟鼻尖。大致就是这一带吧，我来到从附近居民口中打听到的事发地点。

下了主干道，拨开道旁枯萎的芒草，走到铁轨边的栅栏前。

除了铁轨、枕木、堆成堤坝状的砾石和少许杂草外，四周没有任何遮风挡雨之物。若是自车站一边作业一边走至此处的话，恐怕要花上三四个小时。据地方报纸报道，事发当日，从深夜起至天亮前最寒冷的时段里一直下着雨夹雪。这位男性养路工头戴护耳，可能是为了早点结束作业而专注于手中的工作。因此，待察觉到同伴的示意和警笛鸣响时，可能已经太迟了。

尽管我不知他生前为谁所爱，又爱着谁，但对于一位在如此天寒地冻之中一边抵御着严寒一边拼命完成分派给自己的任务的人，我要牢记住他那份高贵的品格。

一月二十七日

两名八岁男孩在结冰的池面上嬉耍，因冰层碎裂，坠入水中身亡。

去往池塘的途中，我向沿途的商店或偶遇的路人们打听事故的详情。其中有人曾参加过搜救，感慨地说："这世上真是不存在什么神明啊！"

池塘四周被杂树林环绕，阒静，无风，结着薄冰的池面不见一丝动静。气氛宁静，无论如何都难以想象曾有两名男孩葬身于此。

我想：是的，若真有神明存在，为何坐视死亡发生而不施以任何援手？

然而，以我过往无论对年龄、职业或从自诩善意的道德层面出发一向不作任何分别的哀悼经验来看，若神明拯救了其中某一人，最终，岂非所有人都该拯救？不可叫任何人死去？"至少孩子应予救免"这种区分标准未免沦于暧昧。也就是说，二十岁的青年因其已成人便不救也可以吗？那么四十多岁时才初次怀孕、日日殷切渴盼孩子降生的妇人又当如何呢？尚有幼子需要抚育的男人呢？独自照顾着家人的老者呢？

我想，无法区别。若要祭亡，若不去哀悼所有的人，便成为一种对他者的擅自裁决。同样，若要拯救，必得拯救每一个人。

所谓神明与佛陀，不是因哀悼亡者而存在的。

人，也不可将对亡者的哀悼强加于他人。

一月二十八日

十字路口有个白发男人，怀抱一只绒毛兔子玩具，紧闭双眼。

当他扭过脸来时，我大吃一惊。本以为此人至少六十岁以上，谁知容貌尚年轻，约在三十五至四十五岁之间。

我想，莫非他在哀悼什么人？便试着与他攀谈。果真，四个月前，某肇事车辆无视红灯，撞倒一名十三岁少女后逃逸。此人便是女孩的父亲，据说至今仍然每日到此处为死去的女儿祈福。

我方欲询问少女的事，反倒被对方问了回来。同往常一样，我讲了自己的悼亡之旅后，说："我想哀悼一下您的女儿。"

男人脸上浮现出困惑的神情。虽然我努力解释得更清楚些，可总是令对方迷惑不解。男人依旧一脸戒备之色，只告诉我："她是个特别温柔开朗的孩子。"便缄口不再作声。"我会将您刚才的话记在心里，为她哀悼。"说完，我在十字路口跪了下来。

哀悼完毕，我对男人鞠了个躬，起步正欲离去时，却被对方喊住了："等一下，就这样吗？就只是这样而已吗？"

过去我也常常遭此诘问，除回答一声"是"别无他法。男人张口欲骂，却发不出声来，垂下眼帘，叹了口气，抬手胡乱抹了一把脸，问："你有时间吗？"我答："有。"反正我所进行的又不是什么需要匆忙赶路的旅行。

男人转身重新面向事故地点,将女儿自降生之日起到婴儿期的那些事——开始会爬、第一次站立、会叫爸爸妈妈、终于上了幼儿园、升了小学……等等,尽量抹去感情色彩,以平静的口吻对我一一讲述。女儿死去前一日,自打进入青春期之后就再没那么做过的她,从身后抱住正在玄关穿鞋将要出差去的父亲,说:"我最喜欢爸爸了!"

"那件事……直到现在我还在想,到底意味着什么呢?那孩子是早有什么预感吗?是预感到了自己的死,所以想给我留下些美好的回忆吗?"

男人调整有些凌乱的气息,依旧面朝十字路口,头也不回地说道:"你刚才说,所谓哀悼,就是将逝者铭记在心,是吧?你能向我保证吗?"

"我向您死去的女儿保证。"我答。

男人发出一声长叹,垂下头去。

一月二十九日

准备营业的荞麦面店敞着门,里面传出人语声。三位六七十岁的老妇坐在桌边,与柜台后穿围裙的女人谈笑着。

问候之后，我向她们打听起附近风俗店①死去的老板娘的事。

"你是说黄金屋的妈妈桑？真叫人吓了一跳呢！不过我觉得，倒也不算什么意外。"

其中某个妇人一打开话匣，之前的话题便陡然急转，几个妇人仿佛忘记了我的存在，凑着头，你一言我一语，话撵话地聊了起来。

"男人那话儿以粗短为上品，是妈妈桑的信条。她呀，平时体检什么的一概都不做，曾经笑说，管它乳癌还是下面的癌呢，让男人帮着查查就行了。据说，就连临死前都还跟男人在一块儿呢。"

"两人差着二十七岁呢！能把大学生迷得为她争风吃醋恨不得去杀人呢！真有手段！"

"其实她跟每个客人都有一腿吧？说是什么博爱主义。不让人家管叫她'妈妈桑'，要叫'妈咪'什么的。要说啊，生前的四十九年里，能被那么多人爱到那个份儿上，也不算是走得太早了吧？"

"不过，那么精神的人，一下子不在了，商店街的节祭日就不会像往常那么热闹了吧？"

---

① 在日本，风俗店一般指提供性服务的店，日本法律规定其营业内容禁止发生真正的性行为。

"穿着短裤抬着供了神牌的轿舆,朝人群乱抛媚眼……我对这种事可不在行。没她在,还真有点寂寞呢。"

"虽说是有点小毛病,但真没了她那样的人,整条街也就失去了光彩啊!"

"咦?可是我说小兄弟,看你脸挺生的,为啥想知道妈妈桑的事?"

我方欲说明来意,却有人将话题叉了开去:"对了对了,先说回刚才那事儿,免得忘了。"随后,马上就有人接过了话茬。我见话题越岔越远,便鞠个躬走到店外,在关着门的黄金屋前献上了我的哀悼。

一月三十日

据目击者称,一只小猫突然闯至道路中间,驶过的轿车为了躲避小猫,撞上路边的电线杆,之后越过护栏,落进三米之下的水渠之中。

驾车的两名专科学校学生的遗体已被运走,留下事故车仍在现场。

我向围观人群与警察打听死者是怎样的两位青年。"这……"对方脸上露出为难的神情,本以为他们会说:"不清楚啊。"但对方只无言地摇了摇头。

水渠边散落着估计原本是载在车上的冲浪板、湿衣服和几张封套艳丽的唱片。望着已经散架的车体，我试着在脑中勾勒拥有这部爱车的两位青年的样子。或许由于从道路上探身向外、自上方向下俯瞰的缘故，我有种奇妙的浮游之感，并生出某种错觉，仿佛此刻正身处于两位青年从车内离魂时的那个瞬间。

我想，既然无法拯救他们的生命，至少也该俯下身去，轻抚着两个孩子的头顶，安慰他们："别怕哦，不要紧的，不会再有痛苦了。你们曾付出的一切不会全部消失。因你们的存在而获得帮助的人、感到喜悦的人，有很多很多。看呐，那只小猫不也因你们而得救了吗……"我想，若能如此在他们耳边呢喃，哪怕是微不足道的一丁点也好，若得以将他们心中的苦闷或者懊恼释放，那该有多好。

然而，我却无法承担这一角色。总是在生命逝去之后才尾随而至的人，对于此刻即将离去的人，什么也做不了。

自己无法做到的话，那么其他什么人……被称作"天使"的也好，神明或佛陀的侍从也罢，当然，陪伴在死亡现场的什么人也好……我希望，当生命即将逝去的时刻，能有人轻抚着亡者的头顶，告诉他们："放心去吧，没有什么好担忧的。"

一月三十一日

一对三十三岁的夫妇相伴身亡,留下才两岁的双胞胎儿女。

"喏,就是那边的两个孩子。"有人指给我看。住宅区的公园里,在看样子应该是祖父母的两位老者的照看下,双胞胎正彼此追赶嬉闹着,发出快乐的叫喊。

尽管失去了挚爱的亲人,也能够乐观积极地生活下去,这样的人,样子最美。当我面对他们时,所能做的,唯有恭敬垂首。

我想,不仅要将逝者铭记在心间,更要在某些时候去跟别人讲讲他们曾经的故事。我会告诉人们,在这片土地上,过去曾生活过如此美丽精彩的人……并且,更有一些人,直到如今都还珍藏着与他们有关的一切回忆呢!

什么时候我才有机会讲讲这些呢?又能够同谁去讲呢?

二〇〇六年二月

二月一日

我曾目睹云层的神秘流动，仿佛要向我传达什么讯息；形态又好似人类翕动的唇语，翻涌、卷裹、流散，最终自我头顶飘过，向远方逝去。

每当我走在路上，耳边常会传来各种奇奇怪怪、无法用言语比拟的声响。

感觉周遭充满了某种飘忽不定的物质，而自己便生活在其中。

企图去辨清那团将自身包围、环绕着的物质，或是反抗、挣扎，刻意突显自我，竭力去意识自我的存在——相较于这两者，或许不如借由被什么所包裹着，更容易获取清晰的存在感，也未可知。对此，我期望自己最好能顺从地接纳。

二月二日

我在一张地方报纸上读到消息，据说在郊外某片丘陵地的树林间发现了一具三十岁女性的遗体，便乘巴士前去探访。因为是自杀，死者姓名并未公布。

在巴士站附近，我向两位正立在那儿唠嗑的当地居民打听到发现遗体的大致地点，以及流传到他们耳内的一些有关现场状况的传闻。只是，他们也不认识死去的那位女性。钻进二人指给我的林子，踩着干枯的落叶向深处行进。死者是被刀子刺中胸口而身亡，警方当初也曾考虑过谋杀的可能，却未能找到除她以外任何第二个人的指纹或脚印等痕迹。现场估计只有她独自一人。从婴孩时代、学生时代起到貌似最近在办公室内所拍摄的大量照片都被撕成粉碎，撒落一地，而她则倒卧在照片的碎片中央，仿佛被记忆埋葬。于是被判定为自杀。

搜寻死亡现场的过程中，我听到脚下踩碎落叶的咔嚓声中还混杂着另外的某种声响。脚边的叶丛里藏着一张照片，像是高中棒球社的集体照。身穿制服的少年大约有二十多人，前后站作两排。前排正中央，立着个个运动服打扮的女孩，脸上一副畏羞的神情。后排左右两端的少年手中扯着一条横幅，写道："经理，一直以来，谢谢你为大家洗衣服！"

我拂开落叶，在露出的地面上挖个小洞，埋掉照片，并完成了我的哀悼。

二月三日

一位在屋顶铲雪的五十五岁男性，失足滑落屋顶而身亡。

在此前的几十年人生中，他从未患过什么大病，不管家人朋友也好，他本人也罢，都一致认为他这人就是天生的体质健康。在铲完自家屋顶的积雪后，他又帮邻家的独居老人也铲了一遍。"好，干脆接着再铲一家吧。"说着，急忙沿屋檐往下爬时，脚底却打了滑。

关于这起事故，仅在报纸角落里登了一小条简讯："冬季铲雪事故多发，一人死亡，两人重伤。"虽未提及死者的姓名，却记载了地址。我向附近的商店一遍遍打听，终于有人告诉我："你说那人啊，我知道……"

"唉，人生这东西，真是闹不明白啊。那么健康硬朗的一个大好人一下子就没了，那些废物人渣之类的倒活得逍遥自在……"

我从发出这番感慨的干货店老板口中打听到事故的具体地点，准备前去哀悼。

那栋房子里还住有一位老妇，从屋内走出来跟我说她也曾拜托死去的那人帮忙铲过雪，为此心中感到十分歉疚，但同时又有一份深深的感谢，并问："你现在做这些，是在修行吗？"

"不是的。"我答道，声音却被湮没在干货店老板的话语中："那当然！要不是为了修行，谁会特意去给不相干的陌生人祈福？"

"那样的话，能不能请你帮我的家人也哀悼一下？是最近刚刚没的。"

静人日记　　65

我穿过老妇家的内院，院子一隅有个微微隆起的土包。

"这个，是跟我一起生活了好多年的猫咪。它曾给独居的我带来过很多安慰和活下去的力量。你能为它哀悼一下吗？还是说，哀悼对象如果不是人的话，就不算修行？"

为宠物悼亡，这还是头一回。但它们作为家中的一员，长久以来一直都爱与被爱着，并没有什么理由不可为它们哀悼。

我请求老妇给我看了猫咪的照片。猫儿眯起双眼，舔舐着老妇的脸颊。我将这位家人相继因病早早过世的老妇人与这只被她揽在怀中、直至生命最后一刻因衰老而停止呼吸的猫咪一同铭记在了心中。

二月四日

九年前，一位在便利店打工的年轻人因追赶行窃的小偷而被对方用刀刺死。据报道，九年过去了，犯人终于被缉拿归案。我因此才得知这位二十七岁青年的死，便做了笔记，打算哪天经过附近时，前往哀悼。

发生在我悼亡之旅开始之前的这起事件，或许当时我也曾在电视或报纸上看到过报道。然而看到之后，估计也只是在心中抒发几句"残忍啊！可怜啊！"之类的感慨，在接下来的一刻便将之丢到头脑的一隅，不出几日，已彻底忘怀了。

关于过去的事件，除犯人被逮捕之外，偶尔也会因案件或过了诉讼时效、或长期审理后终于结案、或执行死刑等原因被再度报道。此时，已逝之人也会连带被提起。只是，大多数时候，报道都以加害者为中心，至于死者是个怎样的人物，很少见到对之进行详细介绍。

二月五日

我站在一间医院的正门前。据报道，某幼童因支气管炎入院治疗。住院期间，病情一度看上去已经稳定，谁知却因咳出物堵塞喉管而死亡。

报纸上公布了医院的名称，却隐去了死亡幼童的姓名。

毫无分别心地看待任何死亡，只是我自己对自己立下的原则。所以想尽量避免为了哀悼而去强求什么人配合。再说，医院也自有医院的保密义务，去妨碍医护人员的紧要工作，为那些需要治疗与静养的患者们带去困扰，绝非我本愿。

医院中，还有更多的人正在死去。连带着对其他那些死者，我立于大门前，保持一个垂首的姿势，闭目哀悼。

二月六日

一名三岁幼童,因母亲不予喂食,饿死在某间公寓之内。

据母亲本人供述,是因为只疼爱自己的大儿子。

我来到报纸记载的那片街区,在商店街内打听事件的详情。人们对此兴趣漠然,要么连事件本身都未听说,要么即使知情也摇头称作不知。最后,我终于从一间小花店的女老板处了解到公寓所在的地址。不过,她也只是从别人口中听说,从没见过当事者那对母子。尽管如此,她依然谴责那位母亲道:"真是个残忍的女人。"

来到那栋公寓,正好从二楼某户走出一位三十岁左右的女性,我便跟她搭话。对方显得有些困惑,但可能觉得谈事件就是谈事件,我并不能对她乱来,所以尽管简短,也把自己所知范围内的情况都告诉了我。事件就发生在她家斜下方的那一户人家里,如今那里已成空屋。是一位母亲带着两个孩子的单亲家庭。事件过后,五岁的长子便被送到不知哪里的孤儿院去了。据说母亲被警察带走时,男孩儿在某个女警察的怀中又哭又叫,吵着要妈妈。

为了完成哀悼,我问那女人,这位母亲是否曾拥抱过死去的孩子,或者是否看见她陪孩子一同玩耍过,哪怕只有一次也好。对方皱皱眉:"怎么可能?咆哮怒骂的声音倒是每天从我家都能听到,还有那孩子的哭声也一直不断……唉,直到如今还在耳边挥之不散呢！"

我不愿将那死去的男童作为一名不曾被爱过的孩子记在心间，便又问了问五岁哥哥的情况："小哥哥也从没跟弟弟一起玩过吗？"

"啊，倒是经常见他在照顾弟弟呢！当妈的不知上哪儿去了，一般总是不在。小的那个就会哭，常能听见哥哥哄他的声音，也见过两个孩子在公寓楼前面追着小球咯咯笑的样子。对了，弟弟的尿布也是哥哥给换的。我还挺吃惊的，心想，才五岁的小孩儿就会干这个了？小的那个挺信赖哥哥，总乖乖地配合。要说当哥哥的那孩子，也失去了一个最好的玩伴，肯定会很寂寞啊！"

二月七日

某温泉旅馆遭雪崩侵袭。前日的一场降雪在距旅馆一段路的露天浴场周围堆积起来，正当两名打工的学生进行除雪作业时，发生了表层雪崩，将二人吞没。

我乘上巴士前去旅馆探访。据司机说，旅馆尚未重新营业，且需从巴士站步行几分钟。旅馆内并非没人，一男一女正在修缮因雪崩毁坏的几处地方。

两人是老板的儿子跟儿媳。起初，他们似乎把我当成了前来住宿的客人，态度诚惶诚恐。但当我陈明来意说想打听一下死去学生的事情时，他们的表情立刻阴沉下来，有些歉意地弓着身，问道："请问您是他们的家人或亲戚、朋友吗？"

"不，我只是看到新闻，想来吊唁一下两位死者，并不认识他们。"因一开始未能将自己的意图解释清楚而造成了误解，我便向这对夫妇道了个歉。

二人的神情更忧郁了："该从何说起呢……"一副为难的样子。

"如果能谈谈两位死者生前跟家人与朋友的关系，还有，他们是否被什么人感念，那就实在太谢谢了。"我答。

对方仍显得有些犹豫。我再次强调自己只是想要哀悼死者，若有什么不便告知，尽可以不讲。两人这才开口，断断续续地谈了起来。

死去的两位学生，常在工作结束后一起去喝杯小酒。每逢此时，就会愉快地聊聊自己的父母、弟妹和正在交往的女朋友。

葬礼上也有许多人前来吊唁，据说两位学生生前深受众人喜爱。

当然，旅馆的夫妇也十分喜爱这两个孩子，看到他们认真工作的样子，一直打心眼里感到敬佩，那天也曾提醒说会有雪崩的危险，叫他们明日再干也不迟。他们却坚持说客人都还盼着泡上露天温泉呢。两人出门去除雪之前的那份笑容至今依然令人难以忘怀……

"或许,那两个孩子一直把来自客人的感谢看得比什么都重要吧。"我来到积雪尚存的事故现场前,将夫妇二人方才那句话重新念诵了一遍。

二月八日

有的夜里,我无法静静思索死者的事。

今夜,雪乘着风猛烈袭来,我脑中只剩下一念,就是该如何挨过这份寒冷。

起初,我待在树荫的下面。但实在冻得受不了,便扭亮手电筒,在山间道路上走了起来。虽然平均两小时只来了一班车,但这条路是通了巴士的,应该会有巴士站。乡下的巴士站,有些会附设带屋檐的候车处。我就靠它过夜了。

走了大约三十分钟,找到一处巴士站,却只竖着块站牌。接着又走了将近一个小时,来到的第二处巴士站设有一个铁皮围成的小候车处。我将里面的长椅放倒,用来挡风,在地上铺开报纸,将身子缩进了睡袋之中。

今夜如此严寒,而到了夏日,却又有暑热到无力去念及死者的时候;也有被群蚊骚扰到烦不胜烦的夜晚;露宿公园之际,更曾被长期露宿那里的人兴致勃勃地搭话,根本无瑕放开思绪去凭吊死者。

每逢此时，我总有一种微妙的窒息感。平素，我为这不知何时方能终结的旅程而感到心绪沉重。可一旦无法哀悼时，却感到更加不适。

二月九日

近来，空气似乎十分干燥，各地火灾频发，有人因此丧生。此刻无法立即动身前往的地方，我便决定先记在本子上，待到去附近时再做探访。

某住宅区内的一户民宅全部被烧光了，现场发现了一位六十五岁男性与他六十岁妻子的遗体。我赶去悼亡。焚烧后的废墟仍残留着狰狞，周围被设为"闲人止步"，无法近前。

我向四下围观的人群打听死者的事，但那些人大半是来看热闹的，一问三不知。与亡者有过亲密交往的，见到这番焚烧后的惨象，心中怕是只有难过，或许不会长时间逗留在现场观看。

即便如此，我仍从几人口中了解到，死去的男性曾在某住宅建设公司内负责决策方面的领导工作，后来则担任住宅修缮方面的顾问，深受人们的感念……女性死者生前育有一双儿女，女儿已经出嫁，儿子送到英国去留学了。而她自己则和附近的邻居一起在合唱班上课，听说朋友特别多。我刚想借此展开凭悼，方才同我讲话的其中一人却问道："你这么刨根问底的，到底是在调查什么？"

"并没有特意要调查什么。非让我说的话，其实只是想了解死去之人那份无可替代的所在。"我答。对方狐疑地打量我，不以为然地歪歪头，走了。

二月十日

下了巴士后，我离开铺装平整的道路，步入积雪尚存的树林。听一位在巴士站前面塑料棚里干活的男人说，看到一棵长着树瘤的橡树时，就到了。

行进在林中，一棵醒目的巨树映入眼帘。树皮布满疙瘩，生着几只树瘤。环望四周，据说供奉的献花在冬季尚未正式来临前已被警察处理掉了。橡树前面，杂草、地衣等萌生的植物已被铲除。我选了一块稍为开阔的地方跪了下来。

一名六岁女童遭诱拐后，遗体在此处被发现。

据报道，女孩并非死在这里。可实际上究竟是死在哪里，至今仍不得而知，便唯有在此凭悼了。

我愿能稍稍分享死去之人最后一刻所目睹的风景、听到的声音及感觉到的氛围，将所有个体都当作一份独一无二的存在来看待，因此一直去他们死亡的现场进行哀悼。然而，遗体发现的地点，未必等同于死亡地点。

当然，即便站立在死亡发生的原址，风景和天气也时时刻刻都在变幻，不可能与死者体会到同样的景色、声音、氛围等。但哪怕有一点点也好，我总希望能更接近他们，于是才奔波在旅程中。

所以，像女童这种情况，便只能空留遗憾了。无辜无瑕的生命被夺去的遗憾之上，又叠加了一层未能倾尽哀悼的遗憾。

二月十一日

两周前，一名二十岁女子遭到杀害。犯人是她在色情电话俱乐部结识的某中年男性。据供述，两人在车内因酬劳问题发生口角，男人失手将其勒死。

我前往谋杀现场——隶属某美术馆的一座人迹罕至的夜间停车场，建造在略高的小丘之上。

途中，我在山脚下的公园饮水处给水壶装满水时，见附近长椅上扔着本被谁遗忘在那里的周刊杂志，上面恰好载有一则报道，是关于我此刻正要前去探访的事件。

死亡女性十六岁时离家出走，与年长两岁的男子同居。十七岁那年，怀孕八个月产下一名男婴，体重仅一千五百克，在新生儿重症加护室待了一阵子后平安出院。此女和那名男子有法律上的夫妻关系，但因日常生活中时时遭受家暴，于翌年离婚，带着孩子回到了娘家。其父母早在她上小学时便已离婚，于是她跟着四十三岁的母亲，三个人过起日子来。开始时，仅靠在母亲上班的超市里打工所得为生，入不敷出。后来，日子实在过得辛苦，她便将孩子托付给母亲，开始了夜间的色情性工作，却不擅长接客，总干不长，来回跳了几家店。事件发生的当时，正处于失业状态。

女子之所以乘坐在色情电话俱乐部中结识的那位男性的车子，是因服务条件中写明，双方行为属于赚取生活费用的援助交际性质。但事毕之后，男人却发现身上没带钱。女子因不满而破口大骂，于是男方怒从心头起……事件如何发展到谋杀，对其中经过的描述，似乎有记者想象的成分在内，并在最后结论道：女子的死亡，是因年轻放纵、毫无节制地沉溺性爱而导致的悲剧。

比起事件的相关细节，篇幅末尾添加的一则小字报道——关于死者留下的母亲与小孩的叙述，却更加牵动我心。死去的女子与她的母亲曾因日子困苦而屡屡争吵。据说母亲哭诉，自女儿幼年时起，自己便一直对她过于冷淡严厉，给女儿留下许多寂寞的回忆。早知如此，若对她多说些温暖体贴的话就好了……报道中又写道，小男孩如今仍无法理解妈妈的死，一直抱着她的贴身衣物，听见走廊上有脚步声响起，就会冲到门口去迎接。

为了抚养因早产而体重不足的孩子，不惜倾尽全力，即使去做援助交际也要拼命维持一家三口的生计。这样一位女性，我会把她铭记在心间。在停车场里，我完成了对她的哀悼。

二月十二日

露宿桥下的夜里，我听到一则广播，得知在流经眼前的这条河的下游处发现了一具身份不明的尸体。该如何去悼念一位身份不明的死者呢？这问题一直困扰着我。

清晨，我赶往现场。四周贴着"警戒中"的标识，由警察看守着。我走到实在无法更近处才止步。那里站着几个闲人，但他们似乎很快就对现场失去了兴趣，转身离开。据报道，死者是三十至五十岁的男性。

我向警察询问："死者是个怎样的人？"对方微微蹙起眉头，答："目前还在调查中。"我又问人是否死在此处，得到的依旧是同样的回答，反被对方表情警惕而狐疑地打量道："你知道些什么吗？"

只得放弃了哀悼。不过，我想，至少把河岸风景铭记下来吧。

枯萎的芒草在风中颤抖，河对岸的林木落光了叶片，一派萧瑟。但换一种眼光去看，未尝不是另一番冬日美景。堤坝上的樱树似乎已微微有了萌发花芽的迹象。或许总有那么一天，死者的身份会水落石出。我将此地此景铭刻在心，以便来日若在旅途中听到消息，能于脑中浮现出此时的情形。

二月十三日

一所小学校中饲养的兔子，被发现全部死在兔笼之中。很早以前我读到这条新闻时，曾把它记在了本子上。此刻因为来到了附近，就多走几步前去看看。

直接拜访一所学校是有难度的。即使是为了哀悼在校内事故中死去的学生，也必须先按响校门外的通话器，告知来意，并跟出面接待的老师再次陈述一遍事由。但我从未轻松得到过对方的许可。向校门口附近貌似教师的人搭话也是同样的后果——不仅对方从不回答任何问题，反而会对我盘问不休："你是干什么的？为什么想了解这事？"等等。当然，我会一五一十地作答，却从未获得过理解。冷不防的，还曾被报过警。警察来了之后，通常我就会因为"无固定居所"而被要求同回警局接受身份调查，给家中的父母带去许多麻烦。

我在学校四周走了走，想看看隔着围墙能否瞧见兔笼。之所以会关心兔子的死，是缘于对兔子生命的尊重与珍视。那个举起利刃、一刀又一刀刺向兔子的人，内心必定丧失了某种东西。与其说我为他感到可怜可悲，不如说祈祷他的重生。抱着一种想向他投注期望的冲动并被这冲动激励着去进行哀悼，我觉得这才是正确的。

看到兔笼了。看样子一直荒弃着，未再使用。正在这时……

"哎，你在干什么呀？哎，哎！"

有个声音冲我唤道。一个约摸读一二年级的小个子女生，肩上背着到处都是划痕的旧书包，站在我身畔。我正犹豫着不知怎样作答，女孩接着说："你是在看兔笼吗？哎，你知不知道呀，小兔子什么时候才能回来呢？哎！"

小女孩这一声又一声的"哎"，听起来是那么爱娇，仿佛要以手臂圈住我，向我撒娇。同时又那么执拗，听在耳中，带着某种微妙的莫明的痛楚。不知为什么，总觉得她似乎拼命渴望与我建立些联系，而潜藏在那渴望之下的，不难想象，应该是深深的寂寞吧。

"你说小兔子要回来？从哪里回来呢？"我回问道。

"从月亮姐姐那里啊！是老师说的哦。小兔子们啊，都到月亮姐姐那里去了。等事情办完了，就会回来的。哎，你知不知道？哎！"

"这个我倒不知道……你很希望它们回来吗？"

"嗯！我要给它们喂草啊。小兔子们呀，都等着我给它们喂草哦。还会乖乖地让我摸,就像跟我说'谢谢'一样。还会让我抱呢!哎,它们会回来吗?哎!"

"要是能回来,该有多好啊!"我只能这么回答。闻言,女孩突然歪歪小脸,呢喃似的,轻声问道:"那,爸爸也会……跟小兔子一起……回来吗?

"哎,哎,会回来吗?"女孩一遍又一遍地问着。

我答:"要是能回来,该有多好啊!"

自远处传来一声呼唤。看上去跟女孩同年级的一名男生正望着这里。身畔的女孩朝那男生张大手臂挥了挥,转头对我道:"我该去课外活动室啦!在那边呢。再见!再见!"

课外活动室估计不在学校旁边吧。风一般地,女孩在我身边绕了个圈,向男孩奔跑过去。

目送她的背影,直到看不见,我仍注视了片刻。之后,我为兔子们完成了哀悼。

二月十四日

一位被称作"拜伦"的七十三岁老者,因其优雅的舞步而在舞蹈教室里担任多位女性的舞伴。对那些惶恐不安的初学者,他也能够娴熟巧妙地引导。且一曲完毕,总对舞伴赞不绝口。即使被人踩了脚,也会宽慰对方"从您踏步的方式可以感到有一定的舞艺功底",等等。

从侧影看上去纤瘦合体的西服,颈上系着条丝巾,老者总是以装扮考究的形象出现,谈吐彬彬有礼,偶尔还会用英语为大家朗诵浪漫派的英诗。

这样的一位"拜伦先生",却身穿T恤与家常衬裤,遭人杀害,死在一间仅有六叠榻榻米大的公寓内。遗体被发现后,面对警方的调查,舞蹈教室的所有学员都一致证明道:"简直判若两人。"

犯人是住在隔壁的一名无业游民。据供述,此人见老头平日里一副跟自己相似的寒酸打扮,却时不时地换上高级西装外出,以为他八成藏有什么不为人知的钱财,便提出想借点钱花花,谁知遭到对方激烈的叱骂:"混蛋!像你这种人渣,谁会……"于是一时间血气上涌,操起菜刀刺死了他。房东也称,平时这老头是个十分神经质的人,什么隔壁房间声音太吵啊,不把公寓细细打扫干净就不交房租啊……一天到晚,牢骚满腹。因全靠政府发放的退休金过活,所以成天净吃方便面。什么诗歌朗诵什么的,谁也没听到过。

关于老者的传闻,分别在两拨人口中说来道去,所谓"交换看法"。舞蹈教室的人们为失望之余,致力于将老者忘却。而公寓周边的住民则不以为然地坚信:"搞错人了吧。"之后,"拜伦先生"什么的,仿佛从未存在过似的,渐渐从人们的记忆中淡去了。

"可是……他的确存在过吧?这个人,到底总还是有过的吧?"我向人追问。对方有几分犹豫,欲言又止,点了点头。我得到这份肯定,于是将"拜伦先生"的存在铭记在了心中。

二月十五日

地点是田间狭窄的农道上。沿农道,流淌着一条水渠。

关于这次的哀悼,仅仅将之记录在本子上,都令我感到苦楚。

那些孩子曾被双亲、祖父母、邻人及幼儿园的老师和小朋友们深爱着——本来,只需写下这些便足够……

他们活泼地奔跑玩耍,发出阵阵欢笑呼喊:"好喜欢哦!""讨厌啊!""再见!"只是看着这些孩子可爱的身影,都会令周围的人们感到幸福——本来,只需记录下这些便足够的……

死去的两名男孩,一个被丢弃在农道上,另一个是在水渠中被发现的。

我在农道上屈膝跪下,左手置于泥路上,哀悼那曾经横死于此的男孩。

之后涉入水渠,浅流仅仅浸过脚踝。我撩水濯湿右手,凭吊着那名曾倒在这里的男孩。

悼亡,我所能做的仅此而已。那份无力感,令人煎熬。

二月十六日

月光明晃晃的。未曾踏上旅途前,我从不知月光竟也能明亮如此。自己的身影和周围草木的阴影,皆清晰地投映在地面上。

河面与水洼,甚至连草叶光润的表面,都闪着耀目的光泽。

在都市里待久了,就会忽视月光本有的那份皎白。

或许对于逝者,也是如此。

在开始悼亡旅行前,关于逝者们真正的"亮度",我也从不曾察觉。

二月十七日

徒步走在未设人行道的国道上,数辆汽车自我身边驶过。本来我应该妨碍不到什么,可偶尔还是会被鸣喇叭警告,也曾被人用烟头扔过。

感觉身后有大型车辆驶来,我便把身体往山崖一侧躲靠。一辆拖车放缓速度,似乎要拦住我的去路,靠边停了下来。一位貌似与我同龄、剃了光头的男性,在驾驶座上伸长身子,自一侧的车窗探出脸来:

"喂!要不要我捎你一段儿?"

偶尔也会有这种时候。愿意载我的司机多半是有独自旅行经验的人。眼前的这位，据说自高中退学后曾骑着摩托在国内转了一遍。

"不过，流浪是青春期的特权啊，估摸你都三十多岁了吧？都这把年纪了，是要干啥？"

他彻夜拉货，此刻正在回家的途中，困得打盹，让我跟他搭些话。

"聊聊旅行的事儿就成。旅途中应该有各种各样好玩的见闻吧？"

难住我了。这是一趟鲜有"好玩之事"的旅行。

"没关系啊，什么都行，听一听能扛瞌睡。那，你倒是为啥要旅行呢？"

"为了探访那些死去的人。"我说，"我走访那些有人逝去的地方，努力将死者铭记在心里……"说了一会儿，只见对方难受地调换着坐姿，频频伸着懒腰，待我话一讲完，便重重松了口气：

"世上还真有你这种奇怪的人……托你的福，我的瞌睡算是都飞走了。"

他问："接下来就要上高速了，没问题吧？"

还余几处尚未完成哀悼，本想请他让我在眼前的地方下车。但想起数日前附近高速公路上有辆四门轿车追尾另一辆小型家用车，驾驶轿车的三十岁男性白领与驾驶家用车的五十二岁女性护理员双双身亡。

高速公路上的事故现场是无法步行抵达的。这种搭便车的机会并不多，于是我决定请司机送我到事故地点去。车子驶了好一阵子，可现场似乎已被清理干净，找不到了。尽管如此，逝去的二人曾在这条公路上驾车行驶这个事实总不会错。对于他们的遗属、友人、公司同事及接受护理的客人们来说，二人应该是无可取代的重要存在。我面朝延伸向远方的道路，合目哀悼。

"别搞这些乱七八糟、奇奇怪怪的名堂了，趁早好好过日子吧！"

在接下来的休息站放我下车时，司机劝说道。

我道了谢，叮嘱他务必小心安全地驾驶。

二月十八日

偶尔看到一篇报道，菲律宾莱特岛发生地面塌陷，多人遭泥砂吞没而丧生。不必说此刻，即便将来，估计我也难有机会去事发地点探访。不仅是莱特岛，世界各地每日不断上演各种悲剧，大批人因而死去，我不可能逐个到访。

是夜，我梦见自己置身一处目光所及尽被淤泥覆盖的荒凉所在，脚下泥层深处传来呻吟的悲声。我起手挖掘，正欲搭救，却听泥下那声音道："我已经死了。"而前方响起更多求救的哀鸣。念及脚下便是死者的身体，我不敢冒失踩下。但不如此又无法走近更多受难者埋身之处。进退皆苦，不由得醒了。

无论都市或田野，若追溯历史，此刻立足的地面之下，仍埋着诸多不曾被掘出的尸体——此言必不为过。人们无思无惑地生活着，刻意不去念及此事。不踩过脚下的泥土便无法接近多数死者的埋身之地，不努力忽略脚下的死者便难将生活继续。

事到如今才去追想死者，或许过于伪善。但自知伪善仍旧不得不做的，是我的哀悼。

二月十九日

自卫队的大型军车深夜沿一般车道驶往训练地的途中，似乎出了点故障而暂时停车检修，正值此时，一辆卡车因司机驾驶时打盹，从后方撞了过来，钻在军车底下进行检修作业的一名军人因此丧生。

已是半年前的事了。我在现场附近的便利店探听到事故地点，得知那里当时曾进行过极其细致严格的排查，丝毫痕迹都不曾留下。关于去世的人，无论是便利店，还是加油站和其他商店的店员，皆一无所知。报纸上除透露死者年龄为二十五岁之外，并未登载任何含有具体描述的信息。

不过，身负公职的人或隶属某正式单位的人，他们的死，无疑会被诸多人惋惜、哀悼。他们生前是怎样的一个人、工作的态度与表现、曾因什么事迹被感谢过，等等，必会在众人口中辗转流传。

虽未能如愿哀悼，但我仍在事故地点深深地垂首。

二月二十日

公园内，清早慢跑的某四十一岁男性牙医因背后遭刺而身亡。犯人即刻被抓获，正是所谓在街头随机行凶、残害素不相识之人的"杀人魔"。据其供述："最憎恨那些看起来特别健康的人。"

死去的牙医生前专攻小儿牙科，擅长同孩子交流，治疗中因努力做到不使孩子感到疼痛而深受小朋友的喜爱。

为了弄清他身亡的具体地点，我跟一位在公园里支帐篷过活的流浪者打听。那男人看样子大概是五十到六十岁年纪，头上白发不少，爽快地说："既然你问了，那就告诉你好了。"我跪下身来，将医师生前之事铭记于胸中。"你是干什么的？"那男人问。我便讲了讲有关哀悼的事。当夜，我就地露宿在那所公园内。白天的那个男人过来搭话道："能不能拜托你，帮我认识的人也哀悼一下……

"是生前在银行做事的女人。我在她工作日午休的时候到窗口办事,她留意到我的手有些脏,就递了包纸巾给我。当时她的笑脸特别自然。我就想:这姑娘一定是在家人的关爱下长大的吧,跟我这种人可不一样,一看就知道。打那以后,我又在附近见到过她几次,脸上绽开的笑容真是灿烂。那么美好的一个姑娘,却不为人知地一直默默沉睡着……你别问我是什么理由,总之,只要你把她当作一个被深爱和感谢的人,为她哀悼一下,我会很高兴的。"

对他的这番话,我不知该相信几分。不过仍询问了那女人埋葬的地点。翌日清晨,据说在这所公园里已生活五年之久的男人消失了踪影,不知了去向。

二月二十一日

某位母亲因对育儿丧失了信心,携子女一同自杀了。我前来悼亡被母亲夺去生命的七岁女童和五岁男童。当事人屋宅的防雨木板套窗紧闭着,院中丢弃着自行车与玩具小球。

我在附近商店中探听得知,母亲本人曾试图割颈自杀,但因伤口较浅而未遂,目前正在接受精神鉴定。至于孩子的父亲,人们只在葬礼上见过一面,其后他居住在何处,跟我谈话的诸位，无人晓得。

说起孩子来，除了"实在痛心啊！小孩又没罪，可怜呢……"之类的感慨声以外，我也听到不少质疑母亲的爱的意见："真要是爱孩子的人，就算患了什么育儿忧郁症，也不会舍得对孩子下毒手的……"

然而，正是为了逝去的孩子，我才宁可认为，母亲是爱他们的。

因为从孩子的角度来想，必定也愿意如此相信：即使如此，母亲也绝对是喜欢并且深爱自己的。

这位母亲或许未曾考虑过，即便是自己的小孩，也拥有他们各自独立的人生……又或许她觉得，若是自己不在了，把幼子抛在世上会太可怜……总而言之，尽管她最终采取了错误的举动，我仍然愿意将这两个孩子当作被母亲深爱的小孩去哀悼。

二月二十二日

某私立高中内，两栋校舍大约间隔三米并排而立着。据说学生中流行一种比试胆量的游戏——从一座楼的楼顶跳到另一座楼顶。去年秋天，一名十六岁少年因失足跌落而身亡。

我前往学校探访，守门人二话不说便隔着通话器告诉我：

若不即刻离去,就会报警。我转到操场一侧,找个能远远望见两座校舍之间那道夹缝的所在。从下方看上去,并无什么异样,校舍背后的天空中挂着厚厚的积云。

"你小子,在那儿干什么呢?不会是来刺探些什么,想去告发吧?"

棒球场的防护网后坐着两个少年,身上胡乱罩着宽大松垮的制服,嘴里叼着香烟,目光逼人地瞪着我。我说明来意后,一个头发刺刺朝天的男生垂下眼帘,口中嘟哝道:"你是说贱舌吧?""贱舌,是人名吗?"我问。

"是外号,贫嘴贱舌的贱舌。那小子嘴巴太贱,常爱嘲弄别人的短处跟痛处,逗周围同学发笑。要是被对方反唇相讥,问他:'那你自己呢?又怎么样?'他就傻眼,没辙了。之所以会从楼顶失足跌落,也是因为他取笑一个转校生,骂人家是胆小鬼,结果被人激将:'你若有胆子,那你也跳跳看呗。'他下不了台,才跳的。"

"他老爸跑来我们学校,叽哩呱啦一通大闹,什么上诉啊、索赔啊,烦死人了!"另一位头发烫染成金黄色的少年朝地上啐了口唾沫。

"那货才不是他的亲爸爸,而是个混黑道的。"刺儿头男生边说边叹了口气。

"真的吗?"烫发少年吃惊地仰起脸来。

"我跟贱舌从幼儿园起就在一块儿玩了,所以知道。小学

静人日记　89

二年级的时候,他亲爸得癌症死了。两年后,一个混黑道的搞上了他妈。那家伙对贱舌想打就打,想踹就踹,拳打脚踢的,全看心情。他妈要是阻拦,也会跟着挨揍,所以谁也制止不了。从那时起,贱舌爱取笑别人弱点的毛病就变本加厉了。被人家反唇相'激',也不知收敛,不肯罢休。他曾有过骑着没刹车的自行车冲下陡坡而摔伤的经历,也曾跑去某个女老师面前乱讲下流段子,吃了男老师一顿大耳光。人人都笑他白痴,可我觉得他没准是故意的。不肯让步,不懂收手,把自己逼到吃亏受伤的地步……跳楼顶那件事也是如此。我曾阻拦过他,可这小子笑嘻嘻地说:'本人可是不作不死的贱舌啊。'哦,对了,跟你一说我想起来了,小学三年级时,我跟贱舌还拿棍子捅过草丛玩。据说里边藏有鼹鼠,结果我们一捅,竟爬出条蛇来。我心想:这下恐怕要被蛇咬了。哪知道刹那间,那小子提早一步帮我把蛇踢飞了。从那之后,他就捞了个'贱舌'的外号。本来其实是褒义的[①]。

"他爸死后,他的妹妹搬了出去,跟他奶奶同住。听丫头讲,每当那个黑道混蛋在家里大发雷霆,贱舌都会护着她,警告那厮:'不许朝我妹妹动手。'劝说妹妹搬出去住的也是他。据说妹妹曾拉他一起走,结果这小子说:'要是连我也走了,

---

[①] 此处日文原文为"藪蛇",意为"做一些无意义、无必要的举动,而给自己惹下麻烦或祸端"。

家里就只剩下妈妈独自承受那混蛋没完没了的虐待,我要留下……'"

"咦……竟然是这样,这小子,其实人不赖嘛!"

烫发少年喷出一口烟。刺儿头也跟着叹口气,吐了口烟。

我抬起眼,目光追随着那两缕轻烟。自校舍间狭长的空隙中露出了一线蓝天。

二月二十三日

路过一间电器店时,橱窗里摆了台电视,里面正好播放着一条俄罗斯某大型市场顶棚塌落的新闻。据播音员报道,事故中死者众多,却连他们的姓名与年龄也未查清。

我只能眼望画面中顶棚坍塌的景象,去想象那些曾在市场里勤快劳作的人们的模样。凭着纤弱的臂膀养活了一家老小的女性;对顾客苛刻的要求竭尽全力去满足的售货员;为了照顾生病的母亲而考虑今日要早些下班的年轻人——或许逝者中不乏这样的人吧。

即使无法为之哀悼,至少也可以将事故记在本上,时常拿出来重读,去追忆今日此地逝去的那些可贵的生命。

二月二十四日

大街上新鲜号外出炉，日本某运动选手取得了称雄世界的优异战绩。其时我正走在电车站，接过了几乎是被人硬塞进手中、载有快讯的报纸。

对于忍受着日复一日的艰苦训练、凭着顽强卓绝的拼搏而感动了万千国人的运动员，我发自内心地为之拍手赞叹。"万岁！万岁！"——若是从前的自己，恐怕会在电视机前这样激动地叫出来吧。但如今的我却想接过详细载有以下快讯的报纸——昨日逝去之人的姓名、年龄，他们拥有怎样的人生，曾与谁相爱……

当大街小巷、举国上下都如节日般沸腾狂欢的时刻，仅在日本一个国家，每日就有近三千人死去。若是可能，我想为逝者们也分去一点关切。

"他生前被大家深深喜爱，许多人向他表示感谢，说生命中曾有他存在，真好。"

我但愿耳边能听到这样的话语，同时手中接过纪念死者的快讯。我一面梦想着此情此景，一面将刚到手的那份号外向分发者递了回去。

二月二十五日

从清晨起就浑身乏力、发寒，喉咙里难受，又干又痛。

一个多月前，我太过于硬撑，以致病倒不起了好几日。这次为了避免再犯同样的错误，我便在公园里稍作逗留，好让身体恢复。

鼻水不停地冒。旅途之中，流鼻水这事竟也意外地麻烦。首先要用去大量纸巾。远离城市后，碰不到街头派送纸巾赠品的，我通常都用便宜的卷纸，可擦的次数一多，鼻子下面就火辣辣地刺痛。之所以不敢大言不惭说"面对着那么多已逝之人，鼻子下面这点小痛也不算什么"，大概是因为身为生者总是要麻烦得多吧。

弄不到报纸可看，我便留心收听电台广播。据说伊拉克境内宗教纷争愈演愈烈，导致大批民众丧生。

不能远赴该地给予哀悼，我内心升起歉意。

在那块暴乱纷争的土地上，也会有谁在哀悼亡者吧？不是将一位又一位的亡者视为冰冷的数字，而是当作有名有姓、独一无二、不可替代的重要存在铭刻在心并不断行走四方的悼亡者……我发自内心地期望着会有这么一个人，将那块土地上的逝者托付给他便好。若是真有这个人，恐怕他也会时常为鼻水困扰吧。天亮以后，身上寒意退去，鼻水也止住了。

二月二十六日

三个月前，检修公寓楼电梯时，因联络失误，机器突然自行运转，造成一位四十六岁男性作业员丧生。公寓物业管理人一边纳罕于我造访的意图，一边也表示亡者是自己的熟人，如果只想问些关于他的事情，倒也不妨讲讲。

死去的这位男性，业务熟练，工作尽职，同时还利用休息日在儿童福利院担任志愿者，陪孩子们散步或购物。据说他二十年前去世的弟弟曾在这家机构上班。物业管理人出席了他的葬礼，当天，福利院有五个孩子参加，也有孩子为他哭泣。

我得到许可，去电梯前为他做了悼亡。徒步赶赴下一场哀悼的途中，我想起自己也曾做过陪伴儿童的志愿者。

那时我在一家医疗器械制造公司上班，以一个无话不谈的大哥哥身份，常去某间医院的小儿科探访。在孩子们乏味而缺少变化的住院生活中，我像是个闯入者，却也受到了小朋友的欢迎。起初，只需陪伴着度过一点时光就能博得他们的欢喜，我便挺开心的。然而，慢慢得知孩子们的病情及其家庭状况，甚至亲密到畅谈起每日的希望与未来的梦想时，曾经的那份喜悦却变为了深深的、无尽的悲哀。曾许愿说"等到可以外出时就要上公园荡秋千、去池塘划小船"的孩子，突然间病情恶化，待我再度探访时已不在人世。这种事情总是接二连三。

每当我与孩子立下什么约定，便仿佛遭到命运嘲笑似的，发生无法践约的状况。渐渐地，我开始害怕跟孩子们约定任何事。连倾听他们的梦想也成为一种痛苦。我变得无法跟他们玩笑逗乐，终于连医院也不敢再去。但这如同是对翘首等待自己的孩子们的一种背叛，于是我更痛苦了。

当时交往的女友是该医院其他科室的一位护士，她曾说：

"你的心情我不是不懂……从事医疗工作的人，内心多有苦楚。但最苦的应该还是那些患者吧。正因为如此，大家才全心全意地投入在自己的本职中。你此刻从事的工作可以帮助到那些生病的儿童，不是吗？医疗机械愈精密发达，能救助的生命也就会愈多吧。"

她说得不错。但当时的我却无法毫无抗拒地接受那一席正确的话。"无论医疗技术跟器械如何发达，人终究不过一死。"我几乎是从口中狠狠啐出这句话来的。而事实是，许多人即便会为此痛心烦恼，却依然努力不辍，尽其所能地尝试去减缓他人的苦痛，这一点毋需赘言。

"不要一个人独自神伤了。"女友说。然后又为我讲述了她的一位好友因对患者感情投入过深而最终离职的事。"有时，懂得忘却也是很有必要的。你应当回归到自己的本职中去。"中学时代起便立志从医、后来成为见习医生的好友也曾这样奉劝过我。"你做你自己应该做的工作便好，仅此就足以为救助他人的生命而有所贡献了。"说这话的他，却在升职为一名出类拔萃的正式医生前遭遇意外事故而过世了。

的确，即便如今我也认为，自己曾经从事的工作至关重要。虽说人终有一死，但对患者竭力求生的心愿以及祈祷患者能多活一刻的亲人友朋的寄望都尽己所能地去成全，这种努力着实难能可贵。

只是，面对众生的死亡，我却终感徘徊，难以从心理上超越、看淡或将之无奈地接受下来，毅然地洒脱前行。或许是我生性消极，才不得不坚持将眼前的每次死亡——俯拾、凭吊。

"你在公司里不是也一直做着很有意义的工作吗？"母亲以训导的口吻规劝我。其时，我正受困于死亡之惑，连正常上班都做不到了。"哥哥明明有正经工作吧？"妹妹也问。其时，我刚刚下定决心要开始悼亡之旅。

父亲并未语出责备，也未指摘我什么，只道："眼睛若只盯着那些死去之人，是无力养活自己、养活家人的啊。"

父亲幼年时经历战争灾祸，心灵蒙受深刻创伤，尽管如此，依然兢兢业业、诚诚恳恳做着自己力所能及的工作，养活了一家妻小。因此他的劝言声声入耳，在我听来格外有分量。

我并不打算将此刻这场悼亡之旅看作自己的工作。

所谓工作，应当是指父亲从事的那种吧。而我目前的所作所为，不同于关乎安身立命、亦即"生活能力"的正常职业，该称作什么，我尚未找到合适的词汇来定义。

二月二十七日

　　铁路道口旁,一位看来约七十来岁的老妇因为购物车的轮子卡在铁轨夹缝中正一筹莫展。我上前帮了她一把。老妇虽腰背佝偻,但生着倔强的鹰勾鼻,目光坚定。她略显气恼地说道:"我还没老到不中用的程度啊……"且不问自答,告诉我自己正在去探望"孽障儿媳"的途中。我失掉了脱身的时机,便陪她走了一会儿。

　　"我儿子四十八岁那年才总算娶上了媳妇。我开心得啊,兴高采烈给她迎进家门。谁知一见,那女人生得肤色黝黑,像是晒多了太阳,两只大眼圆溜溜的,头上裹着白头巾。我心想儿子莫非是被电视里讲的那种'山妖辣妹'[①]给迷住了?后来才知道是马来西亚人。我虽觉得娶媳妇还是日本人最好,可儿子的年龄到底是个问题。我想,这姑娘大概比日本媳妇能吃苦吧,总之也算是件喜事,就做了一桌子好菜来招待她。咱们都觉得黑猪肉是上等好菜,我就弄了几样炖猪肉、猪肉味噌汤和肉丝沙拉端给她。结果人家一口不吃,全剩下来。我寻思,这

---

① 日文写作"山姥(yamanba)",是古代传说中的一种深山老妖,扮作妇人模样,专吃过路之人。此处指一种自二十世纪九十年代起在涩谷流行起来的亚文化现象,也是一种另类时尚。女孩们将皮肤以人工手段晒成黝黑色,以白色油性笔、漆黑的眼线液,画出强调眼部轮廓的夸张妆容,唇色淡白,长发通常漂染成金色或银色,因此得名"山姥辣妹"。中译也作山姥妆、黑妹妆。

可真娶了个金贵媳妇呢，除了牛肉啊、牛排大餐啊，人家都不肯吃啊。我不知道是因为宗教的关系嘛。

"我说做个咖喱饭，她就弄出一锅绿乎乎的东西；说让做点心，她就做得甜死人。日本话也总是学不会，老管我叫：'欧卡桑、欧卡桑'，那是人家工会会长老冈的名字呀①，分都分不清，真没辙。娶这个媳妇太失败了。我刚说索性让她回国去吧，自己却得了癌症，病倒了。当时正赶上田里稻子的收割期，儿子自然不用说，没办法，只得叫媳妇也出了不少力。我一个人虽然好歹还算扛得住……只是，到了夜里难免心里忐忑。于是，每天晚上，田里的活儿干完后，家务也拾掇了，媳妇就会来陪我说说话。她那一口蹩脚的日语经常让人听不懂。家里养的小鸡仔被她一说成了'丑八怪'——'欧卡桑，生丑八怪啦……'媳妇有时会在我枕头边摩挲着我的手，唱些她老家的小曲儿给我听，夜里就睡在我床边的地上，到了早晨再下地干活儿去。幸亏啊，手术挺顺利的，术后我身体恢复得也不错，刚一出院，媳妇就怀孕了。

"唉，说了她这么多坏话，真不好意思。我觉得娶这个媳妇太失败，可实际上，对她来说才叫倒霉吧，是上辈子造了什么孽遭了报应。我想，不光跪拜咱们的佛菩萨，也得给媳妇家

---

① 日文中"母亲"一词发音为'oka-san'，有长音。而"冈先生"则为"okasan"，容易混淆。

乡的神明上炷香才对，就跟她一起回了老家。对方的家人特别热情，尽心尽意款待了我。从前我内心某处曾存着想法，觉得媳妇会不会是图我们家的钱才嫁过来的。这时却发自肺腑地深感歉疚，抱着那孩子说：'阿直是个好媳妇，真想一辈子做你的婆婆。'可惜啊，说了这话才一转眼，她就在干活的时候突然倒下，永远走掉了。据说是后脑磕伤，造成了内出血。兴许是在哪里摔倒了吧，这孩子一向对自己的大病小痛特别能忍……可撇下我跟儿子、孙子该如何是好？真是想她想得不行啊。家里还点着温暖的灯火，人却一下子不在了……真是，就算活着糊涂作孽，也比这样走了好啊！"

我与老妇一同来到本地的墓园，她伸手指着一座古旧硕大、像是家族代代辈辈共用的坟墓，告诉我："儿媳就睡在这里。"碑石反面，有崭新的刻痕，以片假名刻着一个长长的外国名字。

老妇抱怨膝盖痛，身子倚着购物小车，口中念祷着。我征得同意，在她身畔为逝者做了哀悼。

二月二十八日

有些日子，出于惰性，我会难以完成郑重且深刻的哀悼，而将一天白白度过。

今日便是如此。没什么特别的理由。也许是哪里不对劲，也许是受了什么影响，我不清楚。心情莫名地散漫无着，精神难以专注，提不起劲做事。

要将每一位亡者铭刻在心——我想要信守这约定。然而，自己内里却无由地感到空虚。

生意聊赖，就连活着都备觉不耐。甚至连步行这件事本身，也让我烦闷。蓦然，我切身体会到了死之逼近。不如到此为止罢——既然自己已竭尽全力走到了这一步，哪怕就此收尾，也会有人对我报以赞许吧。

之所以会有这种想法，或许是……体力透支的缘故？哦，不，大约是在向自己撒娇。

我为在这样的日子里拜访的亡者发自内心地感到歉意。

二〇〇六年三月

三月一日

雨中,我站在县公路旁的事故现场前。道边供着些鲜花与罐装果汁。死去的虽是未成年人,贡品里却也摆着啤酒和香烟,意思大约是,让死者体尝一下那些从未经历……或很少经历的事吧。

死者的照片也摆在那里,为防被雨打湿,装在透明的塑料袋中。看上去高中生模样的少男少女,一共二十名左右,站在某座著名的游乐园门前,比着胜利的手势,笑意盈盈。

此处,六名高中三年级生坐着一辆限乘四人的小型车,由三日前刚刚取得驾照的男生驾驶,超速驰过,并越过道路中心线,与对向一辆载货卡车相撞,后座的少年中有两人丧生。

想到遗属们此刻的心情,我便觉得不堪承受。那位驾车的少年心中必定也负有重创。同车获救的其他几名少年,也可说同样如此。今后,就连为了一些小小的喜悦想要露出微笑时,岂非都将伴着苦涩?结婚、生子之时也会抱着歉疚,连带让周围的人都觉得胸中窒闷,不是吗?

我将供作哀悼的照片贴在胸前。相信着死者的那几位侥幸活下来的朋友会平安长大,因而深深体味到生之幸福。为此,他们对逝去少年的友情也必将益发珍贵,成为无可替代的记忆。我为之祈福,将照片上的笑靥深深地印刻在了心中。

三月二日

一位七十八岁老妇住在一栋被嘲为"垃圾屋"的旧宅里。据邻人报称,近来一直不见她的踪影。警察接到消息,进入屋内查看,却发现了她的遗体。经判定,是病死。

我有幸从该町的自治会会长那里了解到一些情况。病逝的老妇家的屋子在町内是最古老的一座。其他旧宅中的老人皆已过世,没有人知晓她的生平故事。

据说,打人们记忆中有印象起,她便是孤寡独居。不知是否从双亲那里继承了遗产,从不工作,只蜗居在家中,最后在屋里积攒起大堆的垃圾。她不与左邻右舍来往,对邻人们关于垃圾的抱怨也不闻不问。有谁出于善意想帮她做一下清理,她便会朝人家身上掷脏东西。对于这位老妇,大家只日日备感骚扰,却无一人抱以感谢之情。

我向自治会会长打听:"垃圾清理完毕的当日,没有在屋中发现什么遗物吗?"

自治会会长"啊"的一声,突然想了起来:"正在搬运那些如山似海的垃圾时,我被清洁员喊了过去。有一只装人偶的盒子,打开来一看,里面放着漂亮的市松人偶①,说是埋在了垃圾堆的最底层。清洁员拿不了主意,不知是否该丢掉它们,才喊我去处理。我看一定是父母送给她的礼物吧,一眼就能看出是高档货。我就心想:这老太太也有过玩人偶的少女时代啊。再一细看,人偶的下面铺着一层纸,上面以纤柔的笔迹写着'感谢信'几个字。日期早已是七十多年前了,是当时的巡警写给她的。从内容来看,是小时候她曾把在路边捡到的钱交到了警局,巡警为此而表扬她,把事情经过写在纸上,当做感谢信寄给了她。看样子老太太当时高兴坏了啊,那样一封玩笑般的感谢信,一直珍惜地保存至今……"

三月三日

町内小小的商店街上,自广播喇叭中传出一首女孩节②的歌谣。听声音是还读幼儿园的一位小女童,用颤巍巍的稚音,卖力演唱着。听得人心中漾起温柔。

已经到这个季节了吗?我不禁慨叹。确实,冬日的酷寒已见和缓,也不再有雪。

---

① 动漫《银仙》主人公。
② 又称"桃花节",每年农历三月初三,祝愿女孩将来幸福的节日。

即使走出商店街，那首女孩节的歌谣仍在耳畔萦绕不散。或者，她与我接下来将要寻访的那位逝去的女童，在我心中已经重叠为一人。

一名曾为消防员的三十四岁男子，在杀死了与自己同龄的妻子及四岁的女儿后，自公寓的楼顶跳了下来。据说，女孩当日正为幼儿园的歌曲表演会练唱。"她要用自己的歌让爸爸高兴起来。可惜啊……"报纸上载有对幼儿园老师的访谈。男子不久前自称精神抑郁，休假在家。

这样一位祈愿父亲能早日自病中康复的小女孩，我要将她更深地铭记。索性便将那首女孩节的歌谣错认为是她的演唱，永远地留在耳中吧，我想。

三月四日

不知何人遗忘在巴士站长椅上的报纸上，刊登着一则美国与印度达成核能开发协议的新闻。除此之外，政治家与企业间的不法献金问题也占据了社会版。关于死亡事件的报道，一篇也没有。难道说，昨日竟无一人死去？

当然，我十分清楚，这绝不可能。不过另一方面，一旦在报纸上找不到有关死者的新闻，我又会稍感心安。对那个汲汲于报纸、杂志以及电台广播中的死亡报道，渴求从中了解死者消息的我,有时连自己都会觉得可鄙。怀揣着这份"可鄙"的自觉,继续这场悼亡之旅,实在是心力交瘁。有时,若不咬紧牙关去强行榨出身体内里的生命能量,我会连向前迈步的力气都没有。

三月五日

感觉有动静,我睁开眼来。四周尚一片昏暗,看了看表,才凌晨三点。

昨夜露宿在河边的桥下。桥上的路灯灯光映在河面上,随着水流而摇曳。我想起了"送亡灵"的仪式,眺望着漾动的灯影,忆起昨日报纸上刊登的、数年前的一起大事件。报道的内容是:那些死去的孩童假使仍在世的话,大都已到了小学毕业的年龄,因此应当给他们也颁发毕业证书……而实际上大概是发给了那些孩童的亲属。并且,死去孩子的同学们也在毕业文集中记述了有关他或她的回忆。其中一部分,则在报上刊载了出来。

上学时,他曾喊我一块儿走;

曾鼓励我,为我打气加油;

曾邀我加入朋友圈一同玩耍;

曾一起上动物园;

曾陪我做单杠后翻转的练习……

我想，若全日本的国人都可以读到这些文章，就有机会了解死去的那些究竟是怎样的孩子。并且，不仅是在大事件发生之时，连在那些微小的、寻常处处可见的事件、事故中的死者，都可以如此去纪念。

忽而，河面上有只小小的黑影跳了一下，灯影更加摇曳。

似乎是鱼儿的跃动。

三月六日

七个月前，一位少年骑自行车自学校返家的途中，被一辆租用汽车撞倒身亡。

驾车者是生活在东京的一对七十岁老夫妇，据说想到乡下来参观战国时代的古战场遗迹。那天早上，某位上学途中的中学生向迷了路的老夫妇打招呼道："有什么需要帮助吗？"并给老两口指了路。几小时后，老人驾车撞倒的，也正是这个孩子。

我向事故现场走去，同时跟过路人打听着相关的情况。

少年与父母、祖父母，还有两个弟弟一起生活。或许过去一直被作为农家的继承人而养育长大，责任心强，又时常照顾下面的弟弟，因此被周围的人夸赞是个懂事细心、善解人意的好孩子。小学六年级时，他被选为儿童会的会长，死去之际，也正担任着学生会的副会长。

事故现场，路旁树木的枝条一直延伸到路面上方，是个视野稍差的交叉口。虽已过去相当久了，角落的松树根旁仍摆放着花束，我觉得十分少有。

"哦，那些花啊，是撞倒少年的人供奉的。"为我指路的一位五十岁上下的妇人说。驾车的男人，据称现在正在交通刑务所。交警进行现场调查之际，他已在这里蹲了多日，双手合十，默默哀悼，直到被交警催促，都一动不动。他的妻子也在事故发生后登门向死者遗属谢罪，且每月的祭日都会到这里来献花、祈祷。

"只是，那个老太太每次祈祷之后，总会把花带走。我姐看到了，就问她为什么。听她讲，是担心花朵枯萎后弄脏这里，所以才自己带回家去。于是呢，我姐就说，那你放在这里别管了，我们会来帮你收拾的。死去的孩子也特别爱花，放在这里，他肯定也会高兴吧。这样啊……原来前天就是月祭之日啊，老人家又来哀悼了呢。"

不止亲人好友，死去的少年在许多人心中都留下了美好的回忆。我为他进行了一场哀悼。

三月七日

今早特别寒冷，我掏出了收在背囊里的夹克衫。

某户人家三十六岁的长男，因醉酒时点燃了屋内的窗帘而造成火灾。他与老父虽侥幸逃出，但六十三岁的母亲却没能及时逃脱，葬身火海。

据说母亲的腰不好，一个人从床上坐起身来要花好长时间。

火灾发生于四个月之前，烧毁的家屋至今仍未着手修复，从中间断成了两截，露出坍塌的断面，宛如建筑设计的立面图。我从附近的邻人处得知，死去的母亲常因儿子工作没有长性又身染酒瘾恶习而痛心不已。

"所以这次的事故，大家都觉得，或许是老太太豁出了自己的性命，想以死劝醒自己的儿子也说不定。莫非为了让儿子能痛改前非，她才故意不逃生的？当然，真相谁也不知道。"

死去老人对儿子的爱意之深，竟使左邻右舍们萌生出这样的想法，可见她的人品如何被大家信任。我在悼亡时，也不忘加上了这一点。

三月八日

与昨日迥然不同，今天是个晴暖之日。我把夹克衫从背囊里拿出来又塞回去。

一个月前，某位流浪者被四个不良少年投掷火焰瓶而丧生。

从附近的商店打听到消息，我来到高速公路的高架桥下。

禁止入内的告示已悉数撤除。现场附近有两个塑料布搭就的帐篷，里面各住着一位流浪者，看样子很介意我的造访。我便上前打了个招呼。其中一人缩回了帐内，另一人则走上前来："哦，你说那人啊，就是在这儿被烧死的。"说完他伸手指了指附近的某块土地上已被烧焦、残留着些炭黑的东西。

"那人笑嘻嘻的，自称二十二岁。可瞧那样子，再加四十岁也不为过吧。说是国立大学的毕业生，从前在文具公司上班，家庭也很幸福，本来没什么不如意。谁知，曾有教诲之恩的某个师长拜托他给一张支票做担保，结果却负债潜逃……为保护妻儿，他离了婚，宣告破产，总算保住了一条命。只是，却无法顺利地再次就业，加上周遭对他的不信任也日益严重，才稀里糊涂流落到这个地步。据说，还在文具公司任职那会儿，他负责开发生产的笔大获好评，如今全国人仍在使用。对这样一个好人却叫嚣着'人渣！烧死他！'真是太恶劣了。要是哪天我也被恶童党烧死了，拜托你也帮我祈祷一下吧。我这人，也不算太坏哟。"

为逝者祭亡时，投掷火焰瓶的少年们的身影一同浮现于我的脑海。这些孩子也会慢慢长大，年华老去，最终迎来死亡吧。无法奢望他们每一个都能被幸运垂顾吧。至少，我愿他们临终之际，能在众人的怜惜照护下安然死去。心知这愿望并不

静人日记 111

会为对方所知，我在那片烧焦的土地前垂下了头。

三月九日

据两个月前的某份报纸记载：雨后山坳间的道路上，横着辆大型摩托车，一位三十七岁美国籍男性在此身亡。新闻很简短，具体情形无法得知。

我乘巴士去往报纸上记载的村庄走访问询。

"你是说托比先生吗？"村里人对他几乎皆知。因为认识他，村民们貌似颇感自豪，对于我来访的意图，不仅不觉可疑，反而个个一副不把其人其事不吐不快的样子。

托比是一名画家，为了研习浮世绘的画技来到日本。他游历社寺，修习禅道，深受日本文化中"深幽闲寂、淡泊质朴"之审美情趣影响，移居到这座保留了田园风光的小村庄里。

他借住于古老的民居中，一边教授英文会话，一边习画，有时去屋后的农田垦耕劳作。刚开始这样的生活时，村中居民多感戒备。然而通过开办英文教室，来学习的孩子和学校的老师们先同他熟悉和亲近了起来。他本人也积极向村里人申请，要求多体验田里的农活及山里的工作。此时他的日文已掌握得不错，听得懂笑话，跟大家饮酒欢谈、推杯换盏间，渐渐融入了其中。他将自己的家开放为绘画教室，教村里的小孩习画；

到了夏天的祭祀日，耳濡目染之下，也自然地学会了盂兰盆舞，就跳起来博大家一笑；或在木头搭就的戏台上表演劲爆的热舞，赢来一片喝彩。他将村中的风景绘入画中，不久，也开始描绘村人的面貌。他们个个意态祥和、良善，表情温柔，以大方疏阔的笔触被勾勒在纸上。

托比的头发虽略见稀疏，但眼眸轮廓深邃，湛蓝；腮边拉碴粗犷的一把胡髭，与他的气质十分相衬；偶尔可瞥见衣衫下露出的一点胸毛，也深受女人们青睐，纷纷赞叹"性感极了"。据某位村人描述："对他有意的女人多了去了，投怀送抱任他挑选啊。有的哪怕当情妇、当小三都乐意，哪怕只跟他温存一晚都乐意。最后闹得连村里的老太太都这么讲。尽管如此，托比却坐怀不乱，从不动情。起初，大家都说他像个蓝眼睛的武士。后来呢，又说他没准好的是那一口吧……唉，就因为男人间的妒意，传出了这样的谣言……"

最后，这谣言一发不可收，竟发展到"托比其实患有艾滋病"的程度。甚至有传闻说，他将村里的小孩引到家中行猥亵之事。曾与他亲睦交好的那些人，如退潮般离他而去。孩子们也遭到父母的郑重告诫，接二连三地退出了英文教室。剩下的极少数则备受欺辱，被骂说会传染艾滋病。终于，谁也不再去学英文了。

对此，托比既无牢骚，也不辩解，仍旧淡定自处，如常度日。某天，他登门拜访一位当初刚搬至此地时便与他亲厚的年

静人日记　113

轻人，说想借摩托车一用。翌日，他便后座上载着个金发美女回到了村中。不久，又介绍说那是他在祖国的女友，此次是到日本来游玩的。那之后，他便与该女子勾肩搭背在村中四处走动，又有人瞥见他们在庭院中亲密相拥、谈笑私语的模样。对他的莫名怀疑烟消云散，孩子们个个兴高采烈。然而这一次，女人们却不再掩饰内心的嫉妒之情，甚至有人声称，他与女友的亲昵举止不利于儿童教育，应当将他逐出村去。

哪知三周后，自托比家传来阵阵的男女争吵声。金发美女连夜叫来出租车，独自乘车离去。翌日清早，人们瞧见托比无精打采地出现在院中，心中顿时生出怜恤之意，向他发出了久违的问候，鼓励他振作精神，奉劝说这村里的女人要多少有多少。也有人说，回头请您继续教孩子们学英文吧。托比沉默着，但笑不语。深夜，村中不知何处响起了玻璃相继碎裂的声音。到了早间，人们发现托比家的玻璃窗悉数被砸烂。

托比又到朋友家借摩托车来了。说昨晚为了赶一只蜘蛛，太用力，以致砸烂了窗户，现在要找人修理。朋友告诉他这种事打个电话就能解决，他却回答说还想顺便买些画材。

"总算对这个国家慢慢有了清楚的认识。我想大概能画出不错的作品来了。"

托比丢下这番话，跨上摩托，向城里驶去。途中却遭遇了车祸。我打听到托比借宿的那户农家，上门拜访，却见窗户上钉着木板。

他临走之际声言的那幅画会是怎样的作品呢？对此我虽怀有兴趣，但比起仅凭一幅画去想象他所怀抱的感情，我宁愿选择借由他为村人们留下的美好回忆去为之凭悼。

三月十日

昨日，我在村中时便淋了雨，之后虽乘巴士返回了城里，雨势却愈来愈急。我走来走去，想找个能避雨的夜宿之处。终于发现一座大公园，园内有个带屋檐的休息处可以睡觉。一夜过去，雨仍不见丝毫停歇的迹象。

一路步行，双脚已肿起，浑身的疲惫累积。能看到鸽子与鸭鸟们也缩在树丛的枝条深处休憩。我决定今天一整日都待在公园内，整理一下日记，对于自己哀悼过的亡者，尝试将有关他们的记忆更深地植入脑中。

傍晚，我穿着雨披在商店街里逛了逛，买了些便宜的食材。回到公园，打开折叠锅，用固体酒精烧了锅开水，把十只一盒的鸡蛋全部煮了。之后热水没舍得丢，又冲了块固体汤料。吃了两片吐司面包、一枚白水蛋，外加五十元五个的降价番茄一只。身体虽暖和了起来，肌肉的紧绷酸痛却仍未缓解。夜里，雨又下了起来。

三月十一日

黎明时分，腿抽起了筋。我用力按着抽筋处，咬牙等待肌肉停止痉挛。

旅途最初，曾多次因肌肉的抽搐或是紧绷酸痛而吃尽苦头，所以早晚间的伸展运动不可或缺。若是如此也不能消除疲劳，那么半夜或凌晨就会呻吟着疼醒。

一辆卡车因司机驾驶时打盹而撞上国道边的民宅，致使该户人家七十二岁的父亲与四十四岁的儿子丧生。我走访了车祸现场。据近邻指称，该户人家名声很糟，自从当家的主妇死去之后，父子之间就争吵不休，又时常违反垃圾投放规则，拖欠着不缴纳街道自治会的会费，与左邻右舍的来往也日渐减少，等等。然而，我的悼亡却并不需要这些素材。

我只要记住：父子俩在建筑公司工作，各自都敬业尽责；对于死去的母亲，两人都将其视为内心的宝贵支撑，她在世之时，一家三口和睦无间。

一周没去公共浴室了，今天去洗了个久违的热水澡，舒散一下筋骨。我通体舒泰，在热水里连泡了几个小时。

三月十二日

去年秋天，某家生产烟雾罐的小工厂发生火药爆炸，一位四十七岁的男职员因此丧生。我在车站前的交通岛上打听工厂的地址,许多人甚至不知道町内有这样一家工厂存在。后来总算从巴士公司某位年长的职员口中了解到了去那里的路线。

乘巴士约四十分钟,在离工厂最近的巴士站下车,步入一条几乎不见车辆往来的僻静小路。

山间的空气中透着寒意。不久,道路前方出现了一道铁丝栅栏,上挂标牌,写着"内有危险品,非工作人员禁止入内"的字样以及工厂的名称。栅栏里面一片悄寂,听不到任何声响,亦不见人影。

我决定不管怎样暂且在此稍候,同昨天一样,吃了顿吐司面包搭配水煮蛋与生番茄的午餐。因为一向总买便宜的食材,所以每餐的内容总是重复。

回市区的最后一班巴士下午六点发车,我打算等到五点半看看。结果,谁都没有出现。我问巴士司机,这间工厂是否已被关闭。对方告诉我没听说有这回事。我说那里似乎不见有人出入,对方听了面露苦笑:"因为今天是星期日啊。"长期旅途在外,经常会丧失时间感。今天太失败了。

三月十三日

今日登车之前,我先向巴士公司的职员询问:"那间生产烟雾罐的小工厂今天上班吗？"对方答："既然是周一，又没听说他们关门，大概会上班吧。"

从巴士站向工厂走去的途中，几辆小轿车和面包车从我身旁驰过。大概是厂里的职员吧。也有驾车人朝我投来疑惑的一瞥，但并没停车探问。当我抵达栅栏时，已经没有了进出的车辆，我便再度在栅栏外等候起来。

中午时分，栅栏里面拉响了铃声。约十分钟后，自厂里驶来两辆面包车，停在栅栏前。从前一辆车的副驾驶座下来一位年轻男子，一边满面疑惑望着我，一边伸手去拉栅栏门：

"伙计，早上是你吧？在路上朝这边走。你来厂里有什么事吗？"

我陈明来意，告诉他想对去年秋天事故中的亡者做些了解。

对方一脸惊讶，扭身朝后一辆面包车望了回去。或许是察觉这边情况有异，车上跳下几个人来，对我的来历和拜访理由一顿盘问，我照平时那样回答了他们。其中一人突然忿忿踹了栅栏一脚，吼道："别他妈逗了！"另外几个赶忙拉住了他。也有人嘴里闷声嘟囔："正是吃午饭的时候，这闹的哪一出啊？"结果，几人撂下一句："跟你小子没关系，少管闲事！"就全都钻回了车内。

方才最先下车的那位年轻人打开栅栏，等两辆面包车都驶出厂后,又重新拉上,落了锁,一面转身想回车里去,一面往我这边扭头瞥了一眼:"死的那位,性格有点问题,特别遭大伙讨厌。不过再怎么说,毕竟也都是同事。也是想冷静冷静,所以不愿你再来刨根问底了。"

"那么,他的葬礼,家属都来参加了吗?"我试着追问了一句。

"哦,他生前不是什么讨喜之人,一直独身。有个上了年纪的叔父倒是来了,跟大伙一一鞠躬道谢,说这个从没得到过父母一丝亲情疼爱的可怜人,能在这里有个工作,受大家照顾,实在太好了。感觉几句话让从前的恩怨都一笔勾销了,大家喝了顿痛快的吊唁酒。"

"喂!别理他了!"车里传来呼喝声。跟我说话的年轻人钻进面包车,两辆车一道绝尘而去。之后,我在栅栏前为那名死者做了哀悼。

三月十四日

我在市政厅的等候室里读了份报纸。

前南斯拉夫总统逝世的报道占据了整个版面。

对于他生前的政绩、具体的所作所为,我一无所知。不过,许多人卷入波斯尼亚的政权纷争而失去了生命。

假使为他做一场哀悼，却不去哀悼那不计其数的、因他的命令和指挥而被剥夺了性命的人，我会感觉不合情理。然而，新闻中只记述了他的姓名与经历，对那死去的大多数，却从名字到为人，一概都不曾提及。

所以我想，是否可以索性通过铭记住他的死而避免忘却掉一个事实，那就是：还有更多因他的命令和指挥而被夺去的生命……那些爱着、被爱着、互相感谢，并祈望着微小幸福的人们也曾经存在过。

三月十五日

满月之夜。恰好是阴历十五。与日间一样，天空晴朗少云，可以观赏月的皎美。

人们为何总是对球体感到美丽呢？我忽然冒出此念。

或许因为构成了生命的一个个细胞也呈球形的缘故吧……不仅月亮，星星们亦皆是球体，所以在广袤的宇宙与微小的细胞这两组庞大的球形体系之间，存在着囚困于卑小自我之中的生命体。这想法像妄念般浮于我脑际。

不能再去深入琢磨那些超越了自己五尺身躯的庞大命题了，我想。

三月十六日

我遇到了一个人。他认为自己死时即便没有谁记得,也无所谓。

当时,我正在哀悼一位被随意杀人狂刺死的二十八岁上班族女性。

事件发生于两个月前,可女子遇害的铁路高架桥下至今仍摆放着大堆鲜花,也供有纪念的书信,上写:本想与你相伴到老……

我在那里做哀悼时,一位长发青年踩着单车从身旁骑过。"你在干吗呢?"他语气中含着一丝冷笑,冲我打招呼道。我跟他讲了讲悼亡的事。他鼻中哼笑一声:"太可笑了吧!"仿佛觉得嫌恶似的,蹙了蹙眉。

"我现在就算死了,就算谁都不记得我,也无所谓。哦,不,倒不如说被谁挂念着的感觉才更恐怖。像这样给死者献花,不说有什么意义,也太肉麻了。"

青年说完,蹬着车子走掉了。他想表达的我并非不懂。尤其身处孤独之中时,往往会有这样的想法。可以理解。

但正因我行走四方,无数次探访过死亡,才有所洞察。

口吐这种话的人,大都对死亡将会在何时降临了己身没有什么真正明确的思考。刚才那青年说,就算现在死了也无所

静人日记

谓。然而人之死，并不一定发生在自己觉得死了也无所谓的时候。自暴自弃时、没有喜欢的人时、找不到一件真正想做的事时……等等，死亡并非仅在这样的时刻降临。

方才的青年，或许有一天也会遇到自己喜欢的人；找到自己想尝试的工作、想从事下去的兴趣爱好、有意义的人生使命；幸运地拥有想要相伴一生的爱人或友朋、想一直守护并见证其成长的孩子。

有时恰是在这样的瞬间，死亡会不期而至。

再差一点，自己一直以来坚持不懈的努力即将获得回报；到了明天，便能看到自己深爱之人的笑颜……这样的时刻，可能却会被素昧平生的陌生人夺去生命。

届时，谁还能说出"被什么人挂念才更恐怖"的话呢？当然，或许依然有人会讲。但更多的人却没有如此逞强。

况且，站在遗属的角度来想，自己曾期待能共守一生、相伴终老的人，想要守望其成长的人，无论历经多少岁月，都是难以忘怀的。

至少，我祈祷他们对死者的哀悼不会遭到如此冷漠的轻视。

三月十七日

突然刮起了阵风。风迎面袭来时，我不得不停下脚步，等待它经过。

我甚至动过念头,想索性不再继续走下去了。去年的这个时候,某户民宅的厨房发生了火灾。或许就是今天这样的阵风造成的吧。顷刻之间,火势便蔓延至邻近的小公寓。二楼的某户人家屋里有一个七岁男孩和一个两岁女孩。据说离婚之后,父亲带着孩子,一家三口在此生活。

当日,女孩儿因感冒发烧,没往保育园送。父亲则有重要的工作要处理。即便没什么紧急情况,由于要拉扯两个孩子,公司那边他也时不时会缺勤。那天若不把手头的一份合同整理好,恐怕就会被解雇了。没法子,男孩只好从学校请假,留在家里照看妹妹。火舌席卷了他们所在的屋子,在烧焦的废墟中,找到了两个孩子的遗体。

据说男孩死时身上披着毛毯,仍旧守护着妹妹。

单是想象一下父亲的悲恸与逝去的孩子所受的痛苦,都会自觉傲慢不敬。

我能做的,只是铭记住逝者。逆着大风,我向那间公寓楼走去。

三月十八日

有个家伙绰号大熊,风流好色。在他所居的山间村落,早已不再有男子走婚——夜间上门向心爱的女子求欢幽会——这种古老风俗。但他时时高谈阔论，说些"在如今这时代才更该努力传承日本文化中的精华部分"或"弘扬地域文化传统的使命，就落在我的肩上"之类的豪语，到了晚上，便总往那些大龄未婚或离婚后回到娘家居住的女人那里跑。

"我可不是人类，而是山中之神，见你不畏挫折、坚强生活、勇气可嘉，特来慰藉你的芳心。"这是大熊上门求欢时每每挂在嘴边的固定台词。可床事完毕，女人们对他的评价却是："哎哟，原以为这人在床上会是头公熊呢，谁知是只小松鼠。"

关于他的这番风言风语，在人们之间流传。

这位大熊君，某天幽会归来时，却在山道上遭遇了一头真熊。

我在村子集会场上首个打招呼的男人跟他的几位朋友七嘴八舌地讲：葬礼上来了一群不认识的女人哀悼大熊，还说什么这家伙一死，真像是熄灭了一团火焰。好几个女人为他伤心得骤然老了一截，太可怜了……云云。如此一来，有人专门前来打听大熊故事的消息不胫而走，在村中四下传开。夜色愈深，人愈聚愈多，都纷纷向我劝酒，结果大家畅饮达旦，喝了一宿。

三月十九日

走了半天，终于抵达了山口，登山者心目中的名岳。

与此山相连的整个山系，仅今年冬季就有六起死亡记录。若再往前追溯，应该曾有更多人在这里罹难吧。

海拔不高、坡度较缓、只属于"健行"程度的山峰，我在学生时代爬过几座，而真正意义上的"登山"经验，却完全没有。所以想要去事故现场为那些死去的登山者悼亡，对我来说是不可能完成的任务。

我只走访了作为登山管理所的一间原木搭建的小屋。看年龄估计是大学生的两名年轻人挤在屋内，我向他们打听逝者的情况，道明了自己想为之哀悼的意图。

对方的反应与我一向所遇到的不同，显出一副表示理解的模样：

"啊，你是想去遇难现场为那些人合掌凭悼吧？"

这一来，反倒令我纳罕起来。

据他们说，登山爱好者群体内有一个习惯，即使素昧平生，也要去罹难者的死亡现场，双手合十，为之祈祷冥福。而且，就算彼此谈不上相熟，只要曾在哪座山上有一面之缘，对方一旦罹难，也要心怀追思之念前去凭悼。当然，死者的遗属或友人亦不例外，要么进行"哀悼登山"，要么来到登山口，双手合十，为之祈福。那死去的六位登山者当中，有的曾多次攀登过此峰,与管理所的职员以及在此打工的学生的关系都不错。因此对于这些逝者的情况,我有幸做了详细的了解。

"不过我说你啊,不会这副装扮就想进山吧?"

两位年轻人丢出疑问。我循着他俩的视线瞧了瞧自己脚上踩着的破破烂烂的旅游鞋。

日头已渐西斜,我请求在管理所的檐下铺开睡袋。

对方闻言马上道:"还有一个房间空着,如果不嫌弃,你就睡那儿吧。"据说是发生紧急状况时给搜救人员使用的休息室。"如不嫌弃,请吃一些吧。"两人煮的杂烩风乌冬面此刻对我来说简直是奢侈的美味。

"你明明也不是登山爱好者,为什么要来哀悼那些遇难者呢?"

用餐之中,我跟他们讲了自己的悼亡之旅。这两位大学登山俱乐部成员起初是讶然,接着是困惑,歪着脖子,最后则一脸呆怔,嘴角挂着空洞的笑容。

话题告一段落,大家沉默了片刻。之后,二人面带犹豫之色开口问道:"你所做的,虽有一种攀登高峰般的艰苦,但相应而来的成就感呢?在哪里?"

"你这么坚持不懈地哀悼着死者,在终点时,想要看到怎样的风景呢?"

我答:"没什么成就感,也并不期待看到什么高远的美景。"

"啊？不敢相信……说不定，你这人还挺有受虐倾向。"

"被人问到为什么要哀悼死者，一般应该回答：'因为有死人哦'，不是吗？"

二人说完笑了起来。看样子对我的解释并不认同，但也并未继续追问。

许久没睡过榻榻米了，今晚我睡得很香甜。早间，二人又请我吃了一顿早餐。道了谢，我正打算动身上路时，却被叫住了。

"先等一下好吗？"

"昨晚跟你聊过后，我俩又讨论了一下……关于你的悼亡活动。在山里，如果有人遇难，登山爱好者之间会有一种特别的感慨。因为即便与对方素不相识，但对于入山时期的选择啊、路线啊，也会抱有默契与感情，所以会为之伤怀。而底下的人呢，或者说一般的、对登山不抱兴趣的人，相对来说，对这事的反应就冷淡多了。他们会说：'为什么专往那些危险的地方跑呢？''谁让这是他自己的爱好呢？为此而死，也没啥可惜的吧。'……所以，像你这样，即使不是同道中人，也能对死者抱着同情，凭借那些爱与感谢去将他们铭记。我俩心里挺高兴的……昨晚说你有受虐倾向什么的，实在抱歉。"

等待回城巴士的时候，我又抬眼重新看了看这座山峰，心中将死去的几位罹难者默想了一遍。

三月二十日

风吹得树枝激烈摇荡，被撕碎的叶片在空中盘旋飞舞。一片叶子狠狠拍在我脸上。

在城市的一个铁路道口前，我停下了脚步。或许是邻近中央车站的缘故，数列轨道贯穿而过。高压线塔耸立之处，视线受阻，难达远处。防护栏已经落下二十多分钟了，迟迟不见升起。

两年前的夏天，明明未有电车通过，防护栏却一直不肯升起，一位五十四岁女性等得心烦不耐，便钻过护栏打算横穿铁道，被一列疾行的电车撞死。

我走访了几家店，在某家药局打听到死去的女人当时在给她卧病的公公做陪护。公公因脑萎缩无法走路，脾气暴躁易怒，儿媳若不能随叫随到，他便会大吼小叫，摔盆打碗。那天，公公在医院诊断出患排尿障碍后，她先将公公送回家，自己再度出门去拿药。谁知平日常去的药局临时休业，便只好拐到另一家。可惜该店却没有她要买的那种药，又被介绍到很远的第三家去。好不容易才把药买到手，自然花了不少时间。她想早点赶回家去，心中焦急，再加上平时也不常走铁路道口。

据说，对于尽心照顾公公的她，左邻右舍曾夸赞道："可真是伺候得无微不至呐。"

女人便回答："我没嫁过来那会儿，老公还是见习厨师，父母坚决反对我俩的婚事，公公就登门来拜访，向我父母下跪，磕头请求，发誓说会负责把自己的儿子培养成有出息的人，一定会让您家的女儿一生幸福。"

过了将近三十分钟，铁道护栏才升了上去。我心中怀着哀悼之意，缓步踱过了道口。

三月二十一日

露宿在城外一座无名神社的墙檐下。神社入口处有尊光滑的石造狛犬，似乎翻新未久，被雨水打湿后，在昏暗街灯的映照下泛着光亮。

天亮之前雨停了。我在御手洗[①]处舀些清水洗了脸。神社角落里设有简易公厕，为我解了内急。公厕旁，置有两尊从神社正门处撤换下来的旧石狛。年深日久，石头已被风雪剥蚀，变得轮廓圆润，眼鼻亦不再清晰。虽说被撤换也属正常，但看它们这副剥蚀老旧的模样，大概不止诞生于十年、二十年前，而是在神社创建之始就打造了的。

定有许多人怀抱着心愿与祈念从它们面前走过。想到这里，我对两只完成了使命的老犬生出一股怜意与敬重，便轻轻

---

① 神社寺庙里供参拜者洗手漱口的地方。

抚了抚它们的头。

三月二十二日

某间酒店发生火灾，加上服务人员错误引导，一位六十九岁的老者与他六十一岁的妻子丧生其中。事故发生于十个月前，是车站附近的一家小型酒店，现在已经换了其他名字照常营业。墙壁似乎重新粉刷过了，看不出火灾的痕迹。

前台是与我同年龄段的女性。对于我的询问，她皱了皱眉：

"请恕冒昧，您与死者是什么关系呢？"

我一边暗自祈祷她能理解我的来意，一边向她解释自己想为死者做一下哀悼。通常在这种地方，总是较容易遭到误解，于是我特意追加了一句，告诉她我绝不是为了要钱。谁知气氛更僵了，反而更显可疑似的。

"酒店的老板已经换人了，以前的事情我也不清楚。"我试着追根问底："有没有了解当时情形的人呢？"对方的回答依旧未变。

若是在大酒店，恐怕这时我早已被警卫包围了吧。我为自己唐突的造访道了歉，便往外走，刚走到门边，却被唤住了。

"这位先生……我作为一名酒店员工，对于住宿客人不幸身亡之事感到十分遗憾。我仅以个人的名义，发自内心地为逝者祈祷冥福。"

前台的女人满面沉痛之色，垂下了头。

出了酒店之后，在玄关一侧不会妨碍客人出入的地方，我垂首而立，将方才前台女职员的沉痛表情与真诚话语铭刻在心，然后向逝去的两位亡者寄予了哀悼之念。

三月二十三日

我逗留在昨日那座中央车站周边的某个街区，打算去走访另几处悼亡之所。

城市的人口愈庞大，逝者便愈多。另一方面，公共交通也更为便利，在大公园之类的地方找个露宿之处也没什么困难。再者图书馆也不少，想要读读报纸、翻翻杂志，都很方便。

在此街区内某座高层大厦的建筑工地上，三周前，一位三十五岁老挝籍男性因事故身亡。我在图书馆的一份地方报纸上读到了这则新闻。因为涉及非法滞留、非法劳工等焦点问题，关于逝者的具体情况，报上并未做详细描述。大厦仍在建设当中。我在工地边的道路上整理着笔记，等待工人们下班。五点时铃声响起，结束了工作的人鱼贯而出。我走到一个眉目和善的中年男人身边，打听死者的事。男人脸色为难地环顾了一下四周。有人留意到异样,走上前来问:"有什么事吗?"我又把问题重复了一遍,那人也一脸难色,扭头望向身后。就这样,不断有人凑上前来,围成了一个小小的圈子。其中一人问我:"你跟死者有什么关系?"我照一贯的方式给出了回答,却并未令他满意。我又打听这里有没有与死者相同国籍的人。

却被告知,那些人全都被辞退了。

忽然,一只粗壮的手臂打横伸了过来,一把揪住了我的后衣领。"你有啥事儿?"一个身穿工作服、脸色严肃的男人质问道。

在他身畔还立着几名同样凶巴巴的人,恶狠狠瞪着我。

"你是做什么的?来这儿干吗?"几个人将我又盘问了一遍:"少装糊涂!"说完在我胸前推搡了一把。

"闪开!"此时响起一个声音。一位在工作服下穿着白衬衫、系着领带、脸上架了副高档眼镜的男性拨开人群走了进来,手指迅速在我衬衣胸袋里探了一下,道:"行了,走人吧。其实我们也是受害者,听他说务工手续一概齐全才雇了他。统共也没正经干几天活儿。尽管如此,也赔了他一笔抚恤金。"

我又试探地问,此人是否有亲属,与同乡和周围的人干活时,相处是否愉快。

"就是因为有家人要养,才会到这种地方来打工吧。详细情况,我不清楚。"

这一来,我身后站的一堆人纷纷插言:"那家伙人不错的。"

"他很早就学会日语了,什么'谢谢您'啥的都能讲。"

"对对,什么'超高兴的',也不知谁教他的,把大伙逗得啊。"

大家七嘴八舌正说得起劲时,方才推搡了我一把的那男人忽地怒吼道:"都闭嘴!"

系领带的那位则推着我的肩膀,嘴里劝着"行了,够了",将我推出了人群。

我走到无人之处,举头望着建造中的大厦的钢筋骨架,进行了哀悼。

夜晚露宿公园,正要睡觉时,才发觉衬衣胸袋里塞了张万元大钞。我想最好捐赠给那些对逝者的祖国进行援助的慈善项目,便暂且保管了起来。

三月二十四日

在某图书馆的分馆读到一份地方报纸,上写昨日午间,从本街区业绩最优的百货公司楼顶跳下一位二十一岁女性,系自杀身亡。该报登载的新闻里,仅简录了客观事实。我想在离开此地之前,去哀悼一下这位女性。

现场取证和清扫作业貌似已经完毕,而该建筑背后一个不起眼的角落里，却靠墙放着些花束。与花束一起的，还供着枚小小的信笺。

"谢谢你对我从不厌弃，愿意做我的朋友。你一定会升入天国的。"

哀悼结束后，我的侧脸感到一缕视线。有位女性从远处注视着我。那种好奇打量的目光我虽时常遇见，但今天气氛不同。

重新挎上卸下的背囊，我向她走去。是前日小酒店前台的那位女性，一身春装打扮，薄短款小西服搭配牛仔裤，让我一时错认为别人。

"莫非……您刚才是为昨天在这里自杀的人悼亡？"

女人问道。我答说，是的。

"那天您在酒店说，想给死去的客人进行悼亡仪式，原来是真的啊。我想一般不可能会有这种事，所以就……我当时的态度太失礼了，实在抱歉。"

女人问是否能占用我一点时间，邀我来到了公园。我俩在长椅上并肩坐了下来。

她重新向我了解悼亡方面的事。我给她看了自己的日记。她满脸惊愕与困惑的表情，读了一阵，这才开口道："实际上……我在之前的酒店也工作过。火灾当晚，虽然我值的原是白日班，但仍旧给两位老夫妇办理了入住手续。这与我的工作没有关系，而是从非常私人的角度来说……"

死去的两位貌似很喜欢与人谈天，跟前台的她也聊过不少。老者是退休教师，老太太则是政府国民福利科的退休职员，两人的言谈都十分和悦有礼，彼此间也细心照顾。据参加葬礼的原酒店经理讲，哀悼会上，老者曾教过的学生，老太太以前工作上结识的年轻母亲和她们的小孩等，来了许多人。

讲完这些，女人沉吟了片刻，又道："其实，我自己也有一位持续哀悼了五年的人……"

五年前，她曾偷偷交往过一位男友，带着他七岁的孩子去河边钓鱼。孩子跌入河里，被水流吞没，他慌忙扑进水中援救，将孩子设法推到了河岸的岩石裸露处，而他自己却在下游两公里处被发现了尸体。

"守夜仪式和葬礼，我都没能参加。我的存在，并不为对方的家人所知。他是这么告诉我的，实际怎么样，我却不知……若去参加葬礼的话，恐怕我会哭得一塌糊涂，那副模样被周围的人看在眼中，对他会造成麻烦吧，我想。"

女人说，自己每年都会去给旧情人扫墓。我向她请教了那条河的所在。

三月二十五日

乘巴士进入山间的村落，我从桥畔向河边一路走下去。

途中有株巨大的山樱。抬眼望去，一树繁花，喧阗盛放，几乎遮蔽了整个天空，映着炽烈的阳光，灿灿发亮。因太过耀眼，我将视线投向河面的水流。那些撞击着岸边岩石的浪尖，还有漾动的涟漪，仍反射着炫目的白光。

男人死去之时，据说是在五月的一个连休假期，山樱花已经凋谢，枝头缀满了翠嫩的新叶。岂止那片新绿，连河岸边的苔色，想必都被水光映成一片碧青。

对岸吹来阵阵河风。我走到水边，脚踩着石头，把手伸进河里。阳光灼热，四周明亮，河水却比我预想的冰凉许多。我将手臂浸在水中，心中默诵："你在世之时自不必说，今后也将被人们深爱下去……"

三月二十六日

某个为狩猎野猪而组成的猎友会中，一位五十九岁男性因被误射而丧命。

此人经营的店种植一些通常在中华料理中较多使用的绿叶蔬菜，例如青梗菜之类。据说因味道绝佳，也常向大城市的著名餐馆供货。家里还摆着他与某位曾经上过电视的名厨的合影。

"是不是也给那位名厨的餐厅供过货呢？"我问。

"哪儿啊，才没有。不算是撒谎吧，反正只是个噱头。"

死者的妻子告诉我，居住在东京的外甥的结婚典礼是在那位名厨所在的饭店举办的。正赶上人家大厨到前厅向客人问候，他就请求一起拍了张合照。

"他这人有点孩子气，总说：'谁让看照片的人自己误会，随他们的便。'玩枪这事儿，我也提醒过他，说迟早会出问题，还是算了吧。可他说，这是童年时就有的梦想。误射他的猎友是他的一位发小。对方儿子结婚，是由我俩做的媒。孙子的名字也是我俩给取的。我们两家以前常在一起聚会。可惜啊，不管对方怎么谢罪，人死了终归无法复生。作为对方来说，毕竟射死了自己的挚友，为了这事也是万分消沉，现在还躺在医院里呢。我家这边，因为一向受大家的爱戴，发生了这种事，反而对朋友们抱着歉意。若是愿意，你就给我先生上炷香吧。"

我在逝者的遗像前为他点了一炷香，祈福完毕，又在山中的事故现场也做了哀悼。

三月二十七日

昨日我返回城中，在公园树荫下铺好了睡袋。可日头落山之后，气温仍旧很高，便脱去了冬天睡觉时一直穿着的那件高领棉恤。这实属失策。早晨起身时，大概夜里着了凉吧，脖子跟肩膀一片酸痛，背行囊都觉得吃力。

读了篇报道，说某权威医生撤去了一位八十三岁男性患者的呼吸维持器而令其死亡。我走访了那家医院。

患者不仅康复无望，而且丧失了所有意识，靠呼吸机维持着生命，也只是一味痛苦，因此不如让他安乐地离去——据说，这是医生的判断。而病人家属对此也已接纳，并请医生予以实施。患者本人也在意识弥留之际拜托过医生，让他不觉痛苦地死去。对于这种行为的是非论断则因人而异，往往由每个人的立场、信仰以及支撑其的思考方式所决定。

作为我来说，不会将亡者仅视为法律和伦理讨论的对象，而是视其为与家人、亲友们共同缔造了独特历史的人，一个独一无二的存在，唯愿他能够被周围的人们永远铭记。可惜这位逝者的相关情况如姓名、年龄等一概被隐去了。我像以往每次走访医院时所做的那样，仅在大门前深深垂下了头。

三月二十八日

听广播中的新闻讲，据此地很远的某红灯区里，一名二十九岁的男性暴力团成员被人从背后枪击身亡。

其后，犯人主动自首，声称自己是为被杀的友人复仇。

所谓友人，是指上月十二日我也曾走访过遗体现场的、一位被抛于河中、身份不明的死者。据说在黑道江湖内部，关于究竟是谁杀了谁而后弃尸河中，早已是公开的秘密。

我眼前浮现起当时河岸边的情景：虽寒意萧瑟，却感到一种冬日枯寂的美。

三月二十九日

天亮之前，空中雪末飞舞。明明已经到三月末了，却仍冻得人身体发僵。

我去哀悼一位因砂石塌方而被埋身亡的小学四年级女生。距离住宅小区很远的一处建筑材料堆置用地里，砂砾、泥土、木材等堆积成山，这里便是事故现场。

一位年纪七十上下的老人平日在此独自看守，他主动向我讲述了相关情况。事故那天，他因参加葬礼法事而请假未来上班，所以对于女孩的死颇有悔意。

女孩几乎每天都会到此玩耍。据她跟老人讲，父亲罹病，长期住院，母亲又要上班，因此小五岁的两位双胞胎妹妹就一直由她照看。放学后，在这儿玩上半小时，她就要去幼儿园接妹妹回家，给两人烧饭吃，陪她们玩耍。老人也曾提醒过她，砂石堆太危险，不要随意攀爬。

据说事故当天，女孩从学校那里接到了一份需要转交给家长的"午餐费滞纳通知书"。可父亲住院费用庞大，仅凭母亲的薪水，连房租都一向迟迟不能交上。女孩知道家境的艰难，或许为此而心情低落吧，就趁给管理员代班的年轻人去吃午饭的工夫，爬到了禁止攀登的砂石堆上。据事后分析，是她在"山顶"玩耍时，不慎摔倒，被随之崩塌的砂石压在了下面。

"现在啊，我好像还能听到那个小姑娘的笑声，跟我央求：'爷爷，您就让我再玩三十分钟吧，然后我就去接妹妹……'"

三月三十日

今天是一位好友的生日。若他在世的话，应该与我不同，早已是一位出色的医生了吧。

不……若他没死的话，没准我也还继续做着那份在医疗器械公司上班的工作。我之所以对死亡抱有深切的关注，理由并不仅是他。但如果他还活着，或许我便能将自己目睹许多逝者被世人逐日遗忘而生出的苦楚与他倾谈，并在工作中找到面对的勇气，在人生的前路上一直行去。

他若活着，会如何看待今日的我呢？他的笑容浮现在我的脑际。

跋涉在风中，背后仍不断传来他的殷殷话语。说话时，他的脸上挂着过去熟悉、今已久违的笑意：

"你小子是傻瓜啊,还在继续悼亡之旅吗?你应当去从事的就只是这个吗?"

我答:"不知道啊,不过目前还没有放弃之意,想再做做看。"

"真是个顽固的家伙呐。如果死的是你,活着的是我,会有多少人的性命因此而获救。"

我不禁苦笑:"这也没办法啊。再说,就算活着的是你,说不定什么时候也会做与我相同的事哟。"

"谁会去干这种傻事嘛。我肯定会奔赴医疗资源匮乏的小村庄,或是海外的战争地区,做些能够受人感谢的工作。跟你恰恰相反,我要从事有意义的事业。"

"是啊……换作是你,一定会做有价值、有意义的正经事。"

"……谁知道呢。没准我会一天到晚忙着赚大钱,夜夜左搂右抱,花天酒地呢。总之,你也不要太拼了,累了就休息,想放弃就放弃。我呢……会守护着你的。虽说也帮不了什么,但会一直守护着你的。"

三月三十一日

公园里的樱花迎来了盛放时节。池塘上也招摇、舒展着花枝，荡着小舟的游人随意一伸手就能触到花朵。落花漂浮在水面，汇成了一座"小岛"。水鸟仿佛在与之嬉戏，流利地划出一条"花之水路"，但顷刻之后，漾开的花瓣又重新漂回了"岛"去。

因为今日是周五，一群群赏花客在樱树下铺开了野餐布，把杯换盏、饮酒谈笑。望着人们的笑脸，我也感到胸中舒畅。然而，就连在这幸福凝聚之地仍免不了会有生命逝去。

某位大学生在迎新联欢会上饮酒过量，引发急性酒精中毒……刚干起涂装工作的某年轻人，酒意酣畅时与朋友趁兴跳入了池中，致使心脏负担过重……

不过，除了报上的简短报道，我便无从得知他们的任何情况。在园内的小卖店里打听，人家也只会一再冲我摇头。

但与此同时，我听一位卖店老板娘说，公园里每年都会发现两三名自杀者。至于死者都是些什么人，她对此早已司空见惯，也不再去关心了，只记得他们的年龄和性别。

给来赏花的人带去不快，并非我本意。我在远离人群的一处地方，先面向池塘，转而面向树林，把手掌贴在胸口，垂头默悼。

"您在做什么呢？"有声音问道。

附近的长椅上坐着一位西装革履的老者，头戴质地高档的礼帽，唇边蓄着白髭，左眼闪烁的光芒给人睿智的印象，右眼却一片白浊。

我觉得有所隐瞒也颇为不敬，便坦承自己正在这里追念那些逝去的人。"哦……那么，这是您的工作还是什么呢？或者，是一种宗教修行之类的？"

我答说都不是，只是一种自我满足，类似"兴趣"的那种东西。老绅士不知是理解了还是放弃理解了，脸颊微微绽出笑意：

"这样的话，您到我这边来喝上一杯悼念之酒，如何？"

说完，用左眼的眼神示意长椅的空位，从脚边的便利店购物袋中取出了一罐啤酒。他将喝到一半的啤酒罐握在另一只手里：

"偷偷呷上两杯小酒，是另一种哀悼哟。还是说，您还得回去接着完成什么庄重的仪式？"我虽暂已戒了酒，但听老者如此说，觉得再推辞也太固执不近人情了，便道了谢，在他身旁坐了下来。

"那些逝去之人啊，比起每次都被别人哭丧着脸追念，有时也会想要坐在樱花树下，喝几口敬献的啤酒，好好地歇口气吧。"老者请求干杯似的冲我伸出酒罐。我卸下背囊，顺从地回应了他。或许樱花之美亦可醉人，才喝下半罐，我便觉得两颊微热。

"您现在是空腹吗？那或许不适合喝酒。因为我从前的老友爱吃，或者说，是我想让他饱饱地吃上一顿，所以才买了这些。您若不嫌弃……"

静人日记

老者递来一只饭团，我道谢接过，确实如他所说，此刻正觉得肚饥，便马上狼吞虎咽起来。大概吃相过于狼狈，我感到对方投来的目光，便羞涩地埋下脸去。

"哦，不，就是要吃得香喷喷、食欲大开的样子，才是对死者最好的悼念。这些，您全部消灭掉吧。"老者将盛有饭团的塑料袋放在了我俩中间。我问："您是在悼念什么人吗？"对方只笑了笑，并不搭腔。

喝完一罐啤酒，我浑身发热，不由得喘息急促。

"您醉了吗？那么唱首什么歌吧。这也算作一种哀悼。"

我正感为难，老者便道："那我先来吧。"他口中低低呢喃起来。古老而哀愁的曲调，是悼念在异国逝去的友人的歌谣。待他一曲唱毕，作为对今日饮食的答礼，我也挟着些酒意，唱起了从前在公司上班那会儿常唱的一首民谣，却跑了调，只唱了一段主歌就作罢了。

对方笑起来："音调虽多少有些奇怪，不过幸亏如此，让人了解到你仍旧属于人类。"

说完，老者又开了一罐新的啤酒，朝我递来。

没错，我只是一名凡人，即使修行，也干不出什么光辉伟业。

四周传来赏花客活泼明快的歌声，听上去仿佛个个都在庆祝生之喜悦。我仰头干掉手中的啤酒，鼓起勇气站起身来。

"你小子曾经也超爱吃饭团啊，喝酒的话，一杯啤酒下肚也就忿了,还说过'真正想做的不是医生而是演员'这种傻兮兮的话。因为喜欢一个歌手,所以得知他的死讯时,你曾真心实意为之痛哭,叹息他走得太早。"

——我一面在心中念叨这些话,一面唱起了逝去好友最钟爱的尾崎丰的歌。

二〇〇六年四月

四月一日

昨日在公园结识的那位老者邀请我上门做客。

他家是一座老式风格的独栋房子。老者一人独居,室内拾掇得干净整洁。我问:"您这样把一个素昧平生的陌生人请到家中,没问题吗?"他则笑答:"我一无什么值钱的家财,二无可以托付遗产的对象,怕什么。"

老者又向我询问了些悼亡之事,我给他看了自己的悼亡日记。

"这个,该怎么说好呢……既然你已做了这么多,现在说这些似乎也为时已晚。其实不管何年何月,总难免有人要承受亲人离世的丧失之痛。但同时呢,大部分人的死却又不为世间所知,慢慢便为世间淡忘了。"

老者一面频频摇头叹息,一面翻动着纸页。

"我自己每当看到电视和报纸上的事件或事故报道,也会对被害者和遗属们心怀同情,对加害者怒不可遏……但这种情绪只是一时性的,随着时间流逝,便不复记忆了。"

他抬起脸,搁下日记,走到厨房取来了一瓶酒,轮流注入两只杯子。

"想起这种事……真是心如刀割啊。虽说平时我也对这个将昔日友人的死轻易遗忘的国家和社会感到愤愤不平,但实际上,我自己又怎样呢?"

他呷口酒,有些焦躁地揉了揉白浊的右眼,左眼的视线重又落回在日记上。

"然而你呢,对所有死者皆一视同仁地哀悼,不困难吗?比如说,昔日操纵国家犯下愚蠢的暴行、制定鲁莽的计划、下达不顾后果的命令的那些人,结果却要将他们的死与那些无辜身亡的人等同视之。我是难以理解的。并且现实当中,那些无辜死去的孩子和女人,反而被轻蔑、被视无睹……对于这些,你是怎么看的呢?"

对老者的这些诘问,我也没有答案。踏上旅途之前,我也曾一再思索,却并未得出结论。或者说,是觉得眼下并不需要什么结论,总之先不停地哀悼下去,而在这个过程当中,努力尝试去将它找出来。如今我也依然抱着当时的想法在不断行走。

"话虽这么说……可是不论对待何人,都能一视同仁地加以哀悼的那种场所,这世上存在吗?"老者苦涩地发出一声叹息。片刻后,又用左右两眼一起望着我:

"人的存在本身,或许也是另一种意义的'场所'。不必从国家、地域之类那么大的角度去看……单是个体所存在、所置身的地方，就会成为一种特别的、独一无二的'场所'吧。"

接着他貌似忽然由此想到了什么，讲起了几位亲密挚友年轻时的事。

某青年曾是一位弹奏曼陀林的名手，为了打动自己思慕的姑娘，赢得对方的芳心，他每天琢磨唱法，苦练琴艺，甚至连眼神都练习到了，却始终连弹奏一曲的机会都没有。最后，不得不在遗憾中去国离乡，远赴战场。

另一位书店老板的儿子，每每酒到兴浓时，就会向别校的学生宣讲国家论、和平论，和年轻时的老人经常联手舌战，打败一帮读书人。这位青年，也尚未尝过恋爱的滋味，便离开了祖国。

朋友中心地最良善、性情最温柔的一位青年，即便是为了保卫亲人与故土，也不愿去助纣于伤害他人的暴行，因此曾试图自杀。虽没酿成大祸，但看到父母和姐姐为此遭到周围人的责难，终于比任何人都早早地志愿参了军，远赴他乡异地。

这几位昔日的挚友是否已经亡故，老者并未提及。谈话的间歇，他呷着酒，反复唱着一首充满乡愁的老歌，不知不觉地沉入了睡梦。

今早天亮后，老者向我致歉道："给你添麻烦了啊。"

我答："哪里，听您聊了许多，很有收获。"

这是真话，我心中充溢着仿佛为无数亡者进行了哀悼之后的那种精神上的饱足之感。

四月二日

从早上开始下起雨来，一年仅开一次的樱花渐次凋零。我听到一则广播新闻：昨天，一位二十二岁男孩骑单车回家的途中，被身后一辆面包车撞倒而身亡。据说是刚刚参加完公司的入职典礼。因为距离车祸现场较远，我打算日后再去探访。

去年也有过一起相似的事故。某女性在入职典礼结束后的归途中，为赶去和家人吃饭，一出了车站便打手机确认碰头的地点，却因一辆轿车的驾驶员将油门当刹车误踩，而被撞死在车头与一堵墙之间。

我走访了当时的那座车站。虽在站内的小卖店里打听到事故现场的方位，可对方对死去女孩的情况一无所知。我又去向站员询问，对方仍旧是摇头三不知。

在事故现场所在的站前停车场内，已经不见当日车祸的痕迹。我四下看了看，附近立着间奖券贩售亭，便试着向坐在亭里的一位五十多岁女人询问，她答说自己半年前刚被调来这里，对一年前的事故并不知情。

"不过，大概就是因为这起车祸吧……昨天来了一对中年夫妇，就在你刚才提到的地方合掌哀悼。而且，我常常会在同样的地方瞧见他们。会不会是月祭日啊？昨天，有个年轻男人也在那儿站了好一会儿呢⋯⋯还有五个年轻女孩儿，手里捧着花，也在那儿双手合十，默默悼念。好像觉得把花束摆在那里会给别人造成不便吧，走的时候都带走了。那男的八成是死者的恋人吧。女孩儿们大概就是她的好朋友。我自己也有个跟她一般大的孩子，两年前参加了入职典礼⋯⋯最近成天对工作满腹牢骚，看来我得提醒这孩子，他有多幸运。等一会儿，让我也哀悼一下这个死去的女孩儿吧。"

现场附近有株樱树，飘零的花瓣给水泥地面渲染了一层淡柔的绯色。

四月三日

我从某座神社的门前走过。明明是周一，这里却聚满了人，几乎都是一对对的年轻夫妇，或他们同行的亲友。

我确认了一眼神社的名字——水天宫。与神社大门并排的是一间搭着棚子贩售小狗工艺品和小摆设的摊位，我向其中的女店员询问，对方答说："因为今天是'戌日'啊。你不知道吗？因为狗儿一向多产，且分娩顺利，为了沾点它们的光，孕妇们一旦怀胎进入第五个月，就会在腹间缠上布带，也就是从神社请的'岩田带'，前往参拜，接受祛除晦气灾厄的法事，祈求神明保佑安胎、顺产、母子健康。"

原来这些女人腹中都孕育着新的生命啊，虽说有些失礼，我仍旧向她们的小腹投去了一瞥。

她们各个衣着宽松，有些孕妇已相当显怀。

或许自己脑中成日思考的尽是亡者之事，听到即将有新的生命降生于这个世界，颇有新鲜之感。我进入正殿内，双手合十，向神明祈愿他们平安无事地降生。

四月四日

风很大，经过前日的一场大雨都未凋谢的樱花，却被这场风吹得四散飘零。

我想起那天奖券贩售亭的女人的请求："如果你四处行走悼念死去之人的事是真的，那么要是能替一位老婆婆也做场哀悼，我就太感激了。"

话中提到的老婆婆是她的邻居，去年夏天去医院看病，自诉感到头痛，曾跟医生讲自己被自行车撞倒过。之后便昏迷不醒，继而过世了。

由于老婆婆无亲无友，警察打电话跟町内自治会联络，左邻右舍这才得知她的死讯。在奖券亭的女人极力争取之下，由町自治会的会长出面以丧主身份在公民会馆为她举行了葬礼。

而骨灰就安放在当地的寺庙里。

二十多年前,某个假日,奖券亭的女人因幼子发高烧而出门买药,可家家药店都关门不营业,正感为难时,那位老婆婆从旁经过,叫住了她。老婆婆(这么喊搁在当年或许很失礼)来到女人家探视了小孩的病情,告诉她:"不碍事,待会儿体温恐怕还会升高,此刻喝药反而不好。"一问之下,原来老婆婆年轻时曾是医院的护士。之后孩子的体温的确升到了将近四十度,不过在冷静的处理和照料下,翌日清早便退了烧。

"当年曾受老婆婆照顾的孩子,两年前已参加了入职典礼。听说她年轻时跟医院的患者也曾有过浪漫的恋情,并非一生凄凉、孤独死去的老人家。我想请你为她也哀悼一下。"

我走访了据说老婆婆当年常去散步的公园。旁边有个保育园。我坐在她从前常坐的长椅上,耳中聆听着孩童们的嬉笑声,为她奉上了一场哀悼。

四月五日

昨天我哀悼完毕,索性就夜宿在了公园里。今早又下起雨来,此地的樱花恐怕也就开到头了吧。不过,有的地区刚刚迎来盛放期。换个时间和地点,生命仍将存续。

飘落在柏油路上的花瓣被车辆碾压得零碎污脏,几乎不留一点原貌。而公园中落在泥地上的那些，却保持着缀在枝头时的模样，看上去仿佛压好的标本。

听广播讲，首都圈内某铁道路段发生了事故，数十万人受此影响而延误了行程。

被迫耽搁的这些人中，或许有病人、孕妇以及赶赴病患身边的医疗救护者，不能说是一件无谓的小事。只是，对于死去之人只字不提，却只报道回家或出行游玩的人如何受到了连累，听来未免感到胸闷。

四月六日

我走入一片大型住宅区。其间的公园里有一群玩耍的孩子。比死去的小学四年级男生看上去约大一两岁。事件发生在一年前，没准他们都是同学。我跟孩子们打了个招呼，道出报纸上登载的男生的名字。

五个男孩貌似戒备地互相看了几眼，作势要离去。我慌忙补充道："不是为了打听那起事件啊，我只想记住那个死去的孩子，想知道他从前都玩些什么，喜欢什么科目……"

"记住他干什么？"其中某个男孩反问道。

"就只是记住而已啊。"我答，"他曾经在这里生活，和大家一起学习，一起玩耍……我想尽量把与他有关的事留在记忆里。"

闻言，几个男孩全都垂下了头。我刚寻思八成是不了解吧，谁知站在最后面的一位开口道："他刚转校过来的时候，很难接近。不过后来他跟我讲大阪正在演一部神奇宝贝大战海贼王的动画片，就这样，我们成了好朋友。"另外四个男孩回头看了看说话的那位，仿佛打开了话匣似的，你一言我一语讲了起来。"绝对是瞎话！他不是还说在盗版书里看到过樱桃小丸子的裸体嘛。""他老撒那种一下子就被拆穿的谎，说什么自己老爸跟棒球明星铃木一郎是好朋友，说阪神队的藤川俊介是他妈妈的亲戚。'既然这样，'我跟他说，'那就拿个签名来瞧瞧呀。'结果他拿来了……"大家仿佛在七嘴八舌中回忆起了过去的情景，全都哄笑了起来。

"结果拿来了平假名写的'一郎'两个字，所以啦，这是谁写的，一下不就露馅了嘛。然后他又说，齐达内的签名他是真有的。那好嘛，再信你一回，我说拿来看看吧。他就给拿来了。"

大家又哄笑起来。可能太好笑了吧，有的孩子甚至乐得直跳脚。

"大哥哥你知道吗？齐达内啊，就是法国的那个著名球星，我可是要看他的签名呐，结果那小子拿来的签名本上就只有片假名写的'齐达内'几个字。白痴啊！"

接下来孩子们又讲了一些死去朋友的笑料。告一段落后，

静人日记　157

我向他们道了谢，询问道："这些事情你们有没有告诉死去孩子的父母呢？"男孩们摇了摇头，说虽被大人领着参加了葬礼，也双手合十悼念了死者，不过没跟对方的父母说过话，之后也没有上门拜访过。

我建议说："那就上门拜访一下，跟他的父母讲讲这些趣事，怎么样？"

大家则露出为难的神色。"讲刚才这些吗？说他经常编瞎话骗人？他爸妈难道不生气吗？"

我回答："你们全都被这些谎话逗得蛮开心，不是吗？那个小孩也是因为逗笑了大家所以感到快乐吧。你们曾经一起笑过，不是吗？把这些讲给他的父母听听，我想对方一定也会高兴的。"

孩子们面面相觑。其中不知哪位开口道："那，我们去试试？""从他那儿没收的齐达内签名，也给他爸妈看看，行吗？"

我回道："他的父母一定会想看的。那些失败的事、感到失望懊恼的事、伤心哭泣的事……都可以，只要能把那孩子的事情讲给他的父母听，不管是什么，对方一定都会开心的。"

四月七日

我找不到适合露宿的地方，见空中繁星点点，便在河岸边高高的草丛里铺下了睡袋。每当一阵风吹来，头顶的野草便簌簌作响。

今天，我没能从谁那里直接打听到有关死者的情况。一位骑摩托送快递的二十五岁女性，在运送物品的途中，被一辆突然掉头的汽车撞倒，猛摔在路面上。事故现场的上方架着一道过街天桥。我想会不会……便登到桥上看了看。在能俯视事故现场的一侧桥壁上，我发现用记号笔写下的死者的小名、去年离世的日期以及字迹凌乱貌似酒醉后胡乱涂抹的一句话："神经大条的冒失女、丑八怪，当初真不该教你骑摩托。我要移情别恋了，不爽的话，你就给我回来！"

写下这些的，或许便是死者的恋人吧。我因之而思绪飞驰，为亡者做了场哀悼。现场四下不见人影，虽说实属无奈，但就此结束是否可以呢？我并非没有一点犹疑。

在悼亡这事上，我不想掺杂一丝惰性。然而，虽是认真完成了哀悼，但自己有没有错误地去铭记死者呢？不安的疑念与头顶野草的簌簌声重叠在一起，愈来愈涨满。

四月八日

在路上看到许多身着校服或西服正装的家长与孩子。似乎是某小学的入学典礼。孩子们脸上并不全都挂着笑容，有的愁眉苦脸，有的哭泣着，一副不情愿去学校的样子。

不过，那些满面笑意的孩子自不必提，即使是流泪的孩子也让人感到一种明朗的氛围。家长们即使嘴上呵斥着噘嘴磨唧的小孩，神情中也自有一种安然和从容。

今日的报纸上登载了一幅生活在中东纷争地区的幼童的照片——鲜血洇透了头顶缠裹的绷带，身上的衬衫沾满泥迹与血污，不知是在哭诉自己的疼痛还是为死去的骨肉至亲悲泣，幼童张大了口，圆圆的大眼睛中浮着一层泪光，望着镜头。

据报道称，因为轰炸，该地有十人左右丧生。问题不知出在发动轰炸的一方还是被指责将一般百姓当做肉盾以抵挡攻击的一方，由于手头的资料太少，我无法判断。不过，若能了解到更详细的情况，比起政治局势，我倒更愿多听听那些国家和地区的丧生者的消息。

此刻我只能想象。眼前正前往参加入学仪式的孩童们若是生长在其他地方，此时此刻，恐怕正面临着炸弹的轰击。

四月九日

在一片安闲宁静的住宅区，某座新建的、稍显狭小的两层民居内正在举办丧礼。

由于近来丧葬祭祀等活动大多在殡仪馆之类的地方举行，

我觉得这家的做法有些稀奇。也许是该地延存的旧习。若是乡下那种宽敞的庭院倒也罢了，在眼前格局狭小的居屋里操办仪式，想必十分憋屈。

屋中走出一位身着丧服的中年女人。我冲她点头示意后，开口问道："我是从这里路过的，如若方便的话，能请问死去的是什么人吗？"

女人貌似对死者和遗属深怀同情，情绪略显激动，没觉得我可疑："请为死者祈祷吧。能够多一个人为他送行，娃娃也就不会寂寞了吧。据说最近这种事挺多的，婴儿明明没啥大毛病，可突然就死了……这家的夫妇十分年轻，因为怀了宝贝才买下这栋房子。可惜啊，娃娃在这个家里好像还没待足三个月呢，就没了。也出于这个原因，才没选择在殡仪馆举行葬礼，而是想从这个家里送他上天国去。娃娃真可爱啊，好多次散步的时候碰见了，我都请求看一眼他的小脸儿，看完心情一下子就平和了。你真的要为娃娃祈祷哦，也为两位父母祈祷一下，他们还有今后的人生要面对。"

房子门口挂着户主的名牌，看上去像是夫妇的一对男女名字下方，另添了一个可爱的名字。我在门边跪了下来，尽量不妨碍前来吊唁的客人，将那个名字铭刻在了心间。

四月十日

一整天都下着雨。到了约定的时间,我用公共电话打了过去。铃声响过两遍,对方接了起来。我报出自己的名字:"我是坂筑。"漫长的沉默之后,对方操着低哑的声音回道:"你果真打电话来了呢。"

两年前的今日,在远离一条幽僻无人的林间道路的某处,发现了一位三十二岁女性的遗体。半年后,因涉嫌另一起暴力事件而被抓捕的男人,经查,DNA与附着在该女性身上的完全一致。

去年秋天,我走访现场的时候,遇到一个短发、西服打扮的人,在地上敬献了一束鲜花,正在为死者祈福。我上前问候,对方吃了一惊抬起头来。是个女人。

她告诉我,那天恰是死去女子的生日。而女子生前最后一个生日,便是与她一起快乐度过的,可如今……见对方父母的时候,她从不穿裙子,只会打扮得稍微女性化一些,以对方好友的身份来缅怀死者。

"我家女儿真的没有过交往的男友吗?"

她咬着嘴唇,说被对方父母一再追问,每次都觉得心痛不已,仿佛胸口被什么狠狠地轧过。两人之间的事是一个秘密,周围的人都觉得她们只是同性好友的关系。但……

"但为什么,我会将这么隐私的事都告诉一个素昧平生的陌生人呢……或许，是希望能够得到什么人的理解吧……不是仅仅以朋友的身份去凭悼，而是作为她的恋人，作为发誓要终生厮守的伴侣去怀念……你会觉得这种事很恶心吗？"

"不，我不这样想。"我答。

她递过来一张写有电话号码的纸片："你说自己会将逝者始终铭记在心，如果是真的，那就请在她忌日那天给我打个电话。你若打了，我就相信方才你所说的。而她父母那边，我也觉得可以将我们的关系坦白相告。"

我回忆起当日在林中的这番对话，便问电话对面的她："你会去跟女友的父母坦白吗？"沙沙的雨声渗入耳中。长久的沉默之后，对面答："不会。"

"因为我只是希望能有个人了解这件事……而现在，已经有你知道了。"

四月十一日

早间，雨停了。河岸边盛开的山茱萸花色雪白，鲜亮地映入眼底。

河道宽约二百来米，水流的实际宽度却只占中央二十米左右。两侧占地宽阔，河岸边零零星星可见几个钓鱼者的身影。

据说今年一月，一对七十岁的老夫妇在某个酷寒的早晨驱车经过，因路面结冰的关系，轮胎打滑，自桥上坠入河中，被困于车内而溺亡。当时正逢有关部门在逐步拆除老旧的桥栏，更换安装新的护栏。从撤去到换新之间，约有一两日的空白，在此期间，桥边仅悬挂了一些绳索，事故车就从仅有两米的间隙中冲了出去。

我从新的桥栏空隙向河面窥看，稍显浑浊的河水沉缓无波地向前流淌。

我向在河边散步的人们打听。一位六十来岁的老人牵着条大型犬正在遛狗，告诉我他家跟死去的二人住得挺近，关于事故，口耳相传地间接听人说了一些。

老夫妇俩以务农为生，主要种植番茄，味道甜如水果，因此时常分给左邻右舍，令大家十分欢喜。丈夫数年前伤到了腰，在妻子的照料之下慢慢恢复。之后，妻子又得了肾病，丈夫常跑医院车接车送。事故发生的那天早上，老人听说有家更好的医院，为了不必长时间候诊，就早早地出了家门。

"因为几重巧合全都凑在了一块儿啊。如果桥上没施工，或者两人没一大早就出门，再或者车轮没打滑，车没朝栏杆空隙冲过去，落下去的地方不是一条河……真是有命这种东西呐。"

遛狗老人边讲边摇头，牵着狗又散步去了。

不仅是死者夫妇，人们往往心里正惊诧"不会吧，怎么可能"，刹那间便迎来了从未料想过的死亡。我所见的尽是这种例子。我甚至觉得,生而为人,活在这个世界上,这样的死法或许是最为普通的一种常态。我回到桥边,在水流上方完成了今日的哀悼。

四月十二日

我看到一则报道,称近来登山事故频发。据说是因天气变暖,较易发生雪崩的缘故。我想起上个月走访的那间在登山者中十分有名的管理所。当时邂逅的两名大学生,也曾说最近将去登山。我祈愿他们的平安。

若有时间的话,我也想学学登山,到事故的现场去看看。

若能去到现场,或许便能更深刻地理解那些罹难者冒着危险也要向上攀登的真正理由,以及他们是如何热爱着山川与自然的吧。

四月十三日

城市里,许多地方都能见到这样的孩子。

起初牵着妈妈的手,摇摇摆摆、跌跌撞撞蹒跚而行,接着,举步一点点变得坚实、平稳,最后终于可以追在母亲身后奔跑。

你看他乖巧可爱，冲他打个招呼，他却害羞似的扭过脸去。

尽管如此，当你跟他"再见"时，他也挥起小手，认真跟你说再见。

盯着路上的流浪猫观察很久，到了临回家时，会向猫咪挥手再见。

在公园里玩得不愿回家，抱着母亲的腿哭闹哀求。

被妈妈教育不可以乱穿马路，就乖乖遵守，在大路边认真等待……当被大人表扬说："你好棒哦。"就高兴地露出微笑。

"他太不乖了！"因为这样的理由，某位两岁男童被父亲一巴掌拍飞出去而身亡。

四月十四日

雨时下时歇，反反复复。我一直披着雨衣步行，觉得浑身闷湿。天慢慢热起来了。

两年前的一场地震，致使寺院庭中的石灯笼崩坍，在其下方进行除草作业的一位六十六岁女性因此丧生。烟雨迷蒙的寺院，寂寂无人，寺内有栋屋宅，似乎是担任住持的一家在此居住。我试着呼唤了几声。住持不在，但看样子是他夫人的一位女性跟我讲述了事故的经过。死者是一位信仰笃厚的施主，平日积极参加寺里举办的各种法会，私下也默默出力，给予了他家很多照顾。

被砸在石灯笼下而往生，着实令人痛惜，但因她一向是虔心向佛的施主，佛菩萨会度她升天，收在身畔也说不定。据说大家都这么议论。

新造的石灯笼下有一洼浅浅的水迹。我左手抚着石灯笼，右手举向浓云覆盖的天空，接着，又心绪宁和地将两手交叠贴在了胸口。

雨似已歇止，苍郁繁茂的树林上方，小鸟发出了啁啾的鸣声。

四月十五日

去年年末，一位五十岁男性深夜下班回家，在自家门前被刺身亡。据说是正要开门时，从背后遭到了袭击。

我在其住居附近的洗衣店、理发屋、电器店里打听详情。因犯人尚未抓获归案，于是我比平日更遭嫌疑。死去的男性与妻子、儿子及岳母一家四口生活在一起。人品认真严谨，据说似乎经常因工作晚归。并且，平时大家都觉得他是个低调内敛之人，可两年前，拟在这片街区建造一家日用百货大型超市的计划出台后，他却率先站出来带领居民抗议，与有关方面进行交涉，最终使项目撤回。此处居民人人对他心怀感谢。反之也有传言说，犯人或许正是因商业计划破产对他恨之入骨的人。

总之，本街区能有一位如他这般的正直之人踏踏实实扎根生活于此，对整个街区的居民来说，都会成为安心感的来源。电器店的老板这样告诉我。

不大一会儿工夫，一个年轻人急急赶了过来。洗衣店老板指了指我："就是这人，逮着你父亲的事情东打听西打听的。"

年轻人高高的个子，头发修剪得短短的，给人一种大学体育系生的印象。

"在这儿对案件刨根问底的，你小子究竟什么身份？"

年轻人逼上前来。我解释了悼亡的缘由，却并未获得理解，前襟被他一把揪住："你小子肯定知道犯人是谁吧！我已经报警了，在这儿等着别动！"果然如他所言，警车随后而至。接受完警官的例行询问，又被告知需要去警局做进一步的详细调查。失去了父亲的年轻人眼神恶狠狠地瞪着我，我便态度配合地依从了。

在警局，我被带到一间小屋内。一位看上去四十多岁，另一位看上去二十多岁、身穿西服、貌似刑警的两名男性对我进行了讯问。我告诉他们这种事自己以前也遭遇过，将日记呈给他们，同时讲述了悼亡的经历。对方一副大惑不解的模样，针对我的回答再三盘问。肯定也打电话给我父母那里确认了。再次给父母和妹妹造成困扰，我心中苦涩难安。又被问到某个特定日期有无不在场证明,因为还留有当时的悼亡记录,查过日记就能大致了解,关于为我讲述悼亡必要讯息的那些人,我通常会简短地附上一笔,例如:便利店,高桥。

然而,年长的那位刑警却反复逼问:"不如就老实交代吧,怎么样?""可以录一下你的指纹吗?""可以拍张你的照片吗?""把照片用于查案,没问题吧?"我一律答:"可以,无所谓。"又请求他们:"只是,好容易才有这样的机会,能否给我讲讲死者的情况?"两位刑警脸上流露出困惑之色,却也告诉我,死去的男人生前很爱他的家人,在职场上也深受大家的信任。

"还有,方才你见到的他儿子,听说以前蓄着长发,总在家游手好闲,嫌父亲老土,骂父亲烦人。可是事件之后却剪掉长发,找了工作,每到休息日就在附近或车站散发传单,寻找事件的目击者。"

年轻人狠狠瞪视我的双眼里饱含着对亡父的深情,我想将这份爱与思念放入对逝者的哀悼之中。

四月十六日

窗外下着雨,晾在浴室里的衣物尚未干透。

我待在町内据说是最便宜的一家商务酒店里。昨夜,刑警们告诉我暂且可以回去了，不过必须住在旅馆之类的地方，以便能确切掌握我的动向。我提出自己正在旅途当中，要控制花销，避免浪费，但一名被称为"田岛"的四十多岁刑警说，若露宿街头，就视同潜逃，予以逮捕。年轻的那位刑警便将我领到了这里。

虽是一笔预料之外的开销，但我洗掉积攒的衣物，在久违的软床上歇了一宿。早饭吃了储购的面包，喝了酒店里配备的速溶咖啡，在房间里烧了些热水灌进随身的水壶后，走出酒店。关于今天的安排，已经事先跟刑警报备。

我身穿雨披行走在雨中。或许是在酒店得到了充分的休息，我脚步轻快。但与此同时，球鞋里却渗入了雨水，难受得要死。前几天刚把一双长靴处理掉了。

某栋小公寓发生火灾，使一位八十岁老人丧生其中。已是五个月前的事了。小公寓北角上下层两户都已烧毁，剩下的几户看样子现在仍有人居住。

自一楼南角的那户里走出一位三十岁模样、烫着一头短发的男性。我打了个招呼，对方神色不耐，告诉我他正要去玩弹子赌博机，就边走边讲了些死者的事情。

逝去的老人与他并不相熟，只在弹子机房打过几回照面。老人一人独居，像和尚似的剃着光头；每次擦肩而过，身上都能闻到一股线香的气味；走起路来动作涩滞、一顿一顿，好像卡通片里的人物；每天都会把公寓四周和楼前的道路仔细清扫干净，据说可借此抵消一部分房租。他家住在一楼，从窗口可以看见室内，陈设极少，状似简陋的牢房。屋内早晚都传出诵经之声，念得着实流利。

"你是不是……做过和尚啊？有一次我这样问他。他一脸惊讶，估计是听错了吧。而后马上淡淡一笑，嘟哝了句：'是做过呀。'说时眼神中泛着寒意。那绝对是蹲过监狱、有过前科的人才有的眼神。明明这种人是该遭报应的，可打起弹子机来，却总是赢得盆满钵满。我请求说能不能教教我其中的秘诀，他却告诉我，关键是懂得及时放弃。简直像在打禅机。有一次，明明手里的机器正出弹子，他却瞟我一眼，不玩，走掉了。我换到他的机子上一试，赢了一大笔。说起来，我还忘了谢谢他那时候把机子让给我呐。"

我返回公寓楼前，进行了哀悼。感到身后似乎有动静，回身往后一看，见昨天的两位刑警打着伞站在那里。

被称为"田岛"的年长刑警说："你的口供姑且算是全部做了核实。你的行为，我们虽无法理解，不过所言似乎全都属实。但是，也并非不存丝毫疑点。"

我问："还要去警局继续问话吗？"年轻的那位刑警微微一笑，给我的印象还不错。他声音柔和地说："你也没犯什么罪，不用了……这场旅行很辛苦吧？"

"辛苦？其实就是游戏吧？"

田岛刑警鼻子里冷笑一声，眼神厌憎地瞪着我。

"不要在我们辖区内继续晃荡了,会骚扰到别人的。你的这种旅行,根本就意义不明嘛,赶紧打住,趁早回家去。你父母很操心的!"

"您和我父母谈过了吗?他们都还好吗?现在看起来情况如何?"我追问道。

"我和你母亲谈了,她净是担心着你的身体。你至少也往家里打个电话吧。"

田岛刑警以呵斥的口吻说完这番话,转身欲离去,却又马上止住了脚步。"接下来,去买双长靴什么的,别再露宿了。若是再被我撞见,就把你抓进局子里去。"

可是,酒店的费用太高了……我才说到一半,年轻的那位刑警便指点我道:"穿过那条路轨,就是另一片辖区了,再往前,有座大公园。"

四月十七日

露宿在年轻刑警指点给我的公园里,我往湿答答的球鞋里塞上报纸,将其晾干。雨到了夜间停了。

昨日虽然被刑警告诫说得马上离开那个区域,可我还有另外一个地方想去哀悼,于是又进入了田岛他们的辖区。某个在超市中顺手偷窃的男人驾摩托车疾速逃离时,撞倒了一位过路的四十八岁女性，造成对方死亡。该男不是以盗窃罪而是盗窃致死罪被捕。

因为到的时间较早，超市尚未开门。我在停车场附近寻觅了一下，没找到献花之类的祭品，便在水泥驻车墩上坐了下来，等候营业人员上班。

"我不是让你赶紧打住嘛！"

背后站着田岛刑警。我慌忙起身，向他致意。

"就这么随便祭拜一下，你以为会有什么改变吗？是想做个与众不同的人吗？"我答，没有想要改变什么的意思，也不觉得自己有什么特别之处，非要定义的话……有时，我觉得自己就像一个"容器"。

"容器？你是说壶啊、罐儿啊、陶器之类的东西吗？"

就是中间为空心的孔洞，无论自上至下还是自下至上都能贯通的一个容器。质地工艺并不精致，不同的时间或场合下，可能还会伸缩。有时我就想，如果自己能变为这样一种存在该有多好。如此一来，心情或许便轻松多了，因为自己只不过是一只容器……

"……那暂且先不说，反正现在的你看起来还是个人。肚子会饿吧？早饭呢？吃了吗？"

我告诉田岛自己吃了只面包，喝了些水就解决了。他递过来一只快餐纸袋。

拒绝也是失礼，我道了谢，将之接在手中。

静人日记　173

"你是不是也那个什么啊……你曾经说过,对自杀的人也哀悼,是吧?"

我答:"是的,因为人是如何死的,跟我的哀悼没有关系。"

"明天你要到哪里去哀悼?明天我不值班,说不定会过去瞧瞧。"

我讲了自己的安排。田岛用下巴示意停车场的出入口:

"超市窃贼将行人撞死的那起事件,我也参与了查案。死去的女人是医院皮肤科的大夫。她先生从前曾是她的患者,因为患了早老性痴呆症,需要生活看护。正当她犹豫要不要辞职时,医院惋惜于她一向受患者敬慕的人品和高超的医术,便决定每周三次派人到她家去帮忙,挽留她继续回院工作。车祸发生于她下班途中,买好了丈夫爱吃的生鱼片正打算回家之时。她先生如今已被转移到了养老福利院,就在福冈的女儿家附近,因为无法理解妻子的死,据说口中一直念叨:'身上太痒了,快叫孩子她妈来啊。孩子她妈呢?上哪儿去了?'"

田岛刑警离去之后,我跪在停车场的入口处完成了哀悼。

四月十八日

大公园的一侧立着间小小的派出所。貌似正值巡逻时间,里面不见警察的身影。桌面的显眼位置放着台没有拨号盘的电话和一块牌子，上写：拿起听筒，可直接与巡警通话。

"二十年前，在警察学校与我同期的一位学友在这儿用手枪击穿了自己的脑袋。"今早，我步行去哀悼的途中，田岛刑警忽然出现，用车将我载到了这里。他伸手按了按派出所里间的门柄。门上了锁，打不开。对此他似乎早有预料，并未流露出失望之色，将手心轻轻贴在门上。

"当年他死时，就一个人待在这间屋子里，留了封写给家人和上司的遗书，内容是自己的死给大家添麻烦了之类道歉的话，并未提及自杀的理由。不过，倒也不是完全没有迹象可循——执行任务时不小心放跑了盗窃犯；被毒瘾发作、挥舞菜刀的吸毒犯一吓，就退缩了，遭到了居民们的耻笑；升职考试的压力估计也挺大吧。不过换作是谁，做新人的时候都有过类似的经历。或许几重压力交织在一起，使他心力交瘁了吧。又或许，这些都不是真正的理由。不过，我很懊悔自己没能在他的身旁给予帮助。同时也会有种被否定的感觉：我这个人，难道对他一点用处都没有吗？这小子，他所受的专业教育和使用的子弹，花的都是纳税人的金钱。不止监督机构介入了调查，新闻媒体也对这事刨根问底。他的父母四处奔波去道歉、谢罪，可怜呐。他的死在这一带成了个忌讳，新进的警察都不知道，就连老居民们恐怕也都忘却了吧。不过，这小子任职期间也并非只有失误啊。他抓过几个盗窃犯；因为例行讯问做得出色，还为缉拿杀人犯提供了重要线索，受到过被害者遗属的感谢；经常走访独居的鳏寡老人，也得到过他们的谢意。这样的一个人，他的好处难道就这样被一笔勾销了吗？我得知你悼亡的事之后，心里百分之九十都始终咬定这是没有意义的，剩下的百分之十却不停质疑：就算没有意义吧，如果有谁能在心底哪怕一个小小的角落将我朋友的好处铭记下来，岂不也很好？怎么样……你能为他哀悼一下吗？"

"当然可以。"我答，然后将手心贴在派出所里间的门上，为死者做了场哀悼。

四月十九日

昨日，我为田岛介绍的那位死者整日行走哀悼。

之后，他将我带到一间出售作业服等劳保用品的商店，买了双长靴送我，说是"为我朋友悼亡的谢礼"。从前穿的那双旧靴，鞋号太大，总爱从小腿边的缝隙往靴筒里灌雨，路走得长一点就会觉得脚累。"既然如此，"田岛说，"这款式是盗窃惯犯们最喜欢穿的。"其实是替我选了一双本来是高空作业的建筑工人在雨天穿的靴子，橡胶鞋底，像和服的短布袜一样，大脚趾跟其他四趾是分开的，脚尖部分被树脂材质密密包覆着，自脚跟至小腿处由经过拨水处理的面料制成，穿上后十分合脚。

"质量很轻,又可以折叠得很小,方便吧?"

田岛甚至请我吃了顿猪扒饭。我忽然有点担心,试探地问:"果真像老电视剧里演的那样,取供调查中的嫌疑人都会被局子'请吃'猪扒饭吗?"结果被他取笑了一通:"你这人还挺守旧的嘛。"

饭后,他给我讲了些印象里残留的有关死者的事。我们在店门口道了别。

"再到这附近来时,跟我联络啊。猪扒饭,下次我请你在口供室里吃一次。还有,时不时地也去酒店住住,好好休息一下。不只是为了你自己,也是为了你今后要哀悼的那些人。"

黄昏时,雨又下了起来。我穿上田岛送的和服袜式长靴,步子走得从未有过地舒服。

四月二十日

雨虽停了,风却很劲。随风飞舞的树叶,光洁的表面在太阳的映照下闪耀着辉彩。每当翻飞时,便宛如闪烁明灭的灯泡,令人目眩。

越过民家的墙垣,可以看到一株矮树,枝条上缀满一簇簇小而轻柔的白花,既非木槿,也非杜鹃。我还是头一次见到,不晓得它的名字。

世界上一定尚有许多花未被知晓、未曾命名吧。即使如此，它们依然各自盛开，不久又枯萎，将种子播撒于大地。

这家的主人是位七十一岁的老者，曾经是一名辩护律师。因为给某位提出离婚申请的女性担任代理人，离婚判决成立后，遭到其前夫的仇恨，被刺死在自家大门前。

老人十年前丧偶，之后曾一直独居。女儿出嫁后，虽仍居住在本市内，但左邻右舍都觉得人去楼空的这个家想必十分荒寂吧。

谁知今年四月，老人上高中三年级的孙子，据说为了准备大学法律系的升学考试在此借宿，便一直住了下来。庭院里的花树，也是老人的孙子在浇水照料。

我将从邻人口中听来的故事，连同那些无名的小花，一起铭刻在了心间。

四月二十一日

十字路口防护栏的柱脚上，用铁丝捆着个牛奶瓶，里面插了三枝黄色的小苍兰。灿烂的明黄色，熠熠生辉。花朵散发出甜香，给人的感觉十分新鲜。

插花的后方有间小小的拉面店，门上挂着牌子，上面写着："距午餐时间尚有一小时，开店准备中。"可稍稍等待了片刻，玻璃店门便拉开了，一个身穿白色烹饪服、瞧上去六十来岁、略显发胖的女人出现在门边。她仿佛关节痛似的一边揉着膝盖，一边换上"营业中"的牌子。我打了招呼，向她询问小苍兰背后的故事。

据女人说，这个十字路口时常发生交通死亡事故。大约十年之前，为了祈愿事故减少，同时为了祭奠死者，人们开始在道路护栏的柱脚捆上牛奶瓶、插起鲜花来。一周前，一辆被盗车在接受警察检查和问询时突破阻拦冲了出去，闯入红灯亮起的十字路口，被右边驶来的一辆牵引车撞击到侧部，车内乘坐的三名男性全部死亡。事故发生于深夜，女人正在店后自家房子里睡觉，听见一阵激烈的巨响，睁眼醒来，不久耳边便传来了警笛的啸鸣。啊，又出车祸了？她心里寻思着，口中念起了佛号："南无阿弥陀佛……"若搁在四五年前，恐怕自己早就飞奔出去了，近来却失去了那样的气力。睡在身畔的丈夫只翻了个身，并未起床。在这个事故多发的路口前维持一个有些老旧落伍的拉面店，也成了肩头的一份重担。每当发生车祸，她就会想，真辛苦呐。况且一直站立工作，膝盖也会痛起来。住在埼玉县的儿子常打电话来劝："赶紧把店给卖掉，到这边来呗。"

"可是呢……离开了这里，也没什么能做的，不是吗？最后，就会变成儿子的累赘吧。"

翌日清早，路口已经不见了事故车辆。来店里吃饭的客人，讲起了车祸发生之后目击到的情形。一辆轿车内乘坐的三人，全部被抛出车外，甩到了路上。据说其中一位身穿色彩花哨的衣服，头发染成金色，看上去像是个年轻人。拉面店的女人为死者供奉鲜花时，多会选择小菊花。得知死者是衣着花俏、染了金发的年轻人，那么插花也要稍稍艳丽些，她便摘了几朵开在自家后院的小苍兰供奉给他们。又过了一日，看报道才得知出事的是辆被盗车，丈夫提醒她："死的都是犯罪者哟。"她仍旧将鲜花供在那里，说昨天刚插上，现在还是头七。

女人对于死去的三位到底是什么人一无所知，连名字亦不晓得。但经由她，我感到自己得以将几个年轻人视作与其他死者不同的存在而铭记在了心中。

"吃了再走吧。"在店内聆听我们谈话的丈夫，为我做了碗拉面。卖相虽平凡无奇，入口却能了解那是长年诚实经营、努力保持的味道。

辞别时，女人将我送到店外，望着瓶中的小苍兰说道："最近我总在想，自己能在这里一直把店维持下来，莫非是得了谁的吩咐，要为那些死者充当悼亡人吗？"

我道："若是这样的话，我会再来的。"

"好啊。"女人惊喜地睁大眼睛，露出了笑容。

四月二十二日

远离住宅区的一条大道旁，并排伫立着八间配有大型停车场的餐饮店：饮茶店、中餐馆、练歌房、居酒屋，等等。今年正月，一位七十二岁女性的尸体被发现并判定为缢亡。该女性便是各家店的物业主。犯人为男性，以前是在此经营夜总会的店主。

事件现场为该女自家宅邸。我来到周边一带打听详情。财产继承人住在距她家较远的外地，本地则没有亲属。我询问除此之外还有没有了解她情况的人，就被指点着找到了这里。

"这么讲虽不太好，不过啊，这一带没有人同情她。"

最先拜访的饮茶店老板这么告诉我。听我说想哀悼死者，他撇撇嘴，冲着打算朝另一家店去的我劝了句："没用的。"

他跟其他几家店打了招呼，此刻凡是手里没活儿的，全都聚到了饮茶店前。

死去的女人不只是大家的物业主，还是店面运营贷款的债主，用各位的话说，曾经是个"守财奴"，无论是催缴房租还是催缴欠款都十分苛刻，若有延迟，就连店里的业务都要干涉。杀死她的那个男人，多次被她呼喝、叱责为"无能"，遭到特别羞辱的对待。虽说欠债不还确实不好，但是……众人对加害者一方充满了同情。

"无论谁都特别讨厌她，没人会去爱那老太婆。老太婆爱的估计也只有钱吧。明明多年的合作关系了，房租让她等两天或便宜一点，她都不乐意。谁会感谢她嘛。"

"她从前怎么样？"我问，"比如说二十多岁、十多岁那会儿，没有爱过什么人吗？没有被人表白过爱意吗？孩提时代没有帮助过什么人、得到对方的感谢吗？有没有谁知道？"

在场者各个面面相觑。不少人从出生起便一直生活在这里，关于死者的过往，口耳相传、道听途说的，也算知道一些。

老太太以前结过婚。丈夫三十八岁那年病死了，当时三十二岁的她带着八岁的儿子，继承了亡夫的不动产公司。起初她是个好心的业主，深受顾客感谢。但有些爱钻空子的人，抓住她人好心善的弱点，多次欺骗她，甚至一度将她逼到濒临破产的边缘。再加上她儿子二十五岁那年在所任职的市政单位遭到上司几近欺辱的刁难，患上了抑郁症，数年后便自杀了。

此地以前将自杀视作禁忌，公家不肯为其举办葬礼，就连跟她租店、借钱的那些人也不来参加吊唁。回头想想，老太太的性格自那以后一点点变得刁钻古怪起来。儿子死后，她对金钱就更执着了。

说完这些，人们脸上渐渐露出为难的神色，片刻后又说道："她也真是吃了不少苦呐……要是丈夫跟儿子还活着的话，恐怕不会这样吧。""骗她的那些人也太缺德了啊……人家儿子的葬礼好歹应该去参加一下吧。"

人们有些尴尬地叹口气,搔搔头皮。

我说:"请允许我将刚才听到的故事铭记在心头,为死者做一场哀悼吧。"当我正打算回到老太太死亡现场去时,背后传来一个声音:

"稍等,那个……麻烦你好好给她祈福哦。"

我回身看,有几个人冲我颔首致意,有几个人则垂下眼帘,点了点头。

四月二十三日

"不好意思,请问您有没有看到一个比您个儿高点、走路飞快的老人?"

眼前是身穿白底牵牛花图案连衣裙、粉红开襟羊毛衫、整洁漂亮的一位老妇人,双颊微微泛着红晕,脸上浮现忧虑的神情。

"这种事本不该跟外人讲的,只是我先生患有漫游症,稍一扭脸的工夫,他就不见了。我吓了一跳,就赶紧追了出来。"

低头一瞧,老妇人光着两脚。"明白了,那我们一起找吧。不过,您最好还是先把鞋穿上。我在这一带跑着找找看,您先回家等着怎么样?"

"谢谢你的好意,不过他会往哪儿走,我心里大致有数。

这事跟外人讲也真是难为情……他在外边有别的女人。别看人老了、呆了，烦恼根还是断不了呢。"

"啊，那这样吧，我往那女人家的方向跑着找找看，麻烦您告诉我地址。"

"但是，有六个呢，他的女人。加上作为妻子的我，统共七个，可以每日一换。若说我丈夫有气概、有魄力吧，倒的确是的。可也让人真的很痛苦。"

"那么……您不知道他往六家中的哪一家去了吗？"

"哦，不，六人都已不在世了。还活着的，就剩我一个，是周日的女人。从周一到周六的几个，都到阎王爷那边去了。今天是周日，明明应该是家庭日嘛……难道说，他还有另一个女人？比如说：法定节日的女人？换休日的女人？要不然，一年一次的……春分日、建国纪念日、敬老日的女人什么的，如果有的话，那也太可笑了啊。"

"野村太太！"有人在后面呼喊着。一个在运动服外罩着围裙、梳了两条发辫的年轻女孩奔上前来，捉住老妇人的手腕，吁了口气，转而向我低头致意：

"谢谢！才一会儿没看住，人就从养老院里跑了出来，担心死我了……真是的，我说野村太太啊，您倒是想去哪儿呢？"

"我们家老头子好像跑去敬老日的女人那儿了，这位先生说要帮我把他找回来呢。"

"爷爷他老人家上个月在养老院的同一个房间里已经过世了吧。奶奶您不是还跟大家一起唱了首名叫《夏威夷航路》的歌给他送行，您忘了吗？"

红晕从老妇人的颊边消散，她的眼神一下黯淡下来。回去吧，年轻女孩催促着。老妇人伸手过来，握住了我的手。在女孩的带领下，我与老妇并肩朝养老院走去。据说她的丈夫是患肺炎过世的。女孩告诉我，从前，夫妇俩在日式料亭等餐馆林立的烟花巷里经营一间洗衣店，每天辛勤地劳作着。

来到养老院大门前，告别之际，老妇人朝我轻轻勾了勾手。我把耳朵凑过去，她脸颊绯红地说："我想啊，他若不在敬老日的女人那里，大概是上勤劳感谢日的女人家去了。"

"……明白了，您去吧。我会去告诉他，让他星期日赶紧回家的。"我答。

目送着走进养老院去的老妇人的背影，我在大门外为她的亡夫进行了哀悼。

四月二十四日

凭着一篇关于交通事故的小报道，我走了一整天也没找到地点，天黑后终于抵达了一座公园，便在花朵谢去、嫩叶渐渐繁密的樱树下睡去。

早晨，睁眼醒来，樱花凋谢后留下的花萼部分自枝头撒落，在我的睡袋上积攒了一层。四下望望，昨夜不知发生了什么，此刻只见这里那里，到处都开满了蒲公英。我吃着面包和苹果权作早餐，翻开日记，重读起之前的悼亡记录。

我记起那起死者甚众的铁路事故，明天便是一周年了。

对于死者，要想把所有人的名字都背诵下来是困难的。当时，我曾在图书馆中将阅览过的报纸杂志上登载的死者姓名、年龄、职业等信息都抄在了本子上。若有遗属采访之类的内容，我一样会照抄下来。只是，并非每位死者的遗属或亲友采访都会登载。没有谈及任何情况的，倒不如说更是多数。

明早，打开日记，将那些逝者的名字全部仔细地读上一遍吧。

他们爱过谁，有过什么样的梦想，与何人交换过笑脸……即使不了解这些，我也希望能在念出他们名字的一刻，在一个个的音节之中，去感受每个人生命的重量。

四月二十五日

早间，朗读完铁路事故中所有逝者的名字，不一会儿，便下起了雨来。时而雷声轰隆，时而阴暗的天空中有闪电掣过。我冲到公园内一个有屋檐的休息处。

铁路事故曾经的现场,今日必定会有哀悼典礼之类的仪式举行,该地离这里太远,不知天气如何。不过我祈祷他们能被好天气惠顾。

长椅下,我找到一份被人丢弃的数日前的报纸。上面刊有一篇报道,称伊拉克地区战事又起,一名美国士兵也丧生其中。只是,那位死者是男性还是女性,是脸上生着青春痘的年轻人还是有了小孩的中年人,皆一无所知。

美国国民对这个士兵的事是否知情?他的姓名、家乡、亲人、恋人、友人、对将来的梦想……等等,作为被国家派往战场的人,我期望,这些讯息大家至少能去了解。

四月二十六日

"万岁!万岁!"前方传来一阵呼喊声。人流已经涌到了街上,个个都高举着双手。时不时的,相机闪光灯突然一亮。我走上前去一瞧,原来到了地方法院的门前。

聚集的人个个笑意盈盈,还有的,则兴奋地蹦蹦跳跳。他们呈半圆形围住之处,一对中年男女抱着花束站在那里,两人都泪流满面。

我向最外层的一对年长男女打了招呼。两人貌似遇到了特大喜事,口气激动地跟我倾诉起来,就差没说:"你问得太好了！太是时候了！"

某公司举办的新职员研修登山之旅中，一位二十三岁男性因中暑不幸身亡。公司方面以该男曾患过哮喘为由，表示此次研修与死亡之间没有直接的因果关系，遭到了来自遗属的起诉。现在法院判定，如原告所主张的那样，事件性质归属于公司方面管理失误，需向遗属支付赔偿。

"我们是原告家的邻居。死去的那孩子，从他生下来起我们就认识了，经常抱他玩，甚至给他换过尿片。因为我俩没孩子，他就像是我们的亲孙子一样。

"那孩子的心地特别善良。明明不是一家人，他待我俩也尊敬有加，爷爷奶奶地叫着，还说等拿到第一笔薪水，就请我俩吃寿司大餐。

"不过，能走到今天这一步真是历经艰辛呐。本来是平平凡凡过日子的人，却突然痛失爱子。岂止如此，还不得不上法院打官司。站在中间哭泣的那两位，就是孩子的父母。实际上，也才五十岁出头。可看上去却已苍老得跟我俩不相上下了。

"这世上，还真有没心没肺的人呐。是叫'互联网'吧？听说那上面有好些难听至极的评论。人家父母没道理要讹钱吧？对于每个人的死，公司方面自不用说，周围的人和社会整体，都应该设身处地换在死者父母的立场想一想。"

我把目光投向正朝支援者们低头致谢的那对父母。父亲或许听到了什么暖心的话语，捂着嘴，难以抑制地哽咽着。母亲则垂头而泣，哭得始终无法抬起脸来。两人身上的衣服之所以显得宽松肥大，是因为跟置衣的时候相比都消瘦了太多，尽管如此，却没有经济能力去购置或订做新衣吧。

"不过，这事谁知道完没完呢。公司方面没准会继续上诉。不，是肯定会上诉吧。"

"唉，那些人要是不再折腾该有多好……也该让夫妇俩歇一歇了，让他们能够以平静的心情，好好去追念一下死去的儿子……为什么连这点愿望都得不到满足呢？"

被支援者搂住肩头的母亲哭得双膝发软，几乎要瘫坐下去。丈夫忙伸手去扶，但他已筋疲力尽。支援者们拥住二人，将他们往停靠的车边搀扶过去。同我讲话的一对老夫妇也"哎呀、哎呀"地惊叫着，朝两人那边急急奔去。

我面向人群，垂下头，在稍远处跪下来，为亡者献上了哀悼。

四月二十七日

大雨令河水暴涨，本打算要走的那条路也被淹掉了，我只得留在昨日夜宿的废屋里。

听广播讲，在河里玩耍的两兄弟——九岁的哥哥与六岁的弟弟——被水流拖住了腿脚。哥哥未挣扎太久，凭着自己的力气爬上了岸，而六岁的弟弟至今仍下落不明。

　　我想起自己十岁时发生的一件事。那天，我与小五岁的妹妹跑到很远处一座平时从未去过的公园玩耍，跟在那里结识的一群同龄孩子玩起了捉迷藏的游戏，谁知妹妹不见了踪影，无论怎样呼唤都听不到她的回答。电视剧和漫画书里常见的恐怖画面开始一幕幕浮现在我的脑海里，令我恐惧得浑身战栗。神明啊、佛祖啊，求您快点救救我妹妹吧，我在心中祈祷。若是发生了什么不幸，我该怎么向父母和妹妹道歉才好？只是被怒斥一顿可不算完，恐怕再也没有资格做这个家的孩子了。这且不提，比其他更为关键的是，对妹妹，我该如何交待呢……恶魔也好，鬼畜也好，拜托请将妹妹还给我吧！

　　一起玩耍的孩子，后来在公园游乐设施的某根水泥管里找到了睡着的妹妹。当时我浑身虚脱，仿佛被卸掉了所有气力，对着慢悠悠醒来的妹妹大发雷霆，责备她："谁让你在这种地方睡觉的！？"把她骂得直哭了一路。结果回到家时，我也挨了妈妈的一顿训斥。

　　但愿那位下落不明的六岁男孩也能这样被找到。无论是神明佛祖，还是恶魔鬼畜都好，保佑他平安回到家人身边，回到哥哥身边。

　　可惜……在晚间的新闻中，我听到了男孩的遗体被打捞上来的报道。

四月二十八日

  天气骤晴，天清日朗，田边簇生的蒲公英在风中簌簌摆动，种子纷纷在空中飞舞。河中水流宛如轻柔淡白的春雪，自眼前横贯而过。

  路边出现了一座古寺。据说寺内深处有一片墓园。停车场里泊着一辆面包车，车身上印着一家养老院的名字，即是前几日我将那位名叫野村的老妇人送回去的那家。

  心想会不会再次遇见老人家呢。我走入寺内。昨日的一场雨使得通往墓地的坡道泛着泥泞，有两台轮椅的轮子陷入了泥里。前面的那台，由两名看着像是养老院职员的中年女人合力在推。后面那台却只有一位年轻女孩独自艰难支撑着。我奔上前去，一看正是上周日遇到的那位在运动服外罩着大围裙、梳着发辫的姑娘。对方也认出了我。

  "啊，好像是前几天帮我把野村太太送回养老院的那位先生。"

  轮椅里坐着一位上了年纪的老者。而先爬到坡顶去的那台里坐的却不是之前那位老妇人。

  "我们接下来要去扫墓。今天是笹田先生他太太的忌日。中野太太一听，就说她的孩子也葬在这座寺里，希望能带她一起来。"

  梳发辫的姑娘跟我解释道。我们一同来到笹田老先生家的墓前,辫子姑娘拿出似乎是从养老院摘来的鲜花装饰在墓碑上,又点起线香。

笹田先生长久默祷之后,未经我询问,便主动讲述起来。

"我太太患的是一种后颈神经黏连起来的病,手脚瘫痪,五十三岁就去世了。要是能早点送她上医院,据说还有救。这事令我悔恨不已。"

"看来您很爱自己的妻子。"我答。笹田先生讶然不解地扭头望望我。

"我想,正是因为深爱,才会感到懊悔。"我道,接着又向他问起,有没有谁对他太太抱有感谢之情。

"许多人大概都对我太太的细心周到深怀感谢吧。最感谢她的,还要属我。当年,好几个大有前途的男人都在追求她,她却选择了我……睡在这座墓里的其他亲戚族人,估计也在感谢她吧。有一个没子嗣的亲戚,是我太太把他的骨灰接收了下来。而我忙于工作时,她也会定期到墓地来清扫、哀悼……想必到了那边,也会受到大家的感谢吧。"

那位中野太太,我也有幸听她谈了些自己的事情。

"我孩子,是四岁的时候啊,得了腹膜炎……跟那个酒鬼丈夫离婚之后,我拉扯着三个孩子,给周围人添了不少麻烦……可对于最小的这个孩子,我始终没能亲自照看,只把他交给大六岁的哥哥和大四岁的姐姐去管,所以至今仍感到心中有愧。他身体不舒服时,我也只当是感冒之类的小毛病,真是死得太可怜了……上面的两个孩子愈是平安健康长大成人,我愈是对小的这个感到心疼。我总想,当年要是能好好抱抱他,多疼疼他,该多好啊……"

"现在您也一直深爱着他,不是吗?"我答。老妇人一脸困惑之色,眨了眨眼睛。

"您的孩子还被其他什么人爱着吗?"我问。

"这个嘛……身为最小的孩子,上面的哥哥姐姐当真非常疼爱他呢。他临死时,也是由哥哥姐姐握着他的小手,开心地笑过之后,才安然离去的。"

四月二十九日

又下雨了。河中水位上涨,又起了风,我便在昨日拜访过的寺院外的屋檐下等待。

昨天,我和辫子姑娘在返回养老院前的休息时间里聊了聊。两位老人与另外两名职员在寺院的大殿里游览。姑娘告诉我,能有人聆听他们关于逝者的倾诉,两人显得非常开心。我答,其实应该感谢的人是我,并且,接受姑娘你的照顾时,他们看起来才真是开心,前几天那位名叫野村的老妇人也对你十分信赖。姑娘连连摇头,称自己做得远远不够,不过能够有机会从事这份工作,真的很好。接着,她跟我讲了这样一件事:

"这全是托父亲的福。我做梦都不曾想到过自己会从事这样一份工作。从前净做些遥不可及的梦，幻想能成为一名时装设计师之类的。而父亲……父亲是推销中古车的业务员，年轻时就身材肥胖，胆固醇值和血糖值全部超标。母亲也曾提醒他注意，但父亲喜好油腻的饮食，一大清早就吵着要吃牛排，还说越便宜的味道越好，就要那种烤得焦乎乎、吱吱冒着肥油的才好吃。

"母亲只要端出跟营养师咨询之后制定的食谱，例如蔬菜呀鱼肉之类的，父亲就会怒骂：'想要饿死我啊！'但一边牢骚满腹，一边又会把母亲准备的饭菜吃完。之后呢，也一定会讲：'其实我刚才一点食欲都没有。我的胃好不容易分泌出那些胃液，却不能尽情消化食物，太失望了。'

"下班后，他大汗淋漓地一回到家就会大声吆喝：'孩子他妈啊！我累了一天了，给我拿瓶啤酒，上点儿炸猪排、天妇罗和腌咸鱼肚来吧。'可母亲呢，却只给他端来热茶、蔬菜煮物和糙米饭。父亲就怒不可遏地敲着饭桌，骂骂咧咧：'没良心的婆娘，这个家啥时候成寺庙了……'不过即使如此，他也会把饭菜好好吃个干净。

"父亲尽管抱怨不停，却愿意忍住口腹之欲，一定是在为我们几个孩子考虑吧。那阵子哥哥上大二，我上高二。后来哥哥提出想中途退学去搞音乐，我就说：'那好，我要去当设计师。'父亲听了又大发雷霆，骂道：'混账！也不想想你们是谁的孩子！听好了，你们啥时候见过我能不跑调地唱完一首谷村新司的《星》吗？除了我的一条裤衩，啥好衣服都没见识过的孩子，能培养出时尚品位吗？哪怕花老子娘的钱也没关系，至少得把学给我好好上完。那些教你们高呼'学历无用'的媒体啊报社啊，也不去瞧瞧他们的招聘条件都是什么……'

"不过，或许工作上的应酬总推辞不掉，职场压力也一再累积，父亲尽管遵守着母亲立下的饮食规矩，却依然喊着腰痛，一病不起。当时癌症已经转移到了他的腰骨。哥哥那会儿已找到工作被派去了芝加哥，我也拿到了一家服饰公司的聘用意向书。父亲一日日消瘦下去，被医院通知没有多久可活了，主治医生告诉他，若是吃得下，想吃什么就吃什么吧。

"母亲发话说，不管牛排还是腌鱼肚，喜欢吃的尽可以随便吃……父亲虚弱地笑了笑，答道：'哦，那我想吃便宜的、肥膘烤得焦乎乎、吱吱冒油的牛排，还有贼咸贼咸的腌鱼肚……'可当母亲把这些东西端到他嘴边时，他却一口也没吃下。

"哥哥也回国了，我们一家人齐聚，守护着父亲。父亲临走前的最后一句话是：'……好想再吃一次你们老妈做的淡兮兮、没滋没味的煮物啊……'

"父亲死后，我辞去了被录用的工作，想着当时若能给重病的父亲多尽尽心力、多做些护理该有多好，便选择了如今这份可以去照顾他人的工作。"

四月三十日

雨停了，周围见不到一座显眼的建筑，我走在一条平平无奇的路上。

有个身形消瘦的中年男人跪在路边，双手合十，嘴里低声念念有词。我侧耳细听，只听见翻来覆去的一句话："他曾在这里，他曾在这里……"

我走上前去打个招呼："冒昧请问……是不是有人去世了？"

男人仰起脸来。我恳求道："您可以跟我讲讲吗？"男人站起身，凝视我片刻后，垂下脸去，答说："是我的独生子。"

"这孩子，从幼时起就十分敏感，总说比起幽灵来，新闻这东西才更恐怖。还常常讲出让大人吃惊的话，还喜欢把旧曲填上新词，唱出大人们思想中的矛盾之处，逗得大家发笑。明明可能是天赋异禀的小孩，我却无法大力培养，让他施展才华。随着他长大成年，也渐渐为找不到被世俗接纳的生活方式而纠结、痛苦。有一天夜里，他将医生开的药片一口气吞下，冲出家门，最后倒在了这里……周围的人，很久不再谈起我的儿子了。他死去之后，也依然如此。就连上医院开点处方药这一丁点微弱的关联，也消失了。这个世界上，无论走到哪里，都似乎再也找不到他曾存在过的证据。他最后倒下的这个地方，本来就空无一物，此刻就更是什么也感受不到了……"

我在男人身旁跪了下来，为逝去的男孩哀悼。男人则目不转睛地盯着我。仪式完毕后，我感谢他跟我讲了自己的故事，打算前往下一个地点，男人却表情惊愕地问道："您说要为我的儿子哀悼，这样就结束了吗？"

"是的，"我答道，"但我会尽可能地将您的儿子一直铭记在心里。"

"一切都会消失的……您若是走掉了，这里就会重新变得空无一物……"

男人在路边蹲下身去，双手捂着脸。我见状也无法说些泛泛的安慰之辞，便冲他鞠了一躬，迈步走开。不料背后传来一声惊呼："啊——"仿佛是突然发现了什么。

"我看见……漆黑之中，有个男人的身影跪在这里，追念着我的儿子。"男人垂下手，仰起脸，双眼依旧紧闭着。

"这情景，直到昨天都不曾出现过。从今往后，这身影……我看到了，儿子确确实实在这世上存在过的证据……这是前所未见的新景象。"

二〇〇六年五月

五月一日

半路上撞见了国际劳动节的游行队伍,因为前进的方向一致,我跟人流并肩走了一会儿,途中望见一块示威牌,上面写着某位过劳死者的名字。

举牌子的,是个与我大致同龄的男子。我冲他打了个招呼。男子蓄着浓密的爆炸头,样子慌慌张张的,身子微微向后倾着,瞪着我问:"你谁啊?难道是当局的人?怀疑牌子上这人的事情到底是不是真的?"

周围人的眼神也纷纷向这边瞟过来,我赶忙将自己哀悼的意图做了解释。

对方警惕未除:"搞不明白你是做什么的,反正不是政府部门的人,对吧?说真的呢,社员证,你有吗?"

因为旅程开始后一直未办理更新手续,我将已经过期的驾驶证拿给他看。虽说从法律角度而言起不到什么证明作用,但为了告知对方我的姓名与户籍,叫对方多少能放心些,我一直随身带着。

"哦,是嘛……"男子望着我手里的证件,来回比较上面的照片与我本人的异同:"瘦了吗?嗯,现在的样子倒还不错。你的名字怎么念?Sakatsuki Shizuto?啊,咱俩同年嘛。我看起来比较年轻,对吧?送货的间隙做几下仰卧起坐是必不可少的。说二十三你信不信?不信啊?这个过劳死的男人,负责送货的区域在别的地方,我不太清楚啊。不,不,过劳死这事是真的。他享年三十一岁,被公司委派负责某个店铺的业务,说是晋升,实际上也就挂了个店长的虚名,成天加班,三年来没休过一次假。又不愿裁掉那些有孩子总请假的临时工,自己把人家的份儿都干了。结果瘦了三十斤,说是太累了,对不起,从楼顶跳了下来。这么好的一个人,就这么被逼死了,这是什么狗屁经济政策啊。就这样撇下他太太和分别只有五岁、三岁的两个女儿。俩孩子跟爸爸可亲呢,都说长大了不要嫁人,抢着让爸爸背……但若让她们来举牌子示威,也太沉重了。他所在那个片区的司机说,如果被店里逮到肯定会遭到刁难,就把这活儿托给了我。你说的哀悼是工作吗?谁给你开工资?啊?那你干吗要参加游行?不许乱来哦,也不能当街小便哦。"

我就其他示威牌上关于过劳死或因劳动事故丧生的几位也打听了一下情况。

男子将示威牌交到我手中,去队伍里问了一圈,回来将内容转述给我。我向他道谢,他笑笑回答:"大家分工合作嘛。"结果,直到游行结束,示威牌都举在我的手上。

二〇〇六年五月

五月二日

雨天，因为周围的景色阴暗又迷蒙的缘故吧，杜鹃花丛显得艳丽又醒目。

在居酒屋喝了几杯烧酒的男人驾车回家的途中，大约是车速太快，撞上了街边的行道树。他虽获救，但同车的十五岁次子却在车祸中身亡。

事发地点附近没有商店，雨中也不见行人走过，只是道路旁边倒着一株重伤的法国梧桐，自根部附近裂着大大的口子，几乎只连着一层树皮，更惨的是树干部分已然扭曲，重重栽倒，横卧在路旁。大概是妨碍到了交通，大部分枝叶被砍去，看起来萧索而凄凉，肯定很快便将从裂开的部分被连根拔去吧。

我伸手摸了摸暴露在外部的树心，被雨淋着，木头全都湿漉漉的，却有种微妙的温润。我又抚了抚树干的裂开之处，刺扎扎的，稍用力，指头便痛起来。我又摸摸横卧的敦实的树干，尚能感到一种饱含生机的坚韧，以及弹回手中的那份劲道。即便如此，这棵树也将不日被砍去……

看情形没法打听死去少年的事了。所以我想，就将这棵残树，将它裂开的内芯处所散发的暖意、碰触它时手指的痛感以及那种生机盎然的坚韧和强劲，都铭记在心中吧。

五月三日

从植物园里走出一个大约上幼儿园的男孩,还有一位女性,貌似是他母亲。两人在园门口转身,双手合十,念祷了些什么。一切发生于瞬间,随后母子俩便迈步走开,笑嘻嘻地讨论着:"今晚吃什么好呀?咖喱饭?昨天吃过了嘛。那好,就吃印度咖喱……"

"不好意思……"我追上前去打招呼道,"请问,植物园里有什么人去世了吗?"

女人略显戒备地蹙眉沉默着。

"是警卫伯伯死了。"男孩抢先答道,且用手比划着开枪射击的样子,"被机甲旋风光束枪扫了好多下,他都是不死身,可被极速超旋风光束一轰,就死掉了。"

"是这样的,园里有个上了年纪的警卫员,是位很亲切的老伯,孩子只要做出开枪射击的模样,他就会配合地大喊:'啊,我中枪啦!'然后假装死掉。"

母亲有些难为情似的,补充孩子的话。

"十几天前,他喊了一声'我中招了'后就弯下腰去,忽然痛苦地倒在了地上。大家马上联络传达室,叫来了救护车。孩子也很担心伯伯的病情,商量着想去探望他。谁知今天到园里一问,说是已经去世了……据说一直有心脏方面的毛病。所以我刚才就跟孩子哀悼了一下,想跟他说:'谢谢您,陪我们玩了这么多次。'"

"要是警卫伯伯病好了，我决定以后只用机甲旋风光束枪来射他。"

"你喜欢警卫伯伯吗？"我问。男孩"嗯"地点了点头。

我站在植物园门前，望着母子二人离去的背影。男孩突然转过身来，冲我做出开枪射击的动作。"呃——中招啦！"我一面喊，一面弯下身去。男孩高兴地蹦跳着，喊母亲"快看快看"，接着又假装用枪扫了一下。"呃！"我跪在地上，笑着冲男孩挥了挥手。母亲也向我微微欠身，以示谢意。

两人的身影离开视线之后，我保持着跪姿垂下了头，为逝去的老伯进行了哀悼。

五月四日

翻过一座小丘，据说便能看到海了。空气中飘浮着一丝淡淡的海岸气息。小丘顶上已改造平坦，到处立着店铺。稍远处有一座棒球练习场。

听劳动节游行队伍中遇到的爆炸头青年说，两年前在这里曾有一位三十六岁男性因被球击中头部而身亡。据说爆炸头以前常来此地练球。

练习场的售票处有一位七十来岁、戴着洋基队[①]球帽、精神奕奕的老妇。她态度殷勤地跟我介绍:"欢迎光临。最里面的球道,有松坂大辅式的豪速球。最外面这条球道,有安田式的缓速球。你没听说过安田猛吗?"

我问起了那次事故。老妇发现我不是客人,便神色不悦地皱起了眉头。"不知道啊,那么早的事了。球场方面可没有任何过错。你快走吧。"

"哦,不,我只是想知道一些死者的情况,不是要调查事故。"

"就算这样我也不知道啊,只是来打球的客人。你在这儿打扰我工作,碍事碍事!""我只想问些死者的情况,为他做做哀悼,没有别的意图。""嗯,这样嘛……也好,如果你是客人,我不妨就跟你讲一讲喽。"

离售票处最近的球道,球速最缓。打一局要二百元,这花费让我心疼,但还是走进去站在了击球位上。已经多少年没有挥过球棒了呢?我有些微妙的紧张感。

"瞧着点,早些摆好姿势,否则会受伤哦。那个死去的人……总是跟上小学的儿子一起来,自己不打,总给孩子当教练。目标可是甲子园啊,说将来要成为棒球联盟的顶尖选手,总要求儿子把球速再提高一些,把击球位再往前挪一挪。我明

[①] 美国职业棒球大联盟球队之一,在大联盟联赛中获冠军次数最多的球队。

明提醒过他,说这样很危险啊,可他还是在机器正运转的时候跑上去纠正儿子的姿势,被球击中后脑勺。好像说他脑子里本来就生了什么瘤,被球一击,就破裂了。对我们开球馆的来说,也是件很遗憾的事呐……啊呀,瞧你这一棒挥的,慢悠悠能立住苍蝇。赶紧快饶了我吧,目标跟落球点一个天南一个地北,好像讨厌的男人近在眼前,喜欢的那个却远隔天涯。现在啊,那人的儿子进了中学的棒球部。在去年秋天的棒球大会上,才一年资历的他就当上了正式选手。等到了今年夏天,连这里的松坂豪速球也能打得咣咣每杆都命中了。"

"比赛时,您去给那孩子加过油吗?"我问。

她一瞬间垂下眼帘:"是啊,我在想,自己是不是也有责任把这孩子管到底呢……我俩之间约好了,我让他免费练球,将来他要是进了洋基队,就把签约金的百分之十送给我。注意!看球看球!瞧这一棒,都打到优胜美地国家公园去了。"

我进入死者最后所在的球道,心中默念"全垒打",尽全力挥出了球棒。

五月五日

早晨醒来,浑身肌肉微痛。昨日哀悼之后,我又帮忙做了些捡球之类的工作,获得了在练习场区域内屋檐下夜宿的许可。老妇来上班之前，我留下一张表示谢意的字条，离开了那里。

不久，便来到了海旁道上，附近有一座港口。渔船码头在更远处，位于一片面朝大海、梯田上种植着柑橘类作物的区域。

家家户户的屋檐上都挂着都市中极难见到的大型鲤鱼旗。忽然，自头顶传来一阵说笑声。仿佛被那笑声牵引，我踏上一条未经铺砌的缓坡路，走进了一栋平房前的宽阔庭院。庭院里装饰得多彩绚丽，聚集着十四五个人，似乎正在拍摄纪念照。装有三脚架的相机前放着张椅子，上面坐了位老妇，被一家三代，不，一家四代的男女老少环绕、守护着。

"你们好。"我上前问候。对方也笑着回应："你好啊。"每个人都没什么戒心，空气中弥漫着节祭之日的洋洋喜气。

"你们在庆祝什么喜事吗？"我问。

"是呀，在庆祝喜事。我们在拍摄遗像，是我的葬礼上要用到的照片。"相机前面、坐在椅中的老妇答道。周围的人都齐声笑了起来。

"正好是我家孙子出生后的第一个鲤鱼节，跟邻居家凑齐了，机会难得，就把摄影师喊来，想拍张纪念照。索性这会儿又趁着热闹，拜托人家把我的遗像也拍了。"

"在自己最幸福快乐的时候拍下照片，让它去唤醒亲人对自己的回忆，要比其他任何照片都好啊。"我近旁一位挺拔健朗的老者补充道。

"可以在这儿观礼吗?"我提出请求。得到允许后,立在一旁观看时,被这家人敬了酒,吃了他家自制的什锦寿司饭,甚至还被硬拉着在两家合影的集体照里占据了角落的一席。

五月六日

我沿着海边道路前行。夏天尚远,有家店铺却已挂出了苇帘。

帘子上到处破着大洞小洞,感觉莫非从冬日起就这样一直挂到现在。好像是一家蔬果店,蔬菜跟果物都用纸箱盛着,摆在台子上。

店内有位白发剃得短短的老人,抱膝而坐,给人的印象仿佛是一尊老猴的雕像。我走进店,打听去年夏天在这片海里丧生的某位四十一岁男性。

蔬果店主人对我瞅也不瞅。我又重新问了一遍。他将仿佛负有重物的脊背佝偻得更深一些,深深叹了口气道:"……这海里,哪里淹得死人啊。"

他抬起老猴一样满布皱纹的手臂抹了抹脸,像要撵我走似的,朝店外摆了摆手。我虽对话中之意感到疑问,却也没法子,只得走出店来。

我在别家店里稍微打听到一些情况。据说男人带妻子和儿子到海边来玩，因患有呼吸系统方面的老毛病，就没下水游泳，只坐在沙滩上看家人嬉耍，却发觉儿子溺水，便飞身跳进海中去救。他将孩子救起后，自己却消失在了海浪之中。最后，被打捞了上来遗体。

我来到当日他丧生的那片沙滩，边走边躲闪着冲上岸来的漂流物。海潮的气息略显清淡，海风也本该更黏湿一些。虽说季节不同，但根据听来的印象，事故当时的气味和感觉，或许都更强烈些。我趁浪花卷上沙滩之际跪下来，为死去的男人做了哀悼。

沿着原路折返的途中，又经过先前那家蔬果店。老人仍保持着相同的姿势，闭着双眼。我有些担心，走至他面前，听到传来鼻鼾声，便在他脚边放下一枚百元硬币，买了一根香蕉。

五月七日

港口是二十四小时运营，列有黎明时分开船和抵达的班次。建筑虽已老旧，内部却相当敞阔，大厅里排列着许多固定的座椅，也许是过去繁华年代遗留下来的痕迹。

深夜候船的旅客稀稀落落，即使躺下占据四张椅子，也无人来抱怨。因为有人要搭乘早间的班次，我被船港闸门开启的声音吵醒。

旅客的身影逐渐多了起来。我来到户外，深深呼吸着潮湿的海风。厚厚的云翳遮蔽了天空，海面沉入一片暗绿，向着杳远的彼方延绵伸展。

昨日海滩边的凭悼完毕之后，我又为一位钓鱼时自防波堤跌落海中溺亡的五十六岁男性和因摩托艇翻船而丧身海中的二十六岁女性进行了哀悼。告诉我死者消息的是船港前一家土产店的老板。当然，他们也不了解详细情况，只把从搜救人员那里直接或间接听来的话转述给了我。其时，恰逢旁边开餐厅的某位老人来串门闲聊，讲了二战时该地区遭受空袭时大批民众丧生其中的事。据说有多艘船舰沉没，死者的遗体也未能悉数打捞上来。

乘巴士约一个多小时，来到海湾的对岸一侧，那里有一座瞭望公园。我听说小山丘上立着祭奠战死者的慰灵碑，吃过早餐后便前去探访。观之只觉满目荒寂，慰灵碑已被疯长的野草覆盖。我合掌悼念之后，转身眺望海面。这一次，不止是听来的那些死者，还有更多人死于眼前的这片大海吧。我想起自己葬身海中的祖父，合上了双眼。

片刻后我睁开眼，大概起风了，只见海面上遥远的彼方卷起了阵阵白浪。

五月八日

我在早间广播中听到一则消息,某十四岁失踪女中学生的遗体昨夜被发现,其现场,就在眼前这条汇入大海的河流的上游沙洲中。

先乘巴士后步行,我抵达了现场。堤坝上方围了一圈"禁止入内"的绳子,乱哄哄挤满了媒体记者与前来看热闹的人。手持话筒的女主播领着摄像师在人群里四处走动采访,我也被逮着问了些问题。

"对于死去的女中学生,您有什么了解吗?"

"其实我也想知道关于她的事情,您能跟我讲讲吗?"我反问。

女主播皱了皱眉,马上又将话筒对准了旁边的人,那人却逃开了。趁这空档,我看了看她、男摄像师和抱录音器材的青年,问道:"死去的女孩曾被谁爱过,又爱过谁,你们知道吗?"

"这家伙有什么毛病?"女主播撂下这句话,又把话筒伸向了别人。突然,下起雨来,人们拥挤推搡着四散而去。

"我的衣服要被淋湿了,剩下的事拜托你们了!"女主播仓皇遁走的身影后响起了焦灼的呼喊:"比起你那身衣服,器材被淋湿了才叫大事呢!"

人群中,摄像师与抱着器材的青年神情焦虑地在背包里翻寻着。我看出二人是在找器材的保护罩,就从自己背囊的外兜里取出雨披，递给了录音师。

"啊，这下帮大忙了。"他接过雨披。我又提议："不介意的话，我来帮你们拿包。"我们三人冲到附近一棵巨大的米槠的树荫下。稍事休息时，对方和我聊了起来。

"其实，我在进行一场为死者悼亡的旅程。关于这名女中学生，你们如果知道些什么，可否告诉我？"我再度恳求道。

"你是宗教人士吗？"对方苦笑了一下，回答说他们自己也刚开始采访，对此并不了解。

"据说女孩家庭和睦，有父母、上高中的姐姐和祖母五口人。她在中学篮球部担任经理，性格开朗，很有人气。我们打听到她家位于高坡上的住址，打算这边结束了就去采访，可现在媒体记者都拥在那里，她家里人躲起来避而不见，恐怕也采访不到什么。"对方叹了口气。

雨势转小，二人将雨披还给我，离开了现场。

穿上雨披，我走进雨中，来到土堤之上，此处可俯瞰到警察们尚在持续搜查的那片沙洲。我跪下身去，体味着莫可奈何的无力感，将方才听来的话铭在了胸间。

五月九日

凌晨三点，我睁眼醒来。雨不知何时已经停歇。我在昨日现场附近的公园里，在公厕背后找块地方睡了下来。濡湿的林木散发出浓郁的木叶青香，为我驱除了公厕的恶臭。

我还在为昨日的事件踌躇。再往前走一步，或许就能打听到少女的情况了。可蜂拥而来的媒体聚集在她家门前，我再四处去东问西问，岂非给邻人带去更大的骚扰。既然好不容易来到了这里，想着至少看一眼少女生长的街区吧。天光未亮，我便动身上了路，来到摄像师告诉我的高地之上，周边是一片新建住宅区，步道皆以红砖铺就。用力踏着脚下的小路，我想到死去的女孩也曾从这里走过。

媒体估计暂时都散去了，看不到他们的人影。至于哪一户才是女中学生的家，没用多久我就明白了。只在一栋狭长的西式两层建筑前，地上才扔满烟头，几乎覆盖了路面。步道上滚着果汁与咖啡的空罐，吃过面包和饭团后撕下的包装纸也乱七八糟散落四处。这家人将窗帘拉得密密实实，一点灯光也看不到，只有稍远处的路灯将附近一带照亮。

我自背囊里取出平日扔垃圾用的塑料袋，开始拾捡地上的烟头。把路上掉落的塑料袋也利用起来，收集空罐和包装纸，然后送到这一带的垃圾回收站去。将女孩家房前的垃圾大致收拾完毕，我环顾四下，叹了口气。

女孩曾经生活过的地方，应当是现在这样安静的所在。每天上学之前，在清扫得干干净净的家门前，她都会向家人道别，告诉他们自己要去参加篮球部的晨间训练，大声道："我走啦。"仅仅感受到这些，我想也足够了，便向房子鞠了一躬。

忽然，一道手电的光束打在我的脸上。"你在那儿干什么呢？"随着一声阴沉的厉喝，两名身穿制服的警察快步奔到我身旁。因为犯人尚未缉拿归案，两人大概正在小区巡逻。我阐明来意，对方却并不认可，要求我随他们回警局去。正在此时，从眼前人家的玄关内传来一个细细的声音：

"那个人，不是罪犯。那个人……刚才在帮我家收拾垃圾。"一个高中生模样的少女，在睡衣外披了件夹克衫，站在那里。她脚步虚浮地走下石阶，在院门前止住脚步：

"我一直看着……那个人，把这里收拾得很干净。我妹妹，她将要回来的这个家的门前……还有她回来的路，都打扫得干干净净……"

少女蹲下身去，额头抵住院门，放声痛哭起来。

五月十日

虽然被带回了警局，我却在上个月结识的田岛刑警的帮助下获释。

警方盘问我在某个时期有无不在场证明，恰好，该时期正与我跟田岛相遇的日子重合。昨天田岛出差不在，我便夜宿在警局前的酒店里。今早报到时，听说他已出差归来，打来电话为我作证，甚至提出愿为我作保。

离开警局前，我向负责案子的刑警询问四个月前发生在附近的一起摩托车事故。报道中仅记载了一名高中三年级学生与货车相撞而身亡。

"就当作你帮助被害者家清扫门前垃圾的奖励。"

负责的刑警帮我向交通科打听了车祸详情。

少年拿到驾照的次日，便借了打工同伴的摩托车，后座载了一位同龄少女出行。起初，事故原因鉴定为少年驾驶技术不熟练。但据目击者证言，少年在十字路口右转之际，曾暂时停车，之后才慎重地拐弯，谁知信号灯已经转红的斑马线上突然有个中年男人骑着自行车横穿过来，少年慌忙扭了一把方向盘，才造成翻车，摩托车朝对向车道中滑去，卷入一辆迎面驶来的卡车轮下。少年头部遭受重创，少女也腕骨骨折。而那天正是少女的生日，据说为了在这个有纪念意义的日子载着她外出兜风，少年拼命打工挣钱并考取了驾照。交通科的警官告诉我，据急救队员说，少女当时尽管自己身负重伤，却抚着少年的脸颊，一遍遍呼唤着他的名字。

去到现场，路上已不见一丝事故的痕迹，我为少年奉上了哀悼。得知事故当天是少女的生日，我才想起两天前也是母亲的生日。

我这个做儿子的成日净给她制造麻烦，却将她的生日忘得一干二净，内心实在愧疚。我找到公共电话亭，果断往家里拨了过去，等待对面接起的时分，忽然觉得一旦听到母亲的声音，自己继续旅程的决心便会动摇。我几次想要挂断电话。

电话通了。"喂、喂……"我呼叫着，却听到答录机响起的电子音："您好，我现在不在家。"想要留言说句"生日快乐"，然而又想，若真这么做，未免太以自我为中心了，好像在向母亲暗中恳求：这样一来，我就没有忘记您的生日，所以也请准许我继续我的旅程。这做法让我觉得可鄙。既然不能放弃这段旅程，那就该谨慎避免去送什么空头人情，以此为自己谋利，不是吗？——这声音在我耳畔不住回响，我挂上了听筒。

五月十一日

曾经，这座小山上有一座能够眺望大海的山城。而我此行要寻找的，就位于山腹间。

与大海相反的另一侧，是一条细细的、阳光照不到的登山小径，我拨开草丛向上攀登。山体南侧，有一条可通往山顶瞭望台的坦途，大部分游客都会取道那里。我拂去四处的蛛巢，一面留意着脚下的陡坡，一面向前，终于找到了一些小小的洞穴。

洞穴的入口约宽一米左右，深度也仅两米多。似乎是六十多年前的战争时期,在山中工作的人们为躲避空袭而修筑的防空壕。

洞穴共有六个左右,我扭亮手电向洞中照去。一个个依序照下来,最后在第四个洞穴的深处,发现了一堆状似西洋城堡的东西。

上个月遇到的那位在养老院工作的辫子姑娘告诉我,她以前就住在这个町。十六年前,她班上有一对双胞胎女生,常到这里的洞穴来玩游戏,扮演王子拯救囚禁在城堡中的公主。她也受过几次邀约,但因觉得有些害怕,曾拒绝过。双胞胎的九岁生日也是姐妹二人自己度过的。她们服下了祖母常用的安眠药,据说是假装成吃下了魔女的毒苹果,进入深眠,在洞穴中度过了一整夜。当日天气严寒,其中一人因低温症而丧生。

"第二年的祭日,活下来的女孩邀我陪她来到山上,告诉我,当日自己是在云雀的叫声中苏醒过来的。她在洞口合掌念祷:'总有一天,王子会来这里迎接你的,到时候,你可要睁开眼哦。'然后,便将玩具城堡留在了洞里。那之后,我搬了家,我们的交往也就此中断了。不过,那些山洞是否还在?那座玩具城堡是否还在?我至今依然会时常想起。"

辫子姑娘告诉了我小山和洞穴的具体方位。

我摘下背囊,钻入洞中。那座"西洋城堡",是用镀锡的白铁皮制成的,箱式,顶部可拆卸,里面放着近二十枚明信片大小的卡片。我将手电光凑近去看。

"祝贺祝贺！今天是我们的十岁生日呢。你还在睡吗？如果醒了，让我们再一起玩吧！"

"今天十一岁了。可你却永远不会长大。我又长高了五公分呢。"

"十二岁了。喂，我们都可以生小孩了呢，你不觉得这很酷吗？"

"十三岁啦！上中学可有意思了。社团活动中我选择了网球部。可惜呢，看来却没有什么王子。"

看样子，双胞胎中的某位年年都会到这里来，将生日贺卡不断放入城堡的箱内。高中入学考试、恋爱的烦恼、升入大学、对将来前途的忐忑、就业找工作、办公室白领的生活，等等。十六年来，她不断向逝去的姐妹汇报着自己人生中每段时期发生的事。

"二十四岁。你的王子还没有来吗？我的那位好像已经来了哦。不过很不巧，倒更像个'侍从'。不过，好处是比较温柔。还是把王子让给你吧。"

今年的卡片也在其中。文字读来有些欢欣雀跃之感。

"锵锵，二十五岁啦！有个秘密，我跟谁都没有讲过，先来报告给你。实际上，今天我是两个人来的哦。我的王子呀，嘿嘿，就在我的肚子里。"

待明年，来的肯定就是一家三口了吧。我将卡片小心地放回去，在洞中进行了哀悼。回到洞外时，头顶上方响起了鸟儿

静人日记　219

的啾鸣。

五月十二日

"喂，你！你小子，是个罪孽深重的人啊！"早间，在城市的公园里，我正在做出发的准备，有人上来搭腔。一个身穿黄色保罗衫，配束腿中裤，样貌五十多岁的男人立在我身畔。"看上去你不是挺健康的嘛，一个健康人，却不工作，这是有罪的。你来给我干活吧。"突如其来的一番话，令我十分迷惑，便回答："我正在旅行。"对方从鼻子里哼笑了一声："瞧瞧你的背包就知道了好吗？只要今天一天。干八个小时，给你一万块。合算吧？"我问他干什么工作。对方傲慢地用下巴颏示意，道："让人家等着呢，路上再跟你解释。"

"我约好的小工病倒了。一般论天算钱的劳力都在那边的角落里等候，可今天净是些没牙的老头或病人，根本派不上用场。结果，我一仰脸，就瞧见了你小子罪孽深重的身影。"

在他的指示下，我登上一辆旧面包车。后座上有一个四十岁上下的男人和一个貌似东南亚籍的小伙子。方才那位估计便是所谓的"包工头"。他驾车行驶了约二十分钟，抵达一片能够眺望大海的高地，那里有片公寓楼的拆毁工地。我们的工作就是将废材装上运载卡车。包工头发给大家作业用的胶靴、粗线手套和头盔，指示说，需将自己的行李留在面包车中。我说背囊里放着非常重要的日记本，希望他注意不要弄丢。

他却回道："对你小子来说或许是宝贝，可用过的笔记本谁会去偷？安心好好工作吧。"

建筑已被挖掘机推垮，脚手架状态不稳，即使是简单而机械的工作，也不容片刻走神。碰到无法独立搬运的东西，四十多岁那男人总躲得远远，我便跟东南亚籍的小伙一起抬。午休时，我们在现场监工指示的地点等候，午饭不再是每日重复的面包，包工头嘴里喊着："海鲜便当配红酒喽！"接着，递来一些便宜的紫菜包饭和瓶装茶。

"你是做什么的？"

吃饭时，褐色皮肤的小伙问我。我跟他讲了自己的哀悼之旅。似乎"哀悼"这个词较难理解，我比划着解释："就是把那些死去之人的好处都记在心里。"

"是做和尚的功课吗？"对方问，未等我回答，又打开胸前挂着的一只链坠小盒，里面嵌了张照片，是一位四十岁左右的女人，面带爽朗的笑容。

"是我的母亲……海啸，死了。"

除母亲之外，他的叔父、叔母也在海啸中丧生。他来到日本，学习之余也干活挣钱，想要重建家园，却总为找活儿犯愁。他这一番话的意思，我大致理解了。有时，他一边哼唱着故乡的小调，一边跟我描绘他家上自曾祖母、下至幼小的弟

静人日记　　221

妹、去世的母亲、叔父和叔母，四代人汇聚一堂热热闹闹共进晚餐的情形。他讲的日语我虽不能全部明白，却足以将逝去之人作为深深被爱的存在加以铭记。

六点过后，工作终于结束，大家疲累至极，站也站不稳了。现场监工跟其他的作业员看也不看我们一眼，便分头乘车离去。不一会儿，之前的那个男人出现了，嘴上说着"大家辛苦了"，驾面包车将我们送回了公园，将行李归还，又给每人发了五千块钱。四十多岁的男人提出异议："这不是说好的数目！"

对方的表情一下子阴沉下来："我的介绍费、车接车送的费用、工作靴和头盔的租金、便当费、保险费……统统扣除之后，本该是三千元。不过我祖母常说，对努力工作的人，必须给予奖励，所以我特意给大伙多算了一些。有牢骚的话，想滚哪儿就滚哪儿去！"

见另外两人沉默不语，我开口问："我有些不明白，所谓的保险费是指什么？"

"你小子加入医疗保险了吗？受伤的话，可是要自己全额负担的，你付得起吗？要是跟我说这里那里受伤了，我也很难办啊，总得求相熟的医生给你们诊治吧。更何况，你敢死一死试试，我又不能把人扔到山沟里去，什么联系办丧事啊、办手续啊，全都得我去跑腿吧？保险费就是给这些特殊情况攒的预备金。"

"这种例子,也就是为死者送别的经验,您有过吗?"我问。"好多都是没什么体力的家伙,累倒在工地上,送到地方上就死了。这种事很多的,懂吗?""明白了,那么请把我那份工钱分给这两人吧。我不愿说成交换,不过请您将曾经送别过死者的事,讲来听听好吗?"我恳求道。他皱了皱眉,手指戳戳自己的胸口,回道:"你小子,是这儿有毛病吗?"

五月十三日

雾雨之中,我站在一幢新建的公寓楼前。据说九个月前旧楼拆除时,一位日聘的临时劳工倒在此处,最后死在被送往的医院里。不是救护车,而是现场监工喊来包工头将他运到医院,并当场见证了他的死亡。

"即便是因衰弱而死的流浪汉,你若把他扔到医院自己走掉,也会被警方追查。若是你以配合的态度告诉警方,说是在公园里点烟递火的时候对方死掉的;或者说跟对方只是偶然遇见的陌生人,也勉强过关,这样医院和警方就会把你的话照单全收,公民福祉事务所那边的处理也会进行得十分顺利。"

这番话,就是那名包工头、自称"布施"的男人所讲述的。

据说在此死去的那人,老布曾以日聘的形式雇用过几回。那人出生于石川县,曾跟活跃于时代剧里的某男星就读于同一所大学，因年轻时曾请对方吃过几顿饭而受到男星的感谢，为此他一提起便十分自豪。某次，不知因为什么，老布请他喝了罐利久酒，他醉得眼泪汪汪地哭诉，说好想见见阔别十年的女儿，心里始终忘不了当年跟女儿晚安吻时的感觉，为什么自己会将客户的钱都投进赛马之类的赌博中去呢⋯⋯

我跪在公寓楼前为他进行了哀悼。刚刚结束，就听到汽车喇叭的鸣响，昨天那辆面包车停在我面前，老布自车窗惊愕地探出脸来。"你还真来了啊⋯⋯我有点惦记，所以把劳工送到工地后，回来的途中就拐到这边瞅瞅。"

我低头致意："谢谢您告诉我死者的事情。"

对方脸上浮出一个苦笑："不是这个工地啊。不知道你到底要干什么，我就多留了个心眼。"

"那⋯⋯死者的事情，也是假的吗？"

"我要是那么厚脸皮会算计，早就出人头地了啊。死掉的那家伙是个做保险的，我告诉你的那个'预备金'的事，他也是赞成的，还曾经帮我劝过其他的伙计。你出一千块车费，我带你去。"

大约十分钟车程之外，一栋新建的公寓楼前，我又重新进行了哀悼。

五月十四日

公园里的杜鹃淋着雨,浓紫的花团瑟瑟摇曳,将水滴四下弹溅。昨日老布跟我说,让我多干一天,届时将从我的工钱里扣除他的"故事费"。他跟我讲了另一位中暑身亡的男人的事。

该男子将三十来封想要寄出却始终不曾寄出的信札收在一只布口袋里,成日背在肩上。老布在他死后读了那些信件,内容大多是为自己的愚蠢在向父母道歉。只有两封信是写给弟弟的,感谢对方承担了照顾父母的责任。另有三封谢罪信,想寄给被认为是由他夺去了性命的死者的遗属。更有一封未署名收件人的信,上写:我夺去了您的人生,自己却厚颜无耻地活着,不敢请求您的原谅,尽管无法送达,却仍想在此道歉,心中一遍又一遍地对您说:"对不起,对不起……"

据说老布凭着布袋中信件上的收信人姓名,了解到该男子父母与弟弟的住址,并通过公民福祉事务所与对方取得联系,最终完成了遗体的交接。

"就因为这种事,我跟福祉事务所的人都混成了脸熟。不过,我可算不上是包工头。政府那些人其实也都心照不宣,管我叫'流浪汉生活支援志愿者'。"

我们约好碰面的地方停着老布的面包车。他告诉我今天的活儿黄了,跟雨水一样流走了,接着拉开车门问道:"要不要陪我?都是受了你小子的刺激,我也想去给祖母扫扫墓。"

老布那张神情凶悍的脸上浮出羞涩的微笑,一面驾车,一面跟我讲了下面这个故事。

"我老妈是女招待,我爸是她的情夫,一个靠女人挣钱的皮条客。我是被我妈的妈养大的,自己的父母从没为我做过任何事,不过好歹生了我,也算扯平了。我祖母呢,虽说左手不灵便,却一直照顾着我。经常对着我这个丑男,摸着我的头说能看见一道金色的光环,摸着我的背说这里生有翅膀。哪怕我因为跟哥们儿偷窃而退学,她也摸着我剃光的头说还是能看见光环……我后来干起了金融,总算能让祖母享两天福,她却病倒了。临死之际,她摸着我的背说:'翅膀还在呐,不要紧、不要紧哦……'那之后,我经历公司倒闭等许多变故,从中所学到的,结果只是很俗套的一句话:人生在世,不管活或死,钱都是重要的。所以,我一早就在祖母死时预备下了墓地,也筹划好了,自己迟早要安葬其中,那份丧葬费我已提前缴了,不管什么时候死都没问题。我把所有后事都写在纸上,然后装在护身符的小袋子里,挂在了脖子上。你小子也该好好干活,至少留下一笔自己躺倒时需要的丧葬费,这是应有的礼节。"

车行两个多小时,抵达一座位于铁道边的墓园。在他的带领下,我立在了一座小小的墓冢前。"要是你能记得在世界的角落里睡着这样一位老婆婆,我就太感谢了。"

"这是哀悼费。"说着他递来一张千元钞票。

"不需要。"我拒绝了。他吹着鼻孔,气哼哼道:"做了事却不收钱的家伙不可信任啊。权当是份工作,你得把报酬接下。"

我想,若能让对方满意……便把钱收了下来。而他说的"工作"两字,也印在了我脑海里。

五月十五日

雨停了,四下弥漫着栗子花浓郁的香气。我离开了露宿四天的公园。从早间起就在此处等活儿的一堆人里,我看到了前几日一起工作的那位东南亚籍小伙,冲他招了招手,对方却没有察觉。

昨日我跟老布讲,能否多多雇佣小伙这样的人。老布回答,本来就乐意雇他这种劳工,外国人干活比较卖力,只是工程的业主比较嫌弃,特别是建造个人住宅时。真意外,许多人都对外国人干工程抱有一种模糊的反感。

"也说不上什么原因,就是希望避免外国人插手。这种淡淡的歧视,叫人十分棘手。"

我觉得今天还能遇到老布,不过此刻尚早,没看到他的身影。我有一种感觉,今后若再度闻到栗花的香气,就会想起这座公园里发生的事，想起老布。

香气与哀悼发生关联，也是常有之事。

那时，我刚刚启程未久，在路边一座崭新的地藏菩萨像前看见一只飞机模型玩具，察觉定是附近曾有孩子死去。

因不了解个中情况，我没有进行哀悼，只是出于一种礼节，双手合十致意。从旁目睹的一位老者朝我打了招呼，聊了一会儿，便邀我到他家去，说是想请我为他逝去的妻子做一下哀悼。

"家中到处充斥着有关妻子的回忆，尤其是这东西，总会让我想起她来。"说着，老人从厨房水池下拿出一只发酵米糠用的酱桶。十八岁嫁过来时，她从娘家分了只酱桶带进门来。将近六十年来，每天都会用它腌米糠渍菜。那种气味已经化为这个家特有的味道，熏染于每一处。老人想，养了这么久的酱桶，若是任它"死掉"，就是把对妻子的回忆也一起抹消了。于是他至今每天都会用这只桶腌渍东西。

我将那只米糠酱桶的气味连同他对妻子的回忆一起铭刻在了心间。

只需稍稍打开记忆的桶盖，某位女性自十八岁起直至死去的大半生，就会与那臭中带着甜酸的独特气味一起，在我的脑中复苏。

五月十六日

雨中，我走访了某条颓寂的商店街背后的火灾现场。这条商店街，曾经是供那些出海工作的人放松娱乐而开设的。在风俗店林立的一角，仅有两家风月沙龙，其中一家因厨房煤气泄漏而全部焚毁，一名三十一岁的女性从业者因此丧生。

火灾已经过去了半年多，店面却仍保留着当时的状态弃置在那里，再建之事似乎仍无着落。商店街里冷冷清清，或许是因为才下午四点，这片角落不见人影。我在里巷的尽头，找到一间营业中的公共澡堂，想起自己也有好一阵子没洗澡了，便挑开门帘走了进去。收费台里坐着位白发妇人，神色狐疑地扫了我一眼，但也没说什么。男浴室里没有客人，从女浴室那边传来阵阵嬉笑声和洗浴的流水声。

洗浴后，我向收费台的妇人了解死去女子的情况。

对方蹙了蹙眉："我说你，看样子也只是个旅行者嘛。你是她什么人？是亲戚还是什么？"

不知何时，收费台里又冒出了两三张女人的脸。我也向她们陈明来意："我只想为死者做一下哀悼，能否请你们告诉我她生前爱过谁，被谁爱过，因为什么事被人感谢过？"

闻言，其中一个女人扑哧笑了出来："什么啊？爱呀爱的，怪臊得慌。意思是说，我们这种人还会被谁感谢吗？"

"那就是被客人感谢吧。为了哄他们开心，咱们也是劳神又费力的嘛。"另一个女人笑道。借这个契机，我隔着收费台听她们讲了些死者的事。

这一带过去曾十分热闹，后来人气渐渐衰落下来。年轻的客人开车抄个近路，三十分钟就能抵达繁华的街区。在这里工作的女人们，只要是年轻点的，也自然而然都跳槽去了那边。死去的那位女子才三十一岁，颇有姿色，却仍旧留在这条旧街上，始终不曾离开。"那姑娘啊，比较怕吵闹，日子也过得朴实平淡，平时总在自己的房里待着。"

"是比较怕生哦。对他人的亲近和好意总是比较戒备。尽管如此，但凡谁有个头疼脑热，在家休息，她就会上门探望，给人家准备退烧的冰枕什么的，特别热心呢。"

据说她对年轻的客人不知为何总有些冷漠，还曾被店里的妈妈桑抱怨过。"听传闻，从前在大阪的时候，有两个男人为她争风吃醋，大打出手，其中一人因此死掉了。"

"这事她好像跟妈妈桑讲过，说死去的那一方才是自己真正喜欢的人，可惜却欲擒故纵，态度暧昧，没有向对方表明过心迹，使得两人的人生都因此而被毁掉……她觉得自己就是个罪人。"

可能是这个缘故吧，为了弥补罪过，她对上了年纪的人特别热情，背后被大家称作"好帮手"。"四邻五舍的老人家里，有好几位她的恩客呢。那姑娘很善于倾听他人的心事。"

"火灾过后，我见过一个老伯，在烧毁的店前给她献花呢。"

"是丰荣丸渔业的前老板吧？三天两头往这边跑，是个老色鬼，跟现任船长大吵过一架。老头自己也是臂力过人的主，周围的人都担心死了，生怕父子俩之间闹出什么来。"

"啊"的一声，有个女人一时哑然地捂住了嘴。"该不会……那姑娘不愿再像从前那样担上罪孽，就故意留在了火海里？""唉，怎么说呢……大家明明都逃脱了，她是最年轻的，怎么反而……都觉得挺不可思议的。"

好一会儿，大家缄口不语。忽而，响起了一阵啪啪的拍手声，收费台里的妇人刹住了话题："别在这儿没凭没据乱猜磨时间啦！瞧瞧，上班都迟到了。"

我又打听了死去女子的墓地。据说，死后人们才得知她生于长崎，可遗体交接却被家乡的亲戚拒绝了。于是，作为没有亲属祭祀的死者，本町的寺院为她做了丧葬的法事。

我请教了寺院的所在，赶在日头未落之前匆匆抵达，站在一座专为哀悼无亲无故的死者而修筑的巨大墓碑前。虽未注明是献给谁，但那里的确供着些新鲜的花束。

五月十七日

前方，海岸线变狭窄，岩石崚嶒兀立，街市皆远离海边，开设在内陆的高地和山脉的峡谷之间。我乘坐巴士，向内陆区。

半年前，一位在医院挂号台工作的女性，将院外某药局的一名男性药剂师刺死。我此刻走访的便是她曾住过的公寓。据女子供述，两人曾是同居关系，平日里她受尽了男人的暴力之苦。公寓楼一层有间便利店，我向一位看样子是店长的年长男性询问情况。对方嘴巴半张地听完我的陈述便挥着手撵我："出去！走！走！"

此时，店外传来一阵巨响。是店前的垃圾箱被撞翻在地，一辆车疾驰而去，估计是想在路上掉个头却倒车过猛造成的。

店长奔出去时，车子已经开走。门前的停车场里散落着一些饮料瓶和吃剩的食物垃圾。

店长还在冲着逃走的车子骂骂咧咧时，我扶起垃圾箱，拾捡着容易被风吹散的包装纸。他发觉后道谢说："啊，不好意思了。"又告诉我此刻收银台前有客人在等候。我答："没关系，我来收拾。"店长接待完顾客，重新返回店外时，我已大致收拾完毕。他递来一条毛巾，又给我开了罐咖啡饮料，表情为难地说："那么，刚才你想了解什么来着？"我便把问题重新问了一遍。

"那件事啊，现在我还觉得奇怪呢。本来，其实是男方住到女方家去的倒贴。女孩性格认真，待人和气，在医院里接待患者也尽职周到，杀人什么的，是无论如何想象不出来的……

男方呢，就算是同居吧，也是个规规矩矩的青年，据经常去他那儿拿药的人讲，他常耐心教老人服药的方法，有时还会帮人把药送到家里。这些，只是我个人一点随意的观感……

"不在一起时，他俩各自都是感觉不错的年轻人，可只要结伴出来买东西，你就能看出男人对女孩的态度十分暴躁。女孩对男人言听计从，男人对她却是一种居高临下的姿态。一方过于低三下四，一方则对恋人过于轻蔑，让人觉得他们之间有种畸形的上下级关系。估计就是因为这样才滋生了暴力吧。事发后，我也常会琢磨：女孩又不是被男人拘禁了，若对方有暴力举动，她提出分手不就好了吗？男方也是，若对方让你感到焦躁，在抬手动粗之前，出门冷静一下就行了啊。可越是这种扭曲的关系，就越是感到彼此需要，大概已经形成了一种微妙的平衡吧……事件发生前不久，好像男方交了个新女友，于是平衡被打破了吧。这样的感情，不知是否也能称作为爱呢？"

五月十八日

昨日，天空还只是浓云密布。今天，从早间便下起了雨。走在路上，看见有图书馆我便进去，浏览报纸或杂志，以获取资讯。即便每天不拉地收听广播新闻，但放送时间太短，许多地方上的事件、事故等往往都不被报道。

往笔记本上抄录有关死者的新闻时，跃入眼帘的一行小字让我有种幻觉。一个不知在何处见过的名字……我眨眨眼，凝目细看。

直到三日之前我曾一度逗留的那座公园里，据称因发生了口角，某男被刺身亡。

加害者是一名印度尼西亚籍的二十四岁青年。被害者则是职业中介，即所谓的包工头，名叫"布施"，现年六十三岁。

五月十九日

昨日一整天，我都在思考公园里发生的事件。深夜时，想起了一桩至关重要的事。

待到早间，我迅速沿来路折返，一趟趟倒着巴士，回到了那座公园。事件现场被警察用胶带绕着四角的树木围了起来，一下子就找到了。

身着制服的警察守在附近，我正想开口询问，却听背后一个声音唤道："喂！还记得我不？几天前在公寓楼的拆除工地上，我们一起干过活吧。"眼前站着个四十岁左右的男人，脸上挂着狞笑，跟之前判若两人。

"那个狡诈的包工头，又因为克扣劳工的血汗钱跟人发生了争执。上次那个东南亚的小伙子一怒之下捅了他一刀，眼看着他胸口瞬间就被血染红了,嗯,估计是当场死亡吧。捅他那人也够蠢的,原地就被逮捕了。虽说不会判死刑,但为了一个人渣,把自己今后的人生也白白葬送了,傻啊。"

我想起小伙口中哼唱的故乡歌谣,以及胸前吊坠里母亲的照片,为自己什么也无法阻止而遗憾万分。而且,老布脖中也挂有东西。

"胸前都被血染红的话……他的护身符怎么样了呢?"我问。

"护身符?我怎么知道。反正他被杀纯粹是自作孽,活该。"

我从撇嘴而笑的男人面前走开,向警察打听老布那只护身符的下落。

警察听完我的话,拿起无线对讲机跟局里取得了联系。不大会儿,来了辆警车,把我载到警局的一间小屋里,向一位刑警重新做了汇报。大概犯人已经归案、动机亦已判明的缘故吧,对方不甚热心,要求我仅就加害者和被害者相关的一些情况进行陈述,至于老布的护身符,我提了几次,他都反应迟钝。当他告诉我"今天暂时先回去吧"之后,我又问了一遍护身符的事。

对方不耐烦地咂了咂嘴:"所以啊,那到底是个什么东西嘛?跟案件没有任何关系吧?"

"那么,老布会不会被葬在他自己中意的那座墓地呢?您知道吗？"我刚问完，对方就甩了我一句："那不是我的工作啊。"

在警局前台，我打听到了社会福祉事务所的地址，立刻赶了过去。跟接待处的男职员讲了老布的事后，对方表情一僵，答道："我们不了解。"无论我怎样解释情况的特殊性，对方都一再重复："我们会按正规手续来办理的。"他很清楚老布的包工头身份，莫非想掩盖他以"流浪汉生活支援志愿者"名义做的一些事情。

"诸位都跟老布这人打过交道吧？"我用其他人也能听到的音量大声道，"他或许不算什么清白廉洁之人，不过，他有一位特别深爱的祖母。为了祖母，他买下了一块墓地，还总说希望自己死后也能埋在那里。"

短暂的沉默之后，一位年长女性从里屋走了出来，问道："你能带我到那块墓地去吗？"她自报身份是事务所所长，开着自己上下班的车，载我向墓地驶去。

"实话说，关于布施这个人，我什么都不了解。仅在能请他帮忙的一部分事务上得到过一些协助。他很开朗，常喊着这里每位职员的名字，挨个跟人打招呼：'找到女朋友了？孩子都还好吧？'之类的。除他之外，另有几个人也做性质相同的工作，不过当那些死去的流浪汉被当作无亲无故之人举办丧葬仪式时，却只有他会特意前来出席。"

抵达铁道边的墓地后，我将女所长领到老布的墓前，得到了她的肯定："看来将布施先生葬在这里才是最好的。"

"老布一定会感激你们的。"我回答。

"看来，布施先生交到了一个好朋友呢。"

女所长微笑赞道。我刚想回答"哪里的话"，有辆电车恰好自附近驶过，一阵风卷了过来。四周明明没有树木，或许是心理作用，我却闻到了栗花的香味。

五月二十日

几乎整夜一眼未合，自初更起直至深夜，再到拂晓、清晨，我始终仰望天空，看它缓缓变幻着颜色。

老布的死依然拖曳着我，使我比以往更加步履沉重。阳光炽烈，估计不出上午，气温就会达到三十度，令我感到轻微的晕眩。

一对年轻夫妇因沉迷于弹子机赌博，将新生儿忘在了车中，致其死亡。我走访了该家弹子机房。

走入店内，我向一位职员询问事故的详情，却被对方戳着胸口喝令出去。

我在停车场转了转。方才那位店员又跑了过来，冲我怒吼："再在这儿乱转，我揍死你啊！"我解释道，我并没有妨碍营业的意图，只是想了解死去的婴儿是否曾经被人所爱，如果您知道的话，可否告诉我。

这位脸颊瘦削、眼珠爆凸到感觉快要蹦出来的细高个儿将两眼瞪得更大了："别搞笑了！店里的广播不停提醒：请不要把孩子留在车内。还把印有这句话的告示贴在店内和停车场里。看嘛，那里就有一张。都被提醒到这份儿上了，还会把孩子忘在车里的脑残父母，谁会了解他们的破事儿？那个死去的婴儿当然是没人爱的。好了，你赶紧滚！"能够听到不同人的看法，是一件好事。但我有一种令自己都感到惊异的执拗。

"这对夫妇的确粗心，"我答，"却不能因此推论他们对孩子没有爱。年轻的父母并没把孩子撇在家里自己跑出来玩耍，不是已经把他带到这儿、放在自己视线能顾及到的地方了吗？也许只是看到孩子睡得正香，不愿吵醒他而已。"

"哈？你小子说什么呢，脑子有病吧？那天的气温可是三十七度呢！"

"他们以前是否也曾带孩子来过呢？您知道吗？"

"那倒是也有。我们店里有个伙计留意到了，还提醒过他们。结果呢，人家说从来没出过问题，压根就不理睬。幼稚！无脑！"

"考虑不周与没有爱，我认为是两码事。因为以往从没出过问题，所以觉得今天也不会有事。可惜，或许正赶上那日气温升高得早了，本打算很快就结束的，哪知玩到关键处一直无法离席，多重不巧撞在了一起。"

"为人父母,要把这种风险纳入考虑吧?如果真爱孩子,忍耐是很必要的,不是吗?"

"我想,为人父母者,并非全都能克制自己的欲望。在各种妥协和迁就中努力去爱、去企及好父母标准的,不是也大有人在吗?"

"……切,所以呢?能说明什么?我只问你,你究竟想干吗?"

"我只是希望死去的婴儿终究是被父母所爱的,想要将他作为被爱的对象给予哀悼。"

"那样的话,你就按照自己喜欢的方式去想不就行了?不过,死去的孩子是回不来的。"

"正因为回不来了,我才愿意这么想:他没有被嫌弃,而是被深爱的……"

男人目瞪口呆,一脸拿我没辙的表情回店里去了。我忍耐着微微的晕眩,在那里跪了下来。

五月二十一日

清早,一所高中在举行活动,学生们列队走在街上。某男子喝了一夜的酒,驾车撞进了队列,造成三名学生死亡。明天就是事故一周年祭。我走访了昔日的现场。

近四十名身着制服的高中生正在现场周围进行清理：清扫道路，拾起烟头纸屑，拔去路面缝隙处伸出的杂草，将附近围墙用抹布拭净。看样子明日这里要举办什么哀悼仪式，连貌似用来献花的台子都准备好了。时而有附近的居民打此路过，会向劳作中的学生们微笑打招呼，并面朝道路合十念祷。

于是我得以相信，死去的三人，他们的音容笑貌、泪水、热情与努力，会被永远铭记在大家的心里。不必再多问什么，我只在远处默默致以悼念，然后离开了那里。

五月二十二日

高高的山岚一侧吹下落山风，裹着小雨，重重地砸在我的身上。

露宿在铁道的高架桥下，我捡起绊在脚上的一份数天前的体育报纸，上面详细刊载着某著名演员辞世的消息。我已从广播有所耳闻。这位演员时常扮演富有人情味的老刑警或人生经验丰富的祖父等。我对他较深刻的印象大多来自于电视剧，不过报上的演艺生涯介绍中却写道，他自孩提时代起便以电影表演为主，一直活跃在大银幕上。读着手中的报纸，我忽然忆起一件事来。

我曾跟随父亲在地方公民会馆举办的电影鉴赏会上看过该

男演员出演的片子。

素来不喜外出的父亲为何会去看那场电影呢……彼时我好像才上初一。父亲从前跟母亲似乎曾一起看过这部片子，读了公报上的上映预告，嘴里嘟哝了一句："好片子啊！"于是，我向他发出邀请："那咱俩去看吧。"

父亲幼年遭遇战乱，亲眼看着当时才五岁的哥哥死在自己面前。我得知这事是在祖父去世那年，即我上小学三年级时。父亲与他人相比，在人际关系方面明显较为笨拙，我一直不解。在理当去为自己伸张权利的时候，或感到压力的情况下，他总会沉默以对。因为他的这种脾气，家人有时也会跟着吃亏。我曾目睹过母亲恼怒地冲他大喊："别太过分了！"父亲并非电视里演的那种英雄，为此我也曾暗自失落，不过却从未嫌弃过他。他虽不善与人言谈交流，但对我们的话总能耐心倾听。每当稚龄的妹妹絮絮重复着那些孩子气的话语，父亲总像第一次听到似的认真点着头。望着此情此景，我跟母亲说："他还真有耐心听啊。"母亲便笑了："静人，你小时候，爸爸不也常这样听你讲话嘛。"我跟妹妹若是犯了什么错，父亲也会先搁一阵子，之后才像拆解一团纠缠的线头那样，条分缕析地去为我们解说道理。在放松的时间里，听着他和蔼的教导，我们的激动情绪与叛逆心也会随之平息。

另一方面，父亲从不会惹人发噱地开怀大笑，或是痛哭失态到令人心疼，即使面对自己的家人，感觉也从不愿毫无保留地宣泄出内心的一切。我虽明白这都源于他的童年创伤，但仍会感到有些隔膜，也曾暗暗发愿，希望自己能稍稍解开他的心结。于是乎才会邀他一起去看电影吧。父亲虽略显吃惊，却并未反对。电影鉴赏会的入场券是以明信片抽选的方式发放的，我便寄出了申请的明信片。

当日，我和父亲坐巴士出门，去看了个下午场。那是一部与河流有关的影片，数日前去世的男星在里面扮演一位宽容的父亲，接纳和体谅着他人的苦楚艰辛，而自己却始终哀痛缠身。十三岁的我不能说全部看懂了，但每个人物在各自的环境中努力生存的姿态却令我感动。大河之美，与角色们丰富生动的表情也给我留下了至深的印象。放映结束后，我对父亲说："真是一部好电影啊！"父亲将大手轻轻放在了我的头顶。

是的，正是那位男演员去世了……想到这里，眼泪自然而然溢出了我的眼眶。

五月二十三日

这座古城的山间有座知名的寺院，沿着河岸有一片宽阔的公园。我走进公园里。

天气晴好，能瞅见些散步的人。一角，有个额上绑着头巾的长发女人怀抱吉他，用沙沙的嗓音在弹唱歌曲，从整体印象来看，大约五十五岁左右，但声线饱满，让人觉不出年龄。曲调虽为民谣风，却不伤感，歌词内容是对世界主流价值观的质疑与反抗，有一种诗性色彩之感。在这年头未免稀奇，我不由得被吸引着站在那里听了一阵。

每当一曲终了，我都会报以掌声。终于，女人不再唱起新曲，歪头冲我道："哥们，够了吧，就允许我唱到这里吧。"

说完，看了一眼搁在脚边的草帽。我"啊"了一声，这才注意到，忙取出钱包。

"算了。瞧你这身打扮，是跟从前的嬉皮士一样在四处流浪吧。也就只有哥们你一人听我演唱，就当是在练习好了。如果想要露宿公园，我旁边倒有个空位。"

她动作麻利地背上吉他，戴好帽子，拔腿就走。被对方的气势慑服，我跟了上去，随她来到公园里树木林立的阴暗一隅，只见二十多顶帐篷井然有序地排列在那里。女人住的那只用油漆涂满了红黄色的迷幻风花纹，十分醒目。在它旁边，留有一顶帐篷宽的空地，再旁边是一道栅栏，栅栏外则是供游人行走的甬道。

"以前住在这里的男人，上周恢复了自由之身，说捡到的一朵菌子是迷幻蘑菇，乐滋滋地点来吸，却成了人生的最后一顿享受。不过他本来就患有哮喘。"

"您能给我讲讲他的故事吗？"我恳求道，见对方表情怪异，我便将悼亡之事做了解释。女人露出苦笑："你是什么教派的信徒吗？"说着，拨弄起吉他的琴弦。

"刚才那首歌的歌词，就是这个自称'五七'的男人写的。五和七，也就是说没有六。他因为一九六〇年的全学联安保运动，沦落成自我放逐于主流社会边缘的法外之徒。这个缺心眼的家伙四处浪迹，女人也换来换去。无论爱或被爱，一切都不过是幻觉。最后，总是被女人嫌弃，被当作垃圾一样甩掉。等察觉时，左眼已瞎掉了，眼前都是黑点。也托了他的福，我能看到平常人看不到的颜色，写些干燥无味的让·谷克多式的诗句，从一文不名的穷光蛋朋友那里获得点掌声……"

之后，女人又以弹唱的方式为我讲述了形形色色的其他人的故事。

五月二十四日

自拂晓时分起，天气骤变，甚至响起了惊雷。我接受昨日那个女人的招待，住进了帐篷。问她的名字，她唱道："我的艺名叫'进入·分离'，就是英语的'in·bye'。"

我们聊起了悼亡之事，她有问，我必答。她说自己也喜欢思索与死者有关的东西。"因为我已不会再为死去的人受伤了。他们不像活着的人那么可怕。"

"我也从他们那里得到了拯救。"我说，"疲累积存太久或身体感到疼痛时，就会想到一个事实：所有死去之人，当初都曾在这个世界存在过。于是，瑟缩不安的一颗心，就会倏地安适、松弛下来，又有了迈步向前的可能。"

"我好像明白你的感觉。人明明终归不过一死，却要经历种种劳苦、伤害。反之，自己有时也会去伤害和折磨他人，而后便匆匆老去……这种过程究竟有什么意义呢？大多时候我都十分茫然，不管是谁，很想随便抓个人来质问。这时就感觉那些死去的朋友……仿佛在对我说：'无论痛苦甜蜜，每一种滋味全都品尝过，才能称为人生啊。'于是我就想：哎呀，好了，不要再哀叹这些了。正因为活着、活过，我们这些人才有缘遇到，不是吗？那就继续活下去看看吧。"

女人又往其他帐篷去转了转，拜托大家都给我讲一讲死者的故事。

五月二十五日

分别之际，女歌手in·bye拨响了吉他，说还想唱唱另一个男人的故事。

"钣金工胜吉最骄傲的事啊，是留在脑袋里的子弹碎片，二十一岁那年他大难不死啊，从没什么梦想也没办法。上天恩赐的余生啊，为了家人也得活下去吧，卖力工作兢兢业业啊，加班加点，为了家人也没办法。从早到晚哐里哐当啊，女儿在旁看着忙忙活活的老爹，对一丝不苟的活法已深恶痛绝。参加安保斗争啊，为了歌唱，游游荡荡，四处流浪。爷爷奶奶卧病在床啊，没有办法买了一栋房，事业忽然走了下坡路啊，为还房贷紧紧张张。苦闷的老爹没了主意啊，拉上战友喝起了戒掉的酒，咕咚咕咚几杯下肚啊，碎弹片在肉里疼得刺扎扎，脑袋痛起来脚步东倒西歪。第二天早上啊，从池塘里捞出只淹死鬼，警察说这是意外啊，就赔点保险金吧。老妈哭哭啼啼啊，眼泪扑簌扑簌，可既然死的是老爹啊，那最后的话大概就是'没办法'吧……好啦好啦，从此安歇吧，胜吉老爹。"

歌里唱的老爹是她的什么人，女歌手in·bye没有提及，只告诉我死者溺水的池塘在哪里，并交待我，若哪天到那附近去，就为他稍稍哀悼一下。

五月二十六日

接下来要去哀悼的地方很远，我乘上了巴士。座位上扔着一份报纸。

我读到一则报道：东帝汶因内战发生了暴乱，无辜的居民遭受暴徒袭击，大约十人因此丧生。至于姓名、年龄、职业，皆不详。

"啊，又出事了？真是呢……太惨了！"

耳边传来一个声音。后座一位四十岁上下、容貌秀丽的素颜女人瞄着我手里的报纸。她身着便装，打扮日常，身旁搁着一只大大的购物袋，大概是本地人吧。

"我弟弟以前去过那里呢。不好意思，可以坐在你旁边吗？"

女人给人的印象颇为爽快，大大方方地挪到了我身旁的座位上。车上其他的乘客，只有前方较远处两位貌似在犯困的老人。我将背囊移到后面，听女人讲起她的故事。

"说去过，其实并不是这个国家。不过，也是一个，怎么说呢，'政局混乱'的地方。普通百姓都十分贫穷，只有那些政客和军人吸足了民脂民膏，所以民间弥漫着一种对社会的不满情绪。我弟弟就是参加了国家有机工程组织，去了那样的地方传授农业知识。本来他是个无所事事、不知自己到底想做什么的闲人，名字叫义男，而我总喊他'闲男'。谁知某天他突然说要到一个名字都没听过的国家去，吓了大家一跳。我父母当然是反对的，不过那孩子还是头一回自己决心想要做点什么，于是我劝他说那就去吧，又说服了父母，说他反正只是去一下，八成干不长。我内心当然是极其担心的。父母也把我狠狠责备了一顿，说他一向只听你的话，你怎么竟能赞成这个决定？所以，两年后他归国时，我真是松了一口气，也吃了一惊。他的脸颊变得瘦巴巴的，连身体的重心似乎都变得沉稳了，不再像从前那样净在嘴上说些狂妄的大话，倒是一脸感佩地谈起在当地遇见的人以及自己如何脚踏实地地生活等，各种各样的经历讲了许多。

"比如：当地村长的儿子，比日本的学生们聪明多了，总爱思考国家的前途和未来，农业知识也记得特别快；某位少年狩猎名人曾请他观赏过几只仅在动物园才能见到的珍奇兽类；好色的邻居邀请他一起到山对面去找女人，谁知碰到了反政府的游击队，险被逮捕时，这位邻居比说服女人还要卖力地劝说对方游击队员，最后两人平安逃生，等等。据说，他在那边颇有女人缘。那些比日本偶像明星还要可爱的少女会帮他剪头发，送他木头雕刻的首饰做礼物，甚至还有'女孩'趁他睡觉时光着身子潜到他房里，可仔细一瞧，却是早有了八个孙子、特会洗衣服的老婆婆……还说当地的孩子们总是快乐地笑着跟在他的身后……诸如此类的，他总是面露微笑，神色留恋地讲个没完。

"所以，当他抱歉地说还想回那边去时，望着这个成熟起来的孩子，我的父母大约也放心了吧，便赞成道：'那么，就再去学点东西好了。'可惜突然间，却无法成行了……那个地区爆发了内战，弟弟四处走动，搜罗消息，却无法了解任何具体的情况。据说死了许多许多人，偶尔从那边发来的报道总说'死者千人、下落不明者两千人'等，只有粗略的数字。正为此东忙西忙的时候，父亲偏偏又病倒了……母亲身体虚弱，弟弟只好继承了家业。如今，那孩子脚踏实地、满怀热情地工作着，但对那个国家的事，似乎始终默默关心。每次见面都会跟我谈很多，担心着村长的儿子现在是否健健康康地守着那片田地；少年狩猎名人，是否已经长大成人，有没有收获到什么大家伙；好色的邻居马上也该到给那些女人'上年贡'的时候了吧；少女们肯定已经结婚生子了吧；八个孙子的老婆婆，岂止孙子，恐怕又有其他孩子了吧；还有当地的那些儿童，现在是否也每天开心地笑着……"

巴士缓缓减速，女人站起身来："我要在这里下车了。"

"谢谢你听我说了这么多。看你背着大大的行囊，我就想起了自己弟弟刚回国时的模样。你现在还在到处闲晃吗？"面对女人笑容温婉的问询，我答："对，我是个'闲男'。""哦，原来是位闲人啊……"女人自购物袋里掏出一只苹果，"嗨"地递到我面前，之后便下了巴士。

五月二十七日

祈祷农作物丰收的某个节祭之日，一位四十五岁男性自神舆跌落而死亡。为了哀悼他，我行走在这片因盛产大米而闻名的土地。插秧的工作似乎刚刚结束，尚青嫩的幼苗排成一行行一列列，延绵伸展到远方，在风中簌簌摇动的情景直映入眼底。

不经意之间，感到地面在晃动，好像是地震。等了等，立刻便停了。

终于抵达了一座神社。在那里，一位神官告诉我，死去的男人为使地域的古老文化不致失传，将废置许久的神舆重新利用起来，把那些整日只知道在家打游戏的孩子们唤回节祭日的活动中来，受到了当地人的感谢。说完，他又谈起了方才的地震。

"不过，据说爪哇岛发生了更大的地震，两千多人丧生啊。"

稍后我听了广播，说是死亡人数仍在持续增加，不禁觉得心也为之揪痛了。

五月二十八日

返回到位于盆地之中的这座街市，我朝一名九岁女童跌落而死的公寓大厦走去。是事故还是事件？抑或自杀？时间已过去一年，真相却仍未查明。

在大厦附近的自行车行与玻璃店里，如往常一样，尽管遭到了人们的怀疑，我仍打听到了一些情况。死去的女孩曾帮助朋友把爆胎的自行车抬进自行车行，而当时她自己的车子却停在很远的地方。还有一次,弟弟玩球砸碎了家里的窗玻璃,女孩和他手牵手来到玻璃店里,恳求能不能帮忙给修好,且向父母保密。至于维修费,据说是女孩从自己的压岁钱中拿出来的。店员最终说服孩子,联络了他们的父母。当母亲急急赶到时,女孩却道歉说,窗子是自己砸碎的。

大厦周围点缀着片片花丛,一位貌似管理员的男性在那里拾捡枯萎的杜鹃花花瓣。我向他询问少女的事时,身畔传来一阵响动,一位看样子三十多岁的女人,脸色苍白地望着这里。路上掉着一只环保购物袋,各种食品滚落一地。女人嘴唇颤抖地问道:"你现在来问这个,想做什么?"

"为什么又来打听我家孩子的事?难道还在怀疑我们这些遗属吗?"

"您是孩子的母亲吗?"我转身向她,首先致以了慰问辞,接着才解释道,自己没有来调查什么的意思,只想为她死去的女儿做一下哀悼。

"撒谎……你肯定又要到处宣扬一些有的没的吧?什么哀悼?是怎么回事?"

"只是想把死去的人一直铭记在心里。"我说。

女人激烈地摇着头。

"不!不需要!用不着你来记得她。我的孩子被不相干的人记得,想想就觉得肮脏、恶心!我绝不允许!那个孩子,只属于我们自己。"

女人小跑着奔进了大厦。给她平添了许多困扰，我觉得歉意又羞愧，捡起地上的购物袋，犹豫着该如何是好。

管理员模样的年长男性伸出手来，以责备的目光瞪了我一眼："不许再追进去了。"

我对他欠欠身，递过了那只购物袋。

走了一阵子，我在住宅区内一个能够望见那幢公寓的地方跪下来。

虽被女人拒绝，不许铭记她的女儿。但通过这次悼亡的长旅，我所感受到的是，每个曾在这世界存在过的独一无二的生命，都不仅仅属于他的家人、遗属，而是同更多的人与事物息息相关。怀着这样一份心情，我仍执意为女孩完成了哀悼。

五月二十九日

听收音机里播报，爪哇岛地震中的死者已经超过了五千人。

昨日，给死去女孩的母亲造成了伤害一事，在我心中纠结难去。不知是否被这情绪影响，右脚的阿基里斯腱疼痛难当。其实，膝盖和腰部时不时都会感到轻微程度的肿或痛，但这次不知为何却让我有些担心。如果是跟腱断裂或者损伤的话，就无法继续旅程了。昨晚我找到这座公园住了下来，打算看看情况。

园内有片苜蓿草繁密的小广场，花虽已枯萎，但葱郁的青草弹性十足，睡在上面不会硌痛。到了下午，我看见三个女孩，看样子是三姐妹，一个十岁左右，一个八岁多，另一个貌似上幼儿园的年龄，赤着脚在草地上来回奔跑。

被她们愉快的笑声感染，我也脱去鞋袜，赤脚在草地上走来走去。苜蓿草踏上去清凉潮润，脚虽没有湿，但或许是草叶内部蕴含的水分传来丝丝的凉意。阿基里斯腱周围围着青草，感觉像患部被包覆了一般。

"仓鼠君，死掉啦！"一句没头没尾、漫不经心的话，一个仿佛冲着天空随意抛出的声音，在我耳旁响起。

是方才那三姐妹中最小的孩子，蹲在离我稍远处，侧脸朝向我，光裸的脚丫上这里那里染着青草的颜色。她的两个姐姐在离我更远些的地方掷飞盘玩。小女孩看样子是在自言自语。

"仓鼠君是谁呀？"我问。女孩摆弄着脚边的青草，答道："仓鼠君，就是仓鼠君，就是小动物的那个仓鼠哟。"说到"哟"这个字时仍是漫不经心的，仿佛随手扬向天空的那种语调。

"你喜欢小仓鼠吗？"我问。半晌，女孩没有吭声。

"不知道呀——"

这次，女孩用一种好似唱歌的腔调答道。接着，又嗲声嗲气、拿腔捏调地说："仓鼠君的脸蛋上，粘着葵花籽哦。莉美的脸蛋上，粘着饭粒粒哦。仓鼠君到天国去了哦。因为姐姐说不

静人日记　253

行,所以莉美不能一起去哦。"

"莉美!"旁边的两个小姐姐在呼唤妹妹。女孩"嗨——"地应了一声,眼睛也不瞧我,只挥挥手,跟我再见了一下便走掉了。三人穿好鞋子,飞也似的奔出公园,不见了身影。

我继续在苜蓿草上赤脚走着,感到痛意渐渐减弱了。

五月三十日

远离城市中心的某住宅区内,有个三岔路口。以一家已停业的食品店为界,道路被分成了左右两条。向右拐,是片老居民区。向左拐,可从一座停车场穿过,抵达新干线的铁道旁。来路上,一侧是农田,另一侧则是一户连一户的老旧民宅。食品店打从很早以前据说就关闭了,建筑整体已经歪斜,铁皮屋顶的一部分也已破烂。作为昔日食品店的一点"遗迹",沿墙摆了一台饮料和香烟的自动贩卖机,尽头处还有一台是专售安全套的。

若什么都不知道的话,大约也就不留任何印象,只是打此经过一下而已。然而这个三岔路口,对我来说却是重要的悼亡之地。

关系不错的三名中学生,虽不住同一栋楼,却住在同一个居民区。初三升学考试之前的紧张复习中，想要出门透透气，于是深夜趁父母睡着的时分，三人便会偷偷溜出家门，在这里喝着罐装咖啡闲聊。升高中后，虽不同校，三人的小聚仍未中断。

四周的黑暗令人舒适，只有自动贩卖机的灯光照出他们面容的轮廓。出售安全套的那台机器，放置于向建筑物内侧凹进去的一处空间里，我猜三人大概就蹲在那里谈天。

气温暑热的日子自不用提，即使在严冬，只要不至于有积雪，他们都会揣着暖宝宝，在这里聊学校的事情，聊音乐，聊那些无趣的大人的坏话，聊自己虽然飘忽却也斑斓的关于将来的梦想。三人分别就读于直升的公立高中、工业技校以及没考上志愿校而不得已选择的私立学校。对于他们来说，只有在这里，大约才能做一刻真正的自己。

然而不久后，三人分别在各自的环境中结识了新的朋友，这里的深夜聚会的次数便逐日减少。

到了高中二年级的秋天，公立学校的少年喊上了另外两名伙伴，提议说："今天来一场最后聚会吧。"私立学校的少年出门之前与父母发生了争吵，比约定的时间迟到了片刻。到了这里一看，工业技校的少年头破血流地倒在地上，而他旁边，公立学校的少年啜泣着，手中握着一根染血的球棒。据行凶少年供述，因为受到两位朋友的冷落，感觉自己被抛弃，于是打算将两人一起杀死。

念及死者的遗属，我无法给予随意而廉价的同情。但简单地遣责加害者的做法，又只会令死去少年的存在感愈发轻微。

因此，在此刻这宜人的五月时节，我只想任思绪飞骋，去想象三位少年若深夜聚在这里，将会谈些什么。死去的那位，生前喜欢格斗术，据说曾与朋友在此切磋招式。因为四位祖父母全都膝盖有毛病，他也曾发愿，将来要研发一种用于复健的机械，因而被朋友们调侃："不如先把你自己那张脸复健一下。"我只愿去想象在那样的开心一刻他们会有怎样的笑容。

因为我想，只有在那时，这街市的偏僻一隅无法给人留下任何印象的平凡角落，对于少年来说，却是最能令他们感到生之欢欣与可贵的地方。

五月三十一日

天气已暖，整条山脉最高的山岚顶端却残留着积雪。或许是这个缘故吧，吹下来的落山风凉沁沁的。连接关东与北国的高速干道上，家住同一座町的三名二十一岁青年，因驾车超速，与路边防护墙发生剧烈撞击，全员丧生。

时至今日，事故发生恰好一个月。我走访了现场，那里聚了一些人。六个中年男女，表情阴沉地在争论什么。待走近些时，我听到了他们谈话的内容。

你儿子的危险驾驶才是造成事故的全部原因；按照警方的说法，到底是谁开的车还无法判定吧？是你儿子也说不定；

我觉得是你家儿子，他从以前就品行恶劣；

这话该我说才对吧？所以我明明一直告诫自己儿子，千万别跟这样的混混交往；

就是被你们儿子这种不良青年教唆，才落得这么惨，你们必须谢罪，跪下向我家孩子谢罪；

说什么呐？明明是你们两家教育太失败吧；

放屁，你们这种家长才叫失职失格……

"几位，对不起……"我上前插话道。六名男女齐齐扭头望着我。"我到这里来，是想为在此死去的三位青年做一下哀悼，能否请诸位跟我讲讲他们生前的情况？"

几个人全都一脸困惑之色，缄口不语。大概是对我怀有戒备。我举起从报上抄录的每位青年的名字，又问："他们生前被谁所爱？又爱过谁？或因什么事被人感谢过呢？"话音刚落，从站在最远处的某位小个子女士口中报出了一个青年的名字。

"那孩子，刚生下来时体重只有不到两公斤，心脏也弱，有段时间医生甚至劝我放弃他算了。可是，就连亲戚和邻居们都来给我帮助和鼓励，更重要的是，那孩子自己也有一种努力要活下去的劲头，所以才慢慢长大了。上小学那会儿，他成了班里个子最高的孩子，让我们都吃了一惊。小时候，有很多次，一块点心吃到了最后，他会特意留下来一点分成两份，递给我跟他爸。我曾不止一次地想,这个孩子能够来到我的生命里,也许真该好好感谢他才是。"

她的话刚说完,另一位母亲也像打开了话匣,讲起了自己的孩子。

"我家是双职工,我跟孩子他爸都得上班。他小时候,估计挺寂寞吧,可他一次也没有抱怨过,从上幼儿园时起就会自己做好饭,迎接我下班回家。在中学的社会实践课上,他作为志愿者去老人福利院担任看护,因为一位老婆婆写来的感谢信,他高兴得又主动跑到附近的护理机构做起了义工。去年还拼命考取了资格证,决定从今年开始要到福利机构去做事。"

剩下的一位女士已当场泣不成声,看样子是她丈夫的一位男士开了口:"因为是家里的长男,我们想把儿子培养得富有责任感,总是严厉教导,告诉他要好好照顾下面的弟妹。可能因为这个缘故,他成了一个特别会帮助人的孩子,经常把邻居家的小朋友集中起来,不是玩耍,而是搞一些到河滩或公园拾垃圾的活动,因此深受学校老师的器重。他说,自己将来也想做促使人们协力合作的工作。我还因此吓唬过他,说那你学习得还远远不够啊。早知如此,当初真应该对他温柔一些。"

话题到此便中断了,大家全都垂下了眼帘。"请允许我将听来的故事铭记在心,并为三位年轻人奉上哀悼。"说着,我在道路上跪下身来。当我仰起脸时,只见几位家长皆双手合十,闭目默悼。片刻后,一对夫妇忽然沉默举步,离开了那里。接着，另外两对夫妇也用手绢拭着眼泪，各自离去。

黄昏，我抵达了一座大型车站。白昼变长，时间已过七点，而天色仍亮。

站前广场的长椅上，并排坐着一位三十五岁左右的父亲和他约十岁的儿子。男孩嘴巴大张，两腮鼓鼓，啃着父亲为自己买的冰淇淋，嘴巴一圈染成了白色。父亲见此情景，开心地笑了，男孩也在父亲的提醒下笑了起来。

看上去，男孩是如此幸福。他的笑容告诉我，绝不是因为自己吃冰淇淋的样子有多可笑，而是因为眼前有父亲那张温柔的面庞。

二〇〇六年六月

六月一日

"他是怎样的人，我不知道。不过当时大概正专注于手机短信，或着迷地听着音乐吧。想当然地认为行人都应该自觉避让，这样的司机相当多呢。自己的人身安全，必须由自己去守护啊。"

加油站的员工说道。或许由于驾驶时分神，未能专心注视前方，车子越过道路边缘的白线冲上人行道，撞到了一位四十六岁的女性，致其身亡。

五天前，我从某地方报纸上读到这则消息，于是来到事故现场探访。人行道上还残留着刹车时轮胎蹭出的痕迹。前方则是一段猛然提速造成的车轮印子，指向机动车道。看样子该车肇事后便立即逃逸。现场旁边的电线杆上，还挂着警方"寻找目击者"的告示牌。

告示牌下方放着两捧花束，里面都夹着卡片。一张上面写着一位女性的名字，后缀称呼为"老师"，内容是："谢谢您对我的各种照顾！"另一张则写道："我永远不会忘记，跟老师一同度过的那些快乐而有意义的时光。"看来死者是位教师，并且有几个爱戴她的学生来为她哀悼。

站起身时,我面前立着一个二十多岁的女人,身穿牛仔裤,配一件印花罩衫。

她眼含泪光,眼神严肃地瞪视着我,两手在胸前比划起来。

手臂白皙,掌心柔软且丰满,五指却纤细,仿佛软体动物般。双手一前一后比着不同的手势,但又体现出某种统一的意志,保持着某种秩序,优雅地弯曲,时而向左,时而向右,在空气中平稳徐缓地游弋。

我正看得出神,忽然,那两只手停下了动作,笔直竖立的食指左右摆了摆。

我理解这手势的意思是在问:"什么?"该怎么回答呢?"那个……"我喉中刚刚吐出声音,对方便眨了眨眼睛,指了指我,虽未出声,但以嘴唇的蠕动传达出一个"你"字。她用手先是堵了一下自己的耳朵,又挡了一下嘴巴,然后摆摆手,意思是"不是吗?"接着指了指事故现场,嘴唇做出"熟人"的口型,又以眼神询问道:"对吗?"

因为对手语一窍不通,我正愁不知该怎样回答。女孩微笑着摇了摇头,用手与唇的动作告诉我,只要嘴巴张大,口型清晰地讲话,她就能读懂我的意思。

我松了口气,尽量张大嘴巴,当说出:"我是……"的瞬间,声音也随之响亮而出,弄得自己很难为情,又无法习惯于开口说话却不发声。我一面感到局促而拘谨,一面按照平日被人问到时的答法，跟她讲了讲自己哀悼死者的事。

对方那与其说是"额头"，不如说是"脑门"的光洁饱满的眉骨上方，微微泛起几道皱纹。她以嘴唇做出"哀悼"的口型，左右摆了摆食指，意思是"什么？"

就算用言语口述，也无法轻易表达的事情……我想，索性不如……便在胸前比出了一个心形来表示爱，然后又比出牵着老人的手接受感谢的情景，等等。一脸不解盯着我的她，眼睛慢慢泛起泪光，紧接着又捂着嘴笑了起来。我想，看来手语跟普通的动作表现还是不一样啊，便停下了表演。女孩笑着做出一个"抱歉"的表情，摆了摆手，却笑得更厉害了，一边笑，一边擦去眼角溢出的泪水。

待她终于平静下来后，我给她看了自己的日记。本以为站在路边读会是件吃力麻烦的事，谁知她并不介意，耐心地翻阅着我的悼亡记录，中途，还困惑地抬眼望望我。

从她的手势与唇形，我明白，她的疑问是："这些，是真的吗？你去拜访了？为什么呢？"

头两个问题，我尚且能够回答。但对最后一问，自己又焦急又无奈，心里有话，可怎么也表达不出来，只能答道："我只是想要哀悼。"

女孩又读了一阵，而后合上笔记，指了指事故现场，嘴唇做出"朋友"的口型，又用手势比出"手语、教师"的意思。我想，还是笔谈更方便，就递给她一支笔。她只扫了一眼便忽略了,继续用手和唇表达着。我也拼命盯着她的一举一动,以复述的方式,尽量把嘴巴张大,逐句确认着她的话。我甚至觉得,自己这辈子从未如此长久、专注地凝视过一个人。聚精会神半天,终于理解了她的意思:

"作为志愿者,给那些正常人士,教授手语。二十年,很多人,感谢。天生的,聋哑,凭开朗的性格和努力,任职于市政府,跟同事结了婚,生了女儿。女儿今年成人典礼,很高兴。事故那天,从手语教室下班。这条上学放学的路,平时,很多人乱窜。轰两脚空油,行人会让路。因其他事故,被捕的司机,这样说的。忘了路上还有很多人,这个事实,太遗憾。"

女孩一直等着我,直到我的哀悼结束,又问我接下来打算做什么。我答道,计划去邻町哀悼一位水上事故的死者,会在方才偶然看到的公园里露宿。

她比着手势,用口型问:"能把刚才那本日记借我读一天吗?"

六月二日

铅色的云层一动不动,低垂天际。我在公园里迎来了早晨。从背囊里取出面包和速食汤包,正准备早餐时,见有个人影在向我这边挥手。

昨日，那个自称池之内遥香的女孩，说自己在车站前的观光旅馆做事务工作，同时兼任手语传译，并递给我一张名片。

她真诚直视的目光让我觉得堪以信赖，便把自己的日记借给了她。据说昨天因为是周四，她轮休，今天则穿着素色连衣裙，外套小西服。日记被装在一只干净的纸袋中还了回来。

"很吃惊。心里感动。不过，表达不好。谢谢你。""谢谢"这个词的手语，我昨日看过多次，自然而然记在了脑中。她问我早饭怎么办，我答马上就吃。她微微一笑，表示："很好。"把手中拎的一只纸袋举到胸前："我做了这个。一起吃吧。"我俩并肩坐在附近的长椅上，吃起了她做的便当。饭菜还是温的，十分美味。

然后，她又递来一只装三明治的小包，说给我当午饭。上面附了一个信封，我刚想拆开来看，手却被按住了。"等会儿看。"她翕动的嘴唇上今天涂了淡淡的口红。

为了感谢她的便当，我用手语比了一句："谢谢。"待她走出公园后，才读了那封信。

里面描述了她对昨日邂逅的惊讶，对悼亡之事的困惑。又写道，不过对于我能够将死去之人的美好之处铭记在心，她还是很高兴的。接下来她继续讲道，读了我的悼亡日记，她了解到曾有这么多宝贵的生命逝去，为这个事实感到心中窒痛。同时，也再次感恩于自己仍幸运地活着。并且，对于我四处行走为亡者哀悼的这份辛劳,她给予了许多赞美和慰问之辞。

"这些话,若是再麻烦你来读手语和唇语,想必会给你带来更大的困扰,因此我才写了这封信。昨日,你递给我便笺和笔时,我的态度十分失礼,望请见谅。我实际上是个不善笔谈的人。有时对方只顾留心着纸上的字,对我这个重要的谈话对象却不再关注。我虽无法进行有声音的会话,但如果连我的存在本身也被忽略,就会是一件极难忍受的事。正因如此,昨天我非常开心,感到和你之间所进行的耐心对话本身,也是对生前同样避讳笔谈的老师的一种追念。"

信末,她附言道,虽心知这样做未免过于厚颜,但我若能再听她讲讲另一位死去朋友的故事,她将十分高兴。今天正是那人的祭日,她下班后,会在七点钟前去参加哀悼仪式。最后,又附了一张复印的地图给我。

死者是她在聋哑学校的同学。两年前,在晚间约会的归途中,遭遇了摩托车抢劫。平时,这个女孩都会把包拎在靠人行道那边的手中,而那天却把装有男友送的绒毛玩偶的袋子拎在人行道一侧,将皮包拎在了靠机动车道一侧的手臂上。据目击者描述,一辆摩托车自女孩身后疾驶而来,后座上的男性抓住了她的皮包,瞬间将她扯倒在路上,头部遭受剧烈的撞击。并且因为皮包带子缠住了她的手臂,逃走的摩托车一直将她拖行了很远。事发后,女孩立即被送往了医院,虽接受了手术治疗,但仍在一周后去世了。她生前深为父母、恋人、朋友们所爱。毕业找工作时，还曾斥责遥香她们这些胆怯退缩的同学，告诉大家，应当以懂得手语技能为傲，愈是听不见，反倒愈能磨练出一种特殊而值得自豪的感受力，并鼓励她们勇敢去赢得录用的机会。

女孩自己也在县立音乐厅得到了一个事务性职位，在交流活动中担任手语传译，据说还曾提议为聋哑人设置能够看清台上演员口型的专用座席。

完成了这日计划中的哀悼之后，我按图索骥，去了遥香告诉我的地址。

通往商店街最深处的，是一条笔直的道路。遥香已经到了会场，看到我出现，便展颜而笑，用力挥舞着手臂。我虽感到羞涩，也挥手向她回应。

又了解到一些更为详细的情况后，我为死者进行了哀悼。待我站起身时，遥香模仿着我哀悼时的手势，问："什么意思？"

我答道："起初，我只是无意识地这么做。想要将死去之人曾在风的吹拂下、在阳光的照拂下、在这个空间里呼吸过的画面……将他们双手抚摸着大地、双脚踩踏着大地、与其他的人们一起跟这个星球紧紧连结的画面……全都印在心里。当我这么做时，自然而然就会比出这样的手势。"

遥香重复着我的动作，将手向上、向下挥了几下之后，轻柔而缓慢地叠放在了胸前，仿佛将什么看不见的东西温暖地接纳在了怀中。她再次面向我，动了动嘴唇："感觉好像，拥抱着，我的朋友。"

六月三日

终日多云，仅偶尔射来微弱清冷的阳光。我哀悼完去年夏祭之夜死去的人后，傍晚时分，走访了商店街尽头处的一间老旅馆。

一位穿和服的姑娘将我引至二楼的小厅，四下静悄悄的。原以为没什么人，谁知拉开纸隔门，却见摆满啤酒与料理的炕桌边围坐着将近二十个人。

遥香留意到我，招了招手。其他人也随之纷纷扭过脸来。聋哑学校的一群同学要为昨天正值祭日的女孩举办哀悼会，遥香邀请了我，说希望我也能来。

在大家的示意下，我落座在遥香身旁，经她介绍之后，又张大口型报上了自己的名字，低头致上问候。遥香与这些同龄的男女，将两手放在脸边，做出星星闪耀的手势，大概是"鼓掌"的意思。接下来就进入了随意的闲谈，却有种不可思议的感觉。通常，这么多人如果聚在一起，喧闹的噪声会直逼耳膜，此刻却几乎不闻其声。虽有人配合着手语偶尔发出微弱的声音，但也近乎于耳语。因此，打手势时衣衫的摩擦声、杯盘的碰击声，听起来就格外刺耳。尽管如此，交谈的人们表情却相当丰富。我之前努力去理解遥香的哑语时也有同样的感受，或许是过于专注地凝视彼此的缘故。看上去，手语似乎比普通的言语交流更能互相传达出想法和感情。我为自己不能与大家共处同一个世界而渐感孤独。虽并未被排斥、孤立，而且倒不如说众人都友好待我，然而难以回应对方热情的那份无能为力，却令我焦灼。

遥香或许体恤到了我的心情，使劲挥了挥手，将大家的注意力召唤过来，说要请我给诸位讲一讲今天去哀悼的那位死者。"死去的，是什么人？"

为了让众人看清楚口型，我站起身来回道："去年夏祭之夜死去的，是一位十七岁的女高中生。不过究竟是怎样死的，我不打算讲。"

"为什么？"坐在正对面的体格结实的短发男性，用手语和表情问道。

"因为死者的死法，与我的哀悼之间没有什么关系。"我如此答道，"犯人已经被逮捕，事件已经解决。"死去的女生是个沉静内向的孩子，跟附近邻居几乎没怎么说过话。遗属们也都搬离了那里。原来的公寓楼里还住着一位母亲，有个五岁的女儿。少女去世当日，她们曾碰见过。母亲跟我讲了下面的故事：

"女孩的性格大概比较腼腆，平时见面打招呼，她都只是低低头，就逃也似的走掉了。我老公和其他人都抱怨这孩子不怎么招人喜欢。不过她死去的那天好像去参加了夏日祭。我们跟穿着粉色浴衣的她在电梯前遇见了，跟平日朴素的制服打扮比起来，印象大不相同。'哇，好漂亮！'我夸奖了一句，她听了貌似很开心，脸上露出了笑容。我女儿那时四岁，也赞美说：'大姐姐好漂亮哦。'她羞涩地笑了笑，答道：'谢谢你。'就摘下手机上系的一只猫咪链坠，送给了我的女儿。或许是见我女儿穿了件猫咪图案的衬衫吧。女儿拿了坠子开心地跳了起来，直跟她道谢。可惜啊，随后竟发生了那样的事……那条链坠也成了她的遗物，我想归还给她的父母，就上门拜访。她的父母憔悴不堪，虽说犯人被逮捕了，但似乎并没给他们带来丝毫安慰。我跟两人讲了手机链坠的事，他们提出说想看一看，把那东西放在手心摩挲了一遍又一遍，之后说，这是女儿送您的礼物，就请您收下吧。我答说一定会好好保管的。至今，我女儿一直留着它。"

我用了许久讲完这番话，但感觉大家都认真地听懂了。

结束后，遥香和在场所有人都打着手语告诉我："感谢你，为我们带来了这样一个故事。"

六月四日

窗外雀声如潮，声声入耳。我在暄软的被窝中醒来。

我留宿在了昨日的那间旅馆里。席中，坐在对面的那位短发男人是旅馆老板的儿子，从遥香那儿得知了我的情况，便笑容可掬地劝道："反正房间空着，您就请吧。"

来到楼下，一对夫妇正在准备早餐，貌似是昨天那人的父母。我用手语道了早安，又手口并用地试图表达自己昨晚休息得很好，疲劳一扫而空。老两口笑了起来，说："我们能讲话的。"接着，又把这番对话用手语转述给了儿子。

早餐十分可口。做完出发的准备，我再次致谢，走出旅馆。

男人也随我来到外面，忽然递上来一只信封。我翻过来一看，背面写着遥香的名字。他的表情有些僵硬，指指遥香的名字，又指指自己，将右手的小指竖在脸颊边，接着又把两手的小指勾了勾，比出"约定"的手势，嘴巴动了动说："结婚。"

或许他对我存有什么误解，我用口型表达道："祝你们幸福。"对方好像比赛结束后的体育选手，脸上绽放出晴朗的笑容，举手向我道别："再会！"

乘巴士约两个小时，前方出现了一片面朝大海的巨大工厂建筑群。

钢筋铁皮与管道纵横的结构，因角度关系，看过去好似一座巨人。几支烟囱仿佛巨人鼓动的脉搏，持续喷出股股赤焰。如此一想，再去看时，庞大的储料罐好似脏器，钢管如同血管，确实产生一种类似有机生物的印象。

一年半前，工厂的两名员工因爆炸事故而身亡。我在附近一条好似洒满了锈粉的老旧商店街里打听情况。大约是考虑到工厂的利益,人们口风颇紧。我解释道,自己并不想追问事故的原因,只想了解些与两位死者有关的事情。

连自己都感到困惑的是,每当说话时,我就会不由自主地跟着打起手势。为了让对方理解自己真正的意思,我拼命组织着话语,也不知是否这几天养成的习惯,双手自然而然便动了起来。或许这一点发挥了作用,我的意图得以传达,从好几个人那里获知了一些详情。

两位死者生前经常接受同事的咨询,帮助解决劳动灾害与赔偿方面的问题。因此丧礼的守夜当晚,同事们拍着胸脯许诺,作为对往日恩情的回报,愿意承担起照顾遗属的职责。事实上,其中一位死者留下的女儿,在其生前友人的资助下,今年四月实现了愿望,考上了县外的大学。另一位的儿子也凭着工厂提供的奖学金顺利升入了县立高中。

六月五日

"因明日早班,不能为你送行,便借旅馆的便笺一枚,匆匆走笔,写下这样一封信,还望谅解。"遥香的信写得娓娓流利,又措辞恭谨,一列列工整秀丽的字迹,仿佛表达着主人的性格,让人感觉这都是她多年习得的素养。

"想必你原本另有其他安排，却能前来参加我们的聚会，实在感谢。你讲的那些悼亡之事，已深深印刻在我的心里。若有可能，真想再多听一些……不可将你强留下来，这心愿难以实现，深觉遗憾。不过，若改天你方便，我们可否再会？我通常周四休息。下周四你会到哪一带旅行呢？万一仍逗留此地的话，可否在以下这家店小聚？我从中午一点至三点、傍晚六点至八点都在那里。提出这不情之请，实在抱歉。当然，我也明白企盼你前来的心愿落空的可能性更大。若真如此，还望你多多保重身体。那家店里有我一位多年老友，每到休息日，我总会在那儿待上很久。若能见面，我将感到十分有幸。不过，也请你千万不要勉强。"

我想起自己与遥香面对面、逐字逐句确认着对方的意思、慢慢展开对话的情景。在拼命调动所有感觉、专注凝视对方手与唇的一段共度的时光里，似乎也读取了超出会话内容之外的什么东西。自从经历了那段时光，我的体内一直有种夹杂着轻微兴奋的感觉，仿佛晒伤之后的火辣，令皮肤温热而泛红。

我想再一次凝视她手指清晰流利的跃动，想从她嘴唇的丰富表情中读取言语深处潜藏的心绪。在这种愿望的驱动下，我改变行程，暂缓进入西侧的山地，转而向着东侧的工业地区行去。

七个月前，与昨日不同的另外一家工厂里，在设备的替换作业中，起重机被强风掀倒，一位三十九岁的作业员因此丧生。我向工厂的门卫询问，却被对方一言不发地赶了回来。倒是工厂职工宿舍楼附近一个经营酒馆的男人出乎意料地对我爽快畅言了许多。

"死去的那人是从巴西回来工作的日裔第三代移民。日语只会说只言片语，笑起来的样子倒很可爱。只是，桑巴舞虽跳得不错，足球却踢得很臭。"据说，町内的足球队与巴西归日务工人员的球队间经常踢比赛。"踢一脚臭球的巴西人，我还是头一回遇见。就好像'不善开玩笑的大阪人'那种感觉吧。"

事故发生后，他在巴西的年迈祖父，也是日裔第一代移民的老人来到日本，向曾与孙子共事过的人一一问候，还回自己的家乡扫了墓，了却了一桩多年未能完成的心愿。

"所以啊，在最能干的人生盛年死去，确实令人伤感……不过啊，也有人说，这倒使腰腿不便的祖父有机会回了趟故乡，成就了一桩孝行。"

六月六日

工厂与工厂之间，好似缓冲地带般，有几处棒球场、足球场和橄榄球场，也设置了一些带铁皮顶棚的长椅。晚上，我总选择在这里露宿。

傍晚下班以后，各工厂的职工陆陆续续汇集到此，在夜间灯光的照明下，进行棒球、足球比赛或是橄榄球的训练。工厂的建筑群虽然庞大，但眼前的人们舒展地跳跃着、彼此碰撞着、叫喊着，即便是咒骂与起哄声也满含着生之喜悦。你很难相信如此沸盈着生命力的肉体，怎会可能被囚闭于那片厂房之中。

最后，当灯光熄灭，空空无人的球场边浮现出远处街灯的轮廓。我步出观看训练时置身的树荫，在方才人们追逐奔跑之处四下走动。

不知是工厂的哪个部门尚在运作，自我腹腔深处响起的不间断的低音，是机械或管线的振动吗？地面的微微震颤也陆续传来，感觉仿佛地下滚热的流动物发出的轰鸣。在眼前的这片厂区中，比起我已得知的几位亡者，或许还有更多的人死去。我跪下来，双膝触地，感到一阵暖意，仿佛是前人留下的余温。工厂拉响了号声，大约是在通知值夜班的员工就位。

我垂下头。不止想要哀悼某一个"谁"，也是为了哀悼更多的"谁们"。

六月七日

我在雨点敲击长椅顶棚的声音中醒来。自工厂烟囱里喷出的火舌在雨的压制下时隐时黯，但始终闪动摇曳，不曾彻底熄灭。

我走上连接海港与工厂的湾岸道路，右手边是大海，左手边通向一片煞风景的仓库区。海水在深绿之中掺杂着混浊的灰色，海浪不安地涌动着，几乎闻不到潮水的香气。每当波浪翻腾，都会漾起一阵阵机油味。每一间仓库都紧锁大门，四周看不到人影。因事先已得知町里面店稀少，所以刚一抵达我便见人就问，打听一对男女驾车落海身亡的事情。

事故起因不知是误将油门当作了刹车，还是两人共谋的殉情，抑或是某一方在激情的驱使下，胁迫对方陪葬。男人四十三岁，女人四十二岁，各自都有家庭，以高中同窗会为契机，开始了交往。后来婚外情曝光，被男人的妻子知晓，男人原本应该是去跟情人做了断的……比起谈及工厂事故中的死者，跟我讲述这件事的人，个个口气轻快。男方供职于当地一家信用银行，女方在旅游协会做临时接待员。来自职场方面的评价，全都委婉提到两人性格认真严谨，很难想象会走出这一步。"不过，他在贷款方面为当地居民提供了方便，所以肯定曾被什么人感谢过吧？她为观光客的咨询提供正确的回馈，肯定曾给他人带去过快乐吧？"当我如此追问时，人们都面露难色，只说："嗯，大概吧……"便缄口不语了。

面朝将两人吞噬的大海，骚动的海浪愈见汹涌。我伸出右手接了一把溅来的飞沫，左手抚了抚禁止车辆通行的标志上凹陷处那片微微泛着涟漪的水洼,之后将两手交叠在了胸前。

六月八日

冒着淅沥不止的小雨,我乘巴士返回了遥香所居住的街市。阴雨中,我只觉浑身发冷,但那股晒伤般的火辣热意,却在胸口活泛起来。

去往碰面的地点之前,我先走访了这个街区中自己尚未哀悼的死者。因为想把经历分享给遥香,便不由自主地缠着人家想打听得更详细些,结果过了晚上七点,才到达信中提到的那家饮茶店。

或许是从窗内看到了我,遥香伞也没撑地走到店外,站在我的面前,嘴唇翕动:"你能来,太好啦!"然后牵着我的手,将我领入店内,引到了她的位子旁。

"我以为那封失礼的信让你生气不来了。太高兴了。"

我道歉:"来得这么晚,我才不好意思。"一位三十岁左右的女性走过来为我们点单。她先向我道了晚上好,稍许寒暄后,又用手语跟遥香交谈起来。遥香点着头,手指跃动。因为之前看到过几次,我理解她在介绍:"这位是坂筑静人。"

"晚饭,还没吃吧?我请你。"

我先是拒绝了,可遥香说这家店的海鲜咖喱饭是有名的招牌菜，便为我点了单，并请求我讲讲悼亡的事作为回礼。当她表达自己的想法时，手语坚定有力，看上去赏心悦目。而我在讲述悼亡的感想时，为了斟酌措辞，手指的动作往往迟疑而笨拙，某些瞬间甚至仿佛暴露了内心的纠结与混乱。

"距这条中心街较远的下町里，有位照相馆的店主两年前去世了。"我讲给遥香听，她睁大了眼睛，嘴唇翕动："莫非是……"可随即便用手掩住了嘴。

当时，一份全国性报纸曾对此大加报道，在本地也掀起了不小的风波。然而，报道内容与我的哀悼没有关系。两年过去了，此事似乎也从本町人的记忆中逐渐淡出。便利店的店员甚至对此一无所知。照相馆已经关闭，店主的妻子也投靠了住在千叶的儿子。店面曾对外转让，却无买家问津，至今橱窗里还挂着从前的照片。

裹在襁褓中的可爱婴儿；家族四代同行的神社参拜；身穿七五三节[①]盛装的三位姐妹兄弟，正扭着身子嬉笑；成人样式和服打扮的女孩子，端着一本正经的表情；两个十来岁的孩子与父母平静安详的全家福；脸靠脸、面露羞涩笑容的老夫妇；抱猫微笑的老人身旁，垂着写有"恭祝百岁寿辰"的帘幕。

照片中所有的人物，都是住在附近的居民。是由照相馆的

---

① 日本的"七五三节"，是三岁、五岁的男孩和三岁、七岁的女孩身着和服与父母去神社祈福的吉日，起源于平安时代。

店主拍摄的。他拍出了每个人最本真且未经修饰的魅力，从中也可窥见摄影者本人的温厚品格。附近的人们原以为，当某天店面被盘出之际，橱窗里的这些装饰照大概也都会被清理掉。然而不知是否因为遗属分不出多余的精力，照片至今未被清理。町自治会会长跟千叶那边联络时，店主的妻子曾致歉说改天将回来整理，之后便再无动静。

据说，因为此处是悲惨事件的现场，被拍摄者当初曾希望能早些将照片撤去。距离拍摄时间已经过去几年，橱窗中甚至还挂有创店四十年前的老照片，可以说好似在展览整个町的历史。于是期望能将橱窗一直保留下来的人愈来愈多，如今，被拍摄者已经接纳了它的存在，自治会也会时不时来清洁一下橱窗。

我与遥香的对话依旧十分费时。不过，当明白彼此能够共用这同一种语言时，我们相视而笑，为这份充实感沉默了片刻。突然，有人粗暴地敲了敲我俩面前的桌子。

是旅馆老板的儿子，遥香聋哑学校时代的男同学。他短发尽湿，站在我们身畔。

六月九日

我在公园的榉树下醒来。深夜，雨停了。天气不至于变得太冷，对我来说是万幸。开始显露花色的绣球花，叶片上聚着露水，映着拂晓的晨光簌簌抖动。

吃过早餐，我刚背上背囊，一辆自行车就停在了身畔。身穿职业套装的遥香，眼含怒意地瞪视着我，但随即便垂下了眼帘。

我用毛巾擦去长椅上的积水，让她与我并肩坐了下来。她问起我是否吃过早餐，我答已经吃过了。"那就当作午餐吧。"她递来一个纸袋。

"我去了，以前那个公园。你不在，我就找，到了这里。"

昨日，与遥香曾是同学的那个男人用激烈到仿佛要砸向对方的手语跟她诉说着什么，遥香眉间紧蹙地回答着他。看情形，男人是在责备，而遥香是在反驳。男人搡着我的肩膀，指了指店外。大约是喝醉了吧，他浑身散发着酒气。遥香拉住我的手，说："我们走。"跨出店门的一瞬间，我背后吃了一记猛撞，男人更是一副要扑上来的架势。遥香伸手在他脸颊上掴了一巴掌。那位相熟的女店员也奔出店外，两人合力将男人推进了出租车。遥香则坐在了他的身畔。女店员向司机交待了地址，估计是要将男人送回旅馆去。我看到遥香在用手势和唇语向我道歉。

"她跟你说抱歉。另外，如果方便的话，明天早晨，希望跟你在之前的那座公园见面。"女店员为我们充当起传译。我问道："他们两人是在交往吧？""他可能是这么想的，不过遥香从来只把他当朋友。今天也是，本来之前约好要见面的，结果临时取消了。"我其实也想再见遥香，但若给她带去麻烦，就太过意不去了，便换了露宿的公园。"你还会，在这里吗？还是说，要离开了？"

面对遥香的询问，我答道："离开。"我打算翻过山，到对面的沿海城市去。她又追问："那么，一周后，你会在哪儿？"我报了一个城市名。

"不愿就这样，再也见不到你。还想再次，跟你聊天。"

因为言语的有限，对方的心意反而更直抵我心。

遥香从包里掏出一本便笺，写下一条乘车路线与车站的名称，又添上附注："距离你告诉她的那座城市约一小时车程。"而后将纸条塞进我手心，用两手轻轻握住，过了一阵才松开，骑上车头也不回地走了。

我乘巴士进入山间地带，探访因观光大巴打滑翻车造成某七十四岁男性身亡的事故现场。山里没有什么商店，公交巴士的司机也对死去之人一无所知。虽然听广播并不可能了解到数月之前发生的事情，但我还是打开了收音机，正播报着足球世界杯即将开幕的消息。

六月十日

　　山坡上分布着层层垦过的梯田。结束插秧未久,稻苗开始生长,因光影变幻而显出深浅不一的绿色,自脚下向着天际呈阶梯状一路延伸。

　　我被这副庄严的景象打动。每当风从山顶落下,梯田中的稻苗便自上而下依序柔韧地低伏下去,宛如一条无形的巨龙盘于其上,并给人一种错觉,仿佛它马上即将飞腾而来。巨龙狂暴地揉搓着我的身体,将对面梯田里的稻苗一片片扫倒,然后便升入青空而去。

　　去年夏天的一场大雨造成山体滑坡,落石径直砸向某户民家,致使八十六岁的母亲与六十七岁的女儿一同丧生。我向田里正在干农活的人打听情况。但或许死者业已高龄、死因亦无法向任何人追究的缘故,当我表示来到这里是想为她们做一下哀悼时,大家都颇觉怪异,并告诉我说死去的两人生前感情十分和睦。

　　据说,母女俩年轻那会儿,结婚初时都百般不愿,尤其是女儿,嫁过门没几天就逃回了亲戚家去。尽管如此,婚后却坚忍耐劳,侍奉夫家。母亲与丈夫死别时,自己没哭,而女儿哭了。后来轮到女儿的丈夫去世时,看到女儿刚毅地强忍泪水,母亲便说,自己那会儿忍着没哭,其实是不对的,泪水本身不只是对死者的一种哀悼,也是对自己的一份慰藉,于是劝女儿要哭出来。女儿就哭啊哭,直哭了整整一个头七。

六月十一日

昨日遇到的一位农妇留我夜宿在她家储放农具的小屋里。看样貌,她应该六十多岁,原本跟我说睡在家里也没关系,谁知却遭到丈夫和老父老母的反对,邻居好像也说了些什么。她歉意地低了低头,道:"如果您带了什么打火机呀火柴之类的东西,能先交给我吗?明早一定归还。"

次日一早,她便将我的一次性打火机连同几只饭团送了过来。在她的邀请下,我走访了本地的一座墓园。她一面手指着坟墓,一面跟我讲述那些死者的故事。有时,她也会抚着某座古旧的墓碑,说自己是从山那边的村子嫁过来的,不了解这个人,也不知道这是谁家的墓。许多墓已无人祭扫。每逢盂兰盆节和正月,她都会在扫自家的墓时,顺便也给别家坟墓的周围除除草,供上几朵野花,洒些清水。

"总有一天,我也会睡在这里面,终归还是会被活着的人渐渐遗忘。父母一死,孩子们就不会再费心费力地回家了,坟墓没准也就会被疯长的野草湮没了。"

"正因为您的付出,这些墓里的死者才没有被世间遗忘。您的所为是有谁在注视着的。总有一天,接替您来照顾他们的人,一定会出现。"我答道。

"但愿如此……"农妇脸上露出了淡淡的微笑,开始动手拔去那些碑文模糊的老坟周围茂盛的野草。我也从旁协助,将一片长得高高的杂草大致清除干净。当她吃力地弯腰劳作时,并未察觉方才不知哪里来的一只白蝶翩翩飞舞,轻轻落在了她的肩头。

六月十二日

我要去拜访昨日那位老妇的故乡。据说早在三十年前,那里就已变成了荒村。跟她同村出身的一位四十多岁男人驾车去山对面办事的途中,顺路将我捎了过来。

沿途虽有道路,却被两侧的树木深深遮蔽,因久未疏伐,林间光线幽暗,树下群生着羊齿植物和绿意浓郁的野草,给人一种潮湿的印象。

不久,我们来到了一片广场,能看到从前村落留下的痕迹。继续往前,一片石垣围着的土堤之上零零星星散现着几栋民房。要么屋檐已掉落,要么屋门已脱落、墙壁已塌毁,全是任由风吹雨淋的状态。"这里就是我家了。"男人停下车来。

他先下了车,踏上一条台阶状的小路,站在自家倒塌的房屋前。"虽说我在现在的住宅度过的年月更长,但老家始终还是让人怀念啊。"男人感慨道。据说他的祖父便是在这里去世的。祖父是村中的长老，熟知大山里的一切，不仅向村人传授哪些野草能够入药，告知树果的用途，还常常将蛇或青蛙剥皮烹烤，骗说是鸟肉，拿给孩子们吃。

"是个很爱恶作剧的爷爷啊，我特别喜欢他。"

再驾车往村子深处走一段，便是老妇人的故居了。我们站在塌得面目全非的废屋前。哪部分是屋檐，哪部分是墙壁，已无法分辨，眼前所见只是成堆的腐烂木板。在这里，老妇人失去了小她四岁的弟弟。可以说，是她代替在山间或农田里忙碌的父母将弟弟拉扯大的。比起父母，弟弟据说跟她更亲。然而有一次因受了小伤，大约是感染了什么恶菌，弟弟的右脚突然肿成了皮球似的，发起高烧，嘴里喃喃唤着："姐姐、姐姐。"三日后便去世了。

"当时我太悲痛了，把弟弟的骨灰拿了一块，放在嘴里就咬。我爹'啪叽'狠狠给了我一巴掌，说：'这样你弟弟就没法转世超生了！'我犟道：'不能转生就不能转生！鬼魂儿附在咱家才好呢，永远跟我在一起……'结果我爹又是'啪叽'一巴掌。

"现在，弟弟的坟墓已经移到了这里。不过，你若愿意的话，就去我老家门前哀悼他吧。"

六月十三日

　　我来到山中。脚下是一座小岭，并不太高，位处整个山脉的所谓"山麓"地带。并且因为目的地在山腹附近，所以不需要专业的登山服与技术。这次之所以选择穿越山间谷地这样一条路线，目的之一就是拜访此地。昨日离开废村之后，男人将我送到了这里，因此得以跟人们了解了不少信息。事故虽发生在三年前，不过人们的记忆依旧鲜明，以为我是前来吊慰亡灵的亲友，便讲得十分详细。

　　死者一位是直升机男驾驶员、一位是电视台女记者，还有一位是同单位的某男性摄影师。三人为了山林大火来采访，坠机于山中。据判断，突来的强风是造成事故的原因。

　　飞机师有一位即将成婚的女友，女记者则是新婚刚四个月，摄影师已经结婚七年，好不容易有了孩子，刚刚为宝贝过完一岁生日。"真可怜呐，"人们叹息，"令人同情。被撇下的亲属们该是多么痛苦，他们自己估计也会懊恼吧。"

　　穿过山毛榉的树林，眼前豁然出现一角空地。直升机坠入林间，据说压断了几棵树。但因未发生火灾，一眼望去，找不到事故的痕迹。不过，几棵山毛榉的树干上残留着树皮被斜斜刮裂的口子。太阳虽未落山，我却决定今晚露宿在这片林中。因被提醒要注意狗熊出没，我便打开收音机，提早用过晚餐，待日头一落便马上钻进了睡袋，透过树枝仰望着头顶的星空。

如果遇难者是自己的话……我思考着，会令人同情吗？可怜吗？答案是肯定的，我想。这是厄运，是不幸，是无论如何追悔也悔恨不及的。我将呐喊："不！不！我不愿如此！"

但，作为已经失去生命的死者，我会乐意被他人铭记吗？对于这个问题，我有不同的感想。

自己绝非什么高尚人士，也从未做过为大众谋取福利的大事。但，我是一个做到与他人、与朋友真诚相对、真诚去爱的人。懂得被爱的幸福，也发自内心地祈愿过所爱之人能够幸福。我喜欢家人与朋友的笑颜，每当见到孩童或一家团圆的人露出笑脸就感到心中温暖。即使做不了什么惊天动地的伟业，也通过自己的工作……没错，死去的他与她，作为新闻记者，也会祈望着世界的和平、他人的幸运，如果能对这些有所贡献，就会为之行动。我想，我愿意作为这样的人去被大家铭记。这心愿呼应着星光的闪烁，在我胸中来回激荡。当然，虽说这只不过是自己一点任性的想象……

风儿斜掠过树叶，发出温柔的吟唱。都市里难得一见的繁星，摇曳着闪亮的星辉。我从睡袋里探出左手，轻轻抚触着泥土，再将右手伸向天空，之后，又将它们交叠在胸口上。

六月十四日

脸颊感到一股温热。野狗或动物园里闻到的那种兽类的体臭刺激着我的鼻腔。熟悉而亲切的感觉过后,危险的信号掣过全身,一阵酥麻。我睁开眼睛。

乳白色的晨雾充溢在四周,封闭了我的视界。近旁响起踩踏草地的凌乱蹄音。我保持躺姿转过头,晨雾的缓缓流动中,仅有一个点,好似被风扑扑吹送过来一般,不停骚动着。我纹丝不动地等待着。不,是想动也无法动。

稀薄的身影逐渐变浓,那东西推开晨雾,渐次露出黑色的鼻尖、从鼻梁至额头的白色斑点、大大的眼睛。是鹿……耸动着鼻子,将我从肋到脚地嗅着。

平生还是第一次这么近距离地看一头野鹿。或许它尚年轻,长腿与脖颈给人以华丽的印象,皮毛看起来也十分柔软,不禁勾动了我心中的怜意,伸手向它摸了摸前腿处相当于人类小腿肚的部分。手心传来活物肉体的温热。瞬间,它飞快地闪开了身子。我急忙坐起身想要紧追。晨雾被搅乱了。五米之外的远处,野鹿昂首而立,凝望着我。晨雾飘散,在它背后还有两头大约两岁或三岁的年轻野鹿,总共三头,在这事故现场的林间空地上,瞪着黑色的眼眸注视着我。

不止是黑,给人感觉是——那眼睛日复一日地倒映着森林的色彩,才形成了如今的瞳色。我为之神迷,不由自主地想跟它们说些什么,又觉得它们必能听懂。但说什么好呢?用乏味无趣的言语是无法将心情传达给对方的吧?我记得一个手语,想表达对这场邂逅的感谢,于是试着打出"谢谢"的手势。距我最近的那只鹿,倏地低下了头。

风吹来新的晨雾,梦幻般摇曳的乳白色帷幕对面,三头鹿消失了踪影。

六月十五日

阳光射进巴士车窗。穿过森林,平原铺呈在眼前,一直延绵到海边。

写在便笺上的那座车站,需先去往海滨的一座城市,再换乘当地交通才能抵达。在那之前,我还有一个地方要去走访。距遥香记在便笺上的见面时间"午后一点"尚有一段空当。不过若此行太过费时,也可能会逾期。要不要将眼下的安排推后呢……

然而,对于与遥香的这次见面,我仍有些犹豫。见了,之后该如何呢?即使变得亲近,我终归仍是人在旅途。不,或许她恰好有出门的安排,并没什么深意,只是抽空见个面而已。你到底在期待什么呢?我使劲搓了搓脸。

一周前,每当想到可以再次跟她倾谈,胸中就会充溢着一团火辣的热意。此时胸腔里仍然骚动不已。耳边传来广播到站的提示音,我慌忙按下了下车钮。

五天前,被指定为市级文物的一处无人旧民居发生了火灾，虽然消防队员火速赶到，老屋却几乎已全部烧毁。灭火后，考虑到可能会有流浪汉偷偷在此留宿，于是消防队员进入室内搜救，随即有一根粗梁崩落，将某位三十八岁的队员砸在了下面。

检证程序等皆已完毕，地方消防队与自治会的人正在进行善后清理。

听人讲，死者生前沉默寡言，难以亲近。我问："肯定不是完全不与人交流吧？"又有人讲，大概是比较害羞。也有人答，从褒义上讲，他像个武士。甚至还有人说，他易怒，经常呵斥那些年轻队员。"是无缘无故地发怒吗？"我问。"那都是为年轻人着想。"远处传来一个声音，"极小的一个疏忽也会关系到性命，这次，他用自己的生命为大家上了一课。"旁边又有谁说他与老婆孩子已经分居。我冲那个声音回问："那他与孩子的关系怎么样？""每次去现场，他都带着儿子的照片呢。"对方又答："听说世界杯的时候，他还带儿子一起去给日本队加油来着。"

每当有人对他有什么新的说法，大家就会彼此点头称是："没错，他就是那样的人。"

现在抓紧时间上路的话，大概会比约定的见面时间迟到一个小时。尽管如此，我仍提出想给大家帮把手，将烧毁的柱子等运送到指定的场所。干了一阵子，有人跟我说："不用了，你做得够多了。"我却感到有些遗憾。对方提出不管我接下来要去哪儿，都会开车送我过去。我试着报出了遥香告诉我的那个站名。"哦，是个无人看守的小站嘛，我正好打算过去。别客气，上车吧……"

抵达车站时，已过下午四点。穿过无人的站务室，来到站台，看不到一个人影。单行铁轨对面群生着一簇簇无拘无束、肆意盛放的绣球花。其中一团花的根茎部有一抹橙色吸引了我的目光。是三朵百合用纸绳捆成了花束，未经任何修饰，或许是期望它们枯萎之后能自然地回归泥土。

百合花的叶片间夹着一片薄纸，也是那种被雨水反复浇湿后能分解于泥土的环保材质。打开一看，上面未注明收件人姓名，只有几行端丽的字迹："对不起，任性地与你定下见面的约定，却突然有传译的工作临时插进来，不得不立刻赶回去。下周，我还会过来。请保重身体，继续你的旅程。"

六月十六日

我在晨雾围裹的无人站务室里醒来。不久，雾气便被大雨驱散了。自绣球花上滴落的雨珠砸得百合花瑟瑟轻颤。花束里夹的纸片，被我收进了口袋。

昨日送我来车站的人，途中在车上跟我讲了一个地方。此刻我便朝那里走去。一条狭窄的町道贯穿片片旱地与水田，走了三个多小时，前方的水渠上出现了一座古老的小石桥。

四个月前的某个清晨，一位四十三岁女性驾驶的小型轿车脱离桥面，坠入水渠。当时她正从城里赶回乡下探望父亲。据判定，事故起因是驾车时打瞌睡。

"她父亲患有间歇性痴呆症，在申请护理的资格认定审查中，恰好当天状态不错，所以护理标准被定得很低。看护员每周好像只来两次，实际上老人却是每天都需要陪护的状况。她家里，公公一直跟他们夫妻住在一起，女儿又忙着高中升学考试，经济方面也不宽裕，再加上福利院名额已满……"

告诉我这些情况的男人是她中学时代的同学，在市政机构工作，给她提供过各种各样的咨询，只是任职的部门不负责护理资格审查，也帮不上什么忙，为此十分懊悔。

"她每天早晨四点就要起床，花一个钟头去父亲那里，过了七点回来，做临时工或处理家务，晚上七点至九点又要去照顾父亲……这种生活持续了很久，所以才会开车时打瞌睡啊。或许失去之后才知可贵吧，她的家人有一段时期因为十分辛苦，丈夫和女儿之间的关系一度变得十分恶劣。于是周围的人就提醒说：'你们也不好好想想，她生前那么拼命是为了什么？'随着时间逝去，经过重新反思之后，丈夫和女儿开始轮流去给老人做看护。后来，福利院那边也有了名额。大家就说，这些都是身在天国的她为家人所做的安排。"

为女人做完哀悼，返回城里之后，我浑身发冷，经人介绍去了一家便宜的温泉，泡在热水中，才总算放松下来。这时，旁边忽然有个声音冲我打招呼："你好。"

晒得黧黑的面庞上，可以窥见两列洁白的牙齿。一个稍微比我年轻些的青年正冲我微笑。他身材细长，浑身的肌肉匀称而结实，颇有兴味地上下打量着我的身体，道："恕我冒昧，你这副身板长得挺有意思嘛。"

六月十七日

青年自称纳鲁奥。性格有点随便，比较自来熟。据他说，纳鲁奥这名字是从小学时代起就有的绰号。他比我小三岁，目前离职，骑着自行车在全国到处晃悠。

"坂筑君上半身瘦巴巴的，腰腿却很结实嘛，小腿肚的肌肉也相当发达。你在从事什么特别的竞技性体育项目吗？"

我姑且将哀悼之旅做了说明，但想来他也不会明白，脸上挤出生硬而刻意的笑容。不过，听说有个不错的露宿场所，他今晚也打算去住，于是将我领到了一座废弃超市背后的仓库里。

翌日清晨，他说对哀悼之旅蛮有兴趣，不过具体怎样却想象不出，能否跟着我走一天看看？他自己的旅行就漫无目的，全凭兴趣，四处走走看看。

两个月前，一位七十六岁老妇因感染症引起的肺炎而去世。五十二岁的儿子为其通宵守灵的那个深夜，家中燃起了大火。此男自从幼年丧父以后，一直都与母亲相依为命，关系十分亲密，中间虽结过一次婚，最终也因过于依恋母亲而离婚。据说，深爱的母亲突然去世，儿子为她守灵那晚喝得大醉。据推测，大约是酒后熟睡过去，碰翻了灵前的蜡烛，导致了火灾。

说不定是母亲把自己心爱的儿子一起带走了……什么啊，肯定是儿子无法忍受让母亲独自上路，就追随而去了吧……四邻五舍议论纷纷。

"也就是说，对于这家人连续遭遇病死、守灵夜火灾这双重的悲剧，众人并不同情，而只将母子之间那份深厚的爱留存在了记忆当中，对吗？"

完成了哀悼仪式后，一直在我身后观看的纳鲁奥一副愣愣而不解的表情，摇了摇头。"恕我失礼，这事儿也太奇怪了，太变态了。这么变态的人，我生下来还是头一遭遇见。"

六月十八日

登上一座高高的小丘，据说前方有一片连地图上也未标示的沼泽。任职于某证券公司的一位四十岁男性，因三名少年的暴行，被弃尸于那里。据说，少年们受一位在证券投资中遭受巨额损失的熟人所托，声称必须狠狠痛扁这个让人赔钱的家伙而出手过重，造成了死亡。我思忖沼泽周边应该见不到什么人影，于是在山口前的商店和加油站里打听情况。"死掉的这个人，你不觉得有点难以去哀悼吗？是吧？很难做到吧？"纳鲁奥饶有兴味地问道。"反正闲着，我用自行车送你好了。"以此为由，他也跟了过来。

"死者的名声也太臭了，不是吗？劝人进行乱七八糟的投资，一旦赔了钱，就装成没事儿人，把别人存下的钱一卷而空。自作孽，不可活，根本没有谁同情他。"

不过，此人结了婚，有个八岁的男孩，还连续十几年为少年棒球队担任教练。

"那又怎样？在工作中置人于死地，做的事情丧失天良。"

"人们鄙视这样的人，这一点无可否认。或许这也算是死者自身行为所造成的后果之一。只是，我并不曾受害于他；如果他不存在，也就不会有那名八岁的男孩，还会有孩子无法打好棒球。我只需要记住这些就足够了。"我对纳鲁奥说。

沼泽中的水已经干涸，尽是一片片混沌的淤泥。岸边的一角，扔着些违法丢弃的家具家电。据说男人的遗体被藏在一个衣柜下面。

我踩着草皮下到废弃物里，找到那只衣柜，在它前面跪了下来。云间漏出的阳光，从堆积的废弃物缝隙射向地面。站在我身后的纳鲁奥"啊"地叫了一声，斜斜的阳光照着干涸的泥土，在上面投下斑驳的光影，其间点缀着鱼腥草开出的朵朵白花。

"回去的时候，坂筑君，你来骑车怎么样？一口气冲下山去，肯定超爽。"在纳鲁奥的强烈劝说下，我跨上了车座。他从背后揽住了我的腰。

上了坡道，车速猛地飙了起来。有时压到小石头，车子会颠簸跳起。纳鲁奥像个小姑娘似的，在后面发出嘎嘎的尖叫，紧紧搂着我的腰。一股温热的触感传至脊背，貌似他把脸颊也贴了上来。他好像说了句什么，我听不分明。迎着爽快的凉风，车子一路冲到了坡底。我问："路上你说什么了？"纳鲁奥双颊泛出一丝微红，好像在轻推似的，拍了一下我的手臂。

"我说，你看起来瘦瘦的，没想到背还蛮厚实的。"

六月十九日

拂晓之前，感到背后被谁推搡着，我睁开眼。裹在睡袋里的纳鲁奥躺在那里，身子紧紧贴着我。我俩露宿在一座桥下，身旁的河水奔流入海。

昨夜，纳鲁奥提议说："至少今天我们找间酒店过夜，好好让身心休息一下呗。"据说他每天都想洗澡，实际上也一直是这么做的。而我却力求节约，定好了每周只洗一次。"如果是钱的问题，我来付好了。"纳鲁奥说。我拒绝了。结果他跑去酒店洗了个澡就回来了，深夜，一脸不高兴地出现在桥下，就那样生着闷气钻进了睡袋。

两位二十四岁的上班族男性，遭遇几个同龄人的集体暴力而死去。今日，我们走访了事件的现场。

"我记得这条新闻呢。好像是因为女人而发生纠纷，为了人家的女人加入到暴行中的那些家伙，内心都抱着一团阴暗的念头吧。你觉得呢？"

去现场的途中，纳鲁奥问道。但是，我没有精力去关心那些犯人的心中在想什么。比起那些，我更想了解的是……死去的两人，如何被他们的家人深爱，与他们的同事和恋人每日是怎么度过的。二十多年前，他们出生了，战胜了疾病和伤痛，一点点慢慢成长；他们欢笑、哭泣，为别人带去幸福。我只想知道他们的生命是如何地宝贵，如何地无可替代。

两人遭受暴行的地点，是在某个废车场的一角。我向废车场老板询问了情况。案发后，受害者家属曾跟警察来过一次现场，一家来的是父母和兄弟俩，一家来的是母亲和妹妹。大家哭得一塌糊涂。那兄弟俩跪在地上，捶地发誓要杀了那帮畜生。

我请求老板带我去看看遗体被发现的地点。那里现在已被大型重机清理平整，堆满了废车。我略感意外，问老板为何将废车堆放在这里。对方一副始料未及、被我问愣的神情:"难道你不觉得很不吉利吗?不管是谁,都想把讨厌的东西遮盖起来吧。"

背后传来节奏怪异的呼吸声。我扭过头,只见纳鲁奥正在抽泣,一副极力忍泪却又忍不住的样子,最后以手捂住脸,快步奔出了废车场去。

六月二十日

自昨夜起,雨一直下,听天气预报说中午会停。我们在桥下等待着。纳鲁奥从昨日起一直不言不语,此刻双手抱膝,蜷靠在桥墩上。早餐也一口未吃。我问:"是不是哪里不舒服?"他把额头抵在环抱的手臂上:"……你想不想,去看幽灵?"

他说是在旅途中听人讲,距这里不远处一座半岛的高处,某男在浓雾之日驾车驶过那里,前车灯的光束中浮现出一个年轻女人的身影,垂着长长的睫毛,无力地耷拉着肩膀,那副寂寥的模样,令驾车员感到担忧,便禁不住走下车去。他向那只仿佛素描女子画像的身影走近,唤道:"你好。"浓雾之中浮现出一抹朱唇,一个声音说:"你终于来了。我不想给你带去麻烦,所以一直在这里等你。"听得那人一阵糊涂。怎么可能有这种事呢?随即忆起自己曾经伤害过的女人,心里想要确认一下,便再走近了一点。那抹红唇绽出了微笑,伸过手来:"从今天开始，让我们幸福地在一起吧。"男人被那纤柔的手指勾引着，飘飘然踏出一步，谁知脚下忽而一滑，他"啊"地一声刚要站稳，却见一只腐肉斑驳的手抓住了自己的手腕，耳畔响起一个嘶哑的声音："快来！"但见一位白发老妪张开牙齿脱落的嘴叫喊道："知不知道我等了你多久！？"男人浑身战栗，乞求道："请放过我吧！"正此时，一辆车自此处经过，当车头灯扫过那女人身影的同时，男人也一下子解脱了，这才发现自己差点就从路边护栏的缝隙跌落山崖了。

"雾散之后，他四下一瞧，道路护栏的对面，祭着一尊小小的地藏菩萨像。据说女人的男友调职去了东京，每次回老家时都会跟她许诺：'马上就结婚，明年就办。'谁知男人早就在东京有了家室。知道真相后，女人便从那里跳下了山崖。"

下了巴士，走了约二十分钟，纳鲁奥停下脚步道："我觉得就是这一带。"

"实际上，我来过一次。那天真的起了雾，吓得我又回去了。啊，你看！"纳鲁奥找到了那尊小小的地藏菩萨像。是一座新刻的石雕，地藏脸庞长长的，倒不如说更像观音像。

"据说是女人的父母为哀悼她而造的。作为家中的独生女，她生前备受溺爱。大家都说，莫非她懊恼于自己的死背叛了深爱着她的父母，所以时常现身……咦，你在干什么呐？"

我正双膝跪地，打算哀悼这位死去的女子。听了纳鲁奥的叙述，可知她生前必定爱着自己的恋人，也被自己的父母深爱。同时,她也十分善待父母。

"可是,她心中怀着深深的仇恨和懊悔啊,所以不能转世超生,总是跑出来吓人。"

她的怨念之深,旁人是很难揣度的。若是这样,我倒宁愿记取她爱人时的那份可贵,以及她留给双亲的美好回忆。

浓雾彼方传来"呜呜"两声,仿佛拉响了汽笛。然而并不是在海面上那么遥远,而是听来就在山路护栏的对面。那么,是猫头鹰吗?还是风的哀吟?

纳鲁奥无言地指了指一个方向。浓雾之中,浮着一个人影。看起来像一名纤瘦的女性,垂首而立,身影飘摇,仿佛若有所诉地歪了歪头。

纳鲁奥飘然踏出了脚步。刹那间,我捉住了他的手臂。一道车头灯的光束照亮浓雾,影子消失了。一辆车驶过眼前,纳鲁奥虚脱地倒在了我的身上。

六月二十一日

自半岛回来后,纳鲁奥自称浑身发寒,又恶心呕吐。我伸手摸了摸他的额头。他发烧了,却说还没严重到要去医院的程度。话虽如此,我却不能任由他露宿郊野,便在酒店开了间双人房,将湿毛巾敷在他额头上降温,又去药妆店买了感冒药喂他服下。

"让你破费,不好意思。回头我全都还给你。"

纳鲁奥眼神迷蒙地说道。不止前额,我将他脖颈处也用湿毛巾冰敷起来,并频繁地更换。到了早上,他热度稍减,但仍虚弱得东倒西歪。我决定再住一晚。

我担心房费该如何支付,便去自助提款机取款。一点点动用在医药公司上班时攒下的积蓄,包括最低限度必须花销的交通费用。我以每月两万元生活费的标准生活至今,剩下的钱大概还能坚持十年,之后怎样,尚未决定。说没有不安,那是假话。每当听到死者的事情,我总感到坐立难安,要前去探访,可以说是被一种空幻的欲望驱使之下的行为。到了积蓄见底的那一天,我能立刻放弃哀悼吗?

"对不起,你能帮我洗个澡吗?浑身臭汗,实在难受,可我又站不稳。"

纳鲁奥抱歉地说。我在浴缸里放满热水,搀扶着裸身的他,放他泡进去。明明是锻炼有素、肌肉结实的身体,但此刻因为虚脱无力,竟有种异样的柔软。或许因为刚刚思考过对死者的哀悼,归根结底只是受自己欲望的驱使,于是对待生者,我开始想要去照顾他们。又或许是想凭着对生者那份暖意的照料与呵护而获取心灵的平衡,我让纳鲁奥坐在浴缸里,为他冲洗脊背、脖子、腋下。重要部位则由他自己擦拭,但手脚则是由我替他洗净。他吵着说头痒,我又帮他洗了头发。

纳鲁奥顺从地任由我用浴巾包裹好他的身体，倚着我的肩膀回到床上。我自己也累得一身大汗，顺便冲了个澡，再回到房间时，却见他在哭。

"残酷……太残酷了……"

我不解何意，问道："你怎么了？残酷是指什么？"

他抽噎着："明明不喜欢人家……却这样细心地去照顾……太残酷了……"似乎我无意识间伤害到了他。我有些困惑，便答道："可我是喜欢你的啊。"

"少来了！你明知道人家说的不是那个意思。"

他用枕头蒙住了脸。我又没法逃走，只好坐在旁边的床上等他开口。终于，平静下来的他说肚子饿了。我就上街去买吃的。回来时，他已睡着了。

晚餐是两人一起吃的。夜深了，我上了床，正要关掉电灯时，他说："刚才对不起……不小心说了些奇奇怪怪的话，请你忘了吧。"

他的声音中带着强作的笑意。我答："没关系的。"

"……因为喜欢的人死了。我感到崩溃，就暂时离了职，四处旅行。"淡然的声音在安静的室内回荡。我索性并不回应，一言不发地听着。"我在某个城市做紧急灾害救助员。救助行动争分夺秒，训练之中是要掐表做记录的，可我跟搭档一向总能名列前茅。去年，地震之后的大雨造成道路两旁山体崩落，两辆客车被埋。救援队马上出动，将其中一辆车的驾驶员救出，刚要去救下一辆时，却发生了余震。上级虽下达了紧急避难的命令，但当时已经能看到事故车的前风挡玻璃了，我的搭档就留了下来。我也想回到他身边去。可才到那里，山上的土石就开始崩落，一眨眼便将他吞没了……我本想立即上去援救，但队里为避免再出意外，命令接下来的救援行动必须慎重。

"第二辆车的驾驶员，因为我搭档留下的记号而被救出。可我的搭档却无论如何也找不到。起初大家坚信他还活着，展开了细致的搜救。然而，为了使贯通全国列岛的主要干道早日恢复通行，无论出于政治考虑还是经济考虑，各方面都对搜救产生了干预。最终，上级做出了他的死亡判定，启用了重型挖掘机进行搜索。同时，更多人被动员起来，道路的重整工作也开始了。

"之后不久，他的遗体被找到了。解剖的结果正如大家当初祈祷的那样。你猜大家是怎么祈祷的？即便早一刻展开救助行动，也来不及将他救活了——这，就是大家期待的结果。我自己也是。不祈求自己深爱的人能够尽量活得久一些，而是巴望着他早点死，好使自己不被罪恶感折磨。

"他死后，我完全不工作，自杀的念头在脑中萦绕不去。受上级指示接受了精神科检查，被诊断为患了创伤后心理障碍症，拿到暂时离职的批准，去走访了搭档的死亡现场。那条路还同以往一样车来车往，唯一的变化是为了防止泥石崩塌，道路旁边的侧壁被加固了而已。甚至没有一座慰灵碑。哪怕是鬼魂也好啊，我期盼着他能出现，可连一丁点这样的迹象都感觉不到……用来阻挡泥石的坚固水泥墙，看上去就像把死者封存在山体里的巨大盖子。前几天，看到那两个年轻上班族的死亡现场堆积如山的废车，我之所以哭，就是因为想起了这些。"

一段长时间的沉默。不知是否因为外面的风太大了，隔着窗子听来，就仿佛海涛的呼啸。

"……我想去你那边，可以吗？"

纳鲁奥轻声征询，如在耳语。"好啊。"我答道，把身子往旁边让了让，给他腾出一片空位。他挪到我的床上来，在我身旁躺下。两人的手臂碰在了一起。

"别担心……我并不想对你怎么样。"他的声音里微微含着笑意。"我明白。"我答道。"静人……你没有喜欢的人吗？"经他一问，首先浮现在我脑中的是某人的手与唇——白皙的手指，比出"坂筑静人"时的律动，红润的嘴唇念出"不愿就这样，再也见不到你"时的神态。

然而，我并未继续深想。昨日彻夜看护生病的纳鲁奥，现在他好不容易情况稳定下来，又听完他倾诉苦恼的心结，此刻，床铺的柔软将我身心的紧张疲惫悉数释去。"你睡着了吗？"远方传来一个声音。我想，就让窗外海潮的暗鸣代为回答吧。

我听见有个声音说了句："对不起。"随即便有什么轻轻啄了一下我的嘴唇。之后，我便既无任何阻挡也无丝毫犹疑、简直连自己都感到惊讶地沉入了意识漆黑的渊底。

六月二十二日

睁开眼来,纳鲁奥正在地上做伏地挺身。他对我展颜一笑:"托你的福啊。"

早餐后,他说:"虽有些依依不舍,不过我要在这里跟你道别了。这些日子承蒙照顾,真的给你添麻烦了。"突如其来的告别令我吃了一惊,问他接下来打算去哪里旅行。

"我终于明白了,为了那些逝去的人,自己应该做些什么。我要回去工作了。"

他递给我一张便笺,上面写着手机号码、家与单位的地址,交待我,如果到那边去,务必联络他。随后又递给我一张揉得有些皱的薄纸。

"地上捡到的。我不知道是什么,就打开读了。有人在等你,不是吗?"

纸上写着:下周我也会到这里来。

也就是今日。

"真是很有心意的字呢……字这种东西啊,不只有好看与难看之分,还能从中窥见书写者的心迹。对方是什么人?你们约了要在哪里见面吗?"

望着纳鲁不加遮掩的淘气笑脸，我心中不禁有些动摇。嘴上却只说："即使见了面，也没什么结果。"

"为什么？"纳鲁奥做了个疑问的表情。

"因为我一直四处旅行，对方却有一份稳定的工作。"

"索性就跟那个人一起旅行呗。努力去说服她。其实我也很想跟你再走一段日子呢，只是，不知道继续下去自己会不会改变心意。所以，即使勉强，也要回家了。"

看样子是鼓足勇气做出的决定吧。纳鲁奥说完，立刻动手做出发的准备。房费他已经结清，我提出至少也应该分摊，他说都是因为自己才住了酒店，坚决不接受我那份钱。

我与他在车站告别，看他将自行车搬进电车。"那么，多保重。"两人握了握手。就在我握着他手的时候，他靠近前来，用力给了我一个拥抱。

"上半身比看起来要壮实，不过还是不如腰腿强壮，要好好锻炼才行啊。"纳鲁奥面带调皮的笑容，故意给了我一个夸张的飞吻，转身离去。

我从该车站向当地交通线的乘车处走去，坐上一辆空空的电车。时间还是上午，不过今天我打算等待对方。在约好的无人看守的小站下了车，站在月台上。绣球花正怒放，百合仍摆在那里，虽有些枯萎，却仍保持着鲜艳的颜色。

我一边整理笔记，一边等着遥香。每小时一班的下行电车驶过去了两辆。过了正午，一位女子走下车站在了月台上，望望我这边，有些惊讶地顿住了脚步。疾驰而去的电车卷起了一阵风，将她那米色的连衣裙吹得裙裾飞舞。女子将两手举到胸前，正要打出手语的瞬间，却忽然抬起手捂住了脸，并蹲下了身。

我等了片刻，慢慢走上前去。遥香将手一伸，做了个阻拦的手势："不要过来。现在别过来……"我为那份坚决停下了脚步。她背向我，抬起脸来，从包里掏出一面镜子，大约是拭去了泪痕吧，待重新转身向我时，已经换上了一张笑脸。

"谢谢你来见我。旅行，平安顺利吧？等很久了吗？"

遥香手指的律动仍是那么美，我想将之与红唇的翕动一起读懂，可比起眼睛所看到的话语，嘴唇本身却更加吸引我。我将目光落向她那双微微有些潮润的眼眸上。

"还没吃饭吧？"遥香将一只纸袋举到胸前。她在月台边铺下一张布，我俩并肩坐着吃起了三明治。我一一回答她的问题，将这几日悼亡的事讲给她听。

"也为幽灵做了哀悼吗？"遥香的眼睛瞪得溜圆。对于纳鲁奥，则笑着说是个好玩的人。"如果不是他，我恐怕不会到这里来。"我不小心说漏了嘴。"怎么回事？"遥香追问。不知如何回答才好，我便讲了纳鲁奥失去爱人的事。言毕，遥香闭上眼睛，为之默哀了片刻。

一辆上行电车进站了。驾驶员瞧见月台上铺着野餐布正在吃午餐的我俩，吓了一大跳。隔着驾驶室的前窗看到他吃惊的

静人日记　309

模样，我们两人一起大笑起来。

电车驶离之后，我问："那束百合花，是为了献给死去的谁？"

她犹豫了片刻，转头凝视着我，伸手指了指自己。

我与遥香在无人小站的周围逛了一会儿，然后乘电车返回城里，一起吃了晚饭。回她所在城市，乘新干线要花一个半小时，且末班车晚上很早就没了。我劝她最好抓紧时间。她用唇语答："还想和你，多聊一会儿。"上周，她因为手语传译的工作傍晚临时赶去加班，据说获得了换休。"那，晚上住哪里？决定了吗？"我问。"想着能见面……我就早做了打算。"遥香说已经预约了酒店。想把行李搁下好好聊聊。我跟她一同去了酒店。到房间安顿好之后，她一副要正经谈谈的样子，问道："抱歉现在才问，你为什么要开始这段悼亡之旅？能告诉我吗？"

又说："若是问得太深，你不想谈的话，也没关系。"

不，倒不如说我很想讲给她听听，把自己为什么要这样做的理由跟值得信赖的人谈谈，从而再次得以确认。这种想法，我一直都有。

从前因为在医疗器械制造公司从事销售工作，我常会拜访一些医疗机构，后来便作为志愿者与小儿科的患儿们接触起来。许多同我关系亲密的孩子，等我下次再来拜访时，已经不在了。这种事一再发生，我感到身体被撕裂般痛苦，甚至给自己的生活也造成了影响。因此，当时与我交往的一位看护士和某个立志从医的好友都规劝我，不试着学会遗忘是不行的。然而，那些孩子的笑脸仍深深地印在我心里。若是医疗工作者遇上这种情况，可以将之化作动力，为"一定治愈下一个孩子"而努力。但我自己，除了束手旁观以外别无可做之事。我再也无法承受，就辞去了志愿者的工作，也对此总抱着种罪恶感。

没多久，已经成为实习医生的好友也在事故中去世了。尽管我发誓绝不会将他的死遗忘，但因过于埋头工作，藉此逃避悲伤，翌年，竟将好友的祭日忘得一干二净。我感到自己以往对于他人之死的态度，以及那宛如身体撕裂般的痛苦，全都不过是自欺欺人而已。无论悲伤也好，同情也好，都过于表面化，自己活着仅仅只是为了个人的欲望与享乐。我作为一个人，内心有一块空洞的、巨大的缺损。由于精神过度疲惫，不久我就住进了医院。

然而，就连我自己也觉得这种太过敏感的、对于死亡的反应非但不曾平息，反而向着一条更加内省的道路深入了。我开始思考，这样下去真的行吗？出院那日，我在路边偶然看到了献花，于是向附近的居民打听事故中的死者的姓名，以及他生前被家人深爱的事实。那人已不仅仅是一名死者，而是在这浩瀚世界辽阔宇宙里绝对无法替代的、独一无二的存在。第二天，我开始四处寻找献花。一旦找到，就在附近打听它们背后的故事。接着，只要在报上读到相关新闻报道，就会前去寻访。死去的人生前曾爱过谁，被谁所爱，因为他的存在而给这个世界留下了什么好的影响……无论多么微小，只要得知他或她曾因自身的言行而获得过他人的感念，那么他与她就不再是一个数字或一个代词，我就能够将之当作与历史上的英雄人物同等可贵的存在铭记在心里。如此一来，我内心那块缺损似乎也稍稍得到了填补。后来，我持续不停地哀悼，某些时刻甚至还曾有过一种奇妙的感觉——自己内心的缺损，果真只是自己一个人才有的吗？

我想，我所进行的哀悼，的的确确是一种自我满足。不过同时我也感觉到，那超越了自己意志而存在的不得不持续旅程的理由，那块自身内部的缺损，或许并非只为我一人所有。那么，它是谁的呢……与什么有关呢……有时，这份难以明了的疑问使得我心中焦急，于是又急忙奔赴下一次哀悼。我想，这是错觉吗？然而，即使它是错觉，也有一份难以随意抛却的沉重。

……我想将这些感觉通过彼此的交流表达给遥香，但总有些部分只能诉诸抽象的言辞，而终难达意。即便如此，我也感觉她已经理解了很多。

夜已深，用漫长时间完成了这场微妙的谈话之后，我与遥香都筋疲力尽。"……若你愿意的话，今晚，就睡在这里？"遥香的唇动了动，极其罕见地垂下了眼帘。接着，马上又抬眼道："我没有，那种意思。"竭力摒去那份本能骚动、微感潮热的羞涩，遥香露出了大方坚定的笑容。

六月二十三日

我在城市的公园里醒来。黎明来临的同时，我感受到阳光火辣辣的照射。已近炎夏。

本想在遥香的身边多留一刻。然而，热情上涌时的那种难耐、不愿分离的那份冲动，以及随后可能面临的诸多难关与障碍，都让我感到踟蹰。

到达约好见面的车站前，遥香的身影已经在那里了。昨夜，当我告诉她自己要去公园露宿时，她的表情不曾流露过一瞬的阴翳。此刻也同样面带明朗的笑容，冲我挥了挥手。她把行李寄存在酒店，空着手来的。昨天，她曾请求我带她做一次哀悼，于是今天穿了双球鞋，胸前抱着快餐纸袋，说是在二十四小时便利店里买来的。

饭后，我俩乘巴士到达湖岸边的一座小町，向人打听后，朝着一个以渔业为主的地区走去。

烈日令人体会到夏天的逼近，我们在阳光下走着，身上立刻汗津津的。"你还好吗？"我回头示意。"没问题。"她回以微笑，用手指和唇语告诉我："湖面吹送的凉风令人惬意。"

死者是一位六十八岁男性。据推测，风暴之日，他去查看拴在湖边的小船,失足跌落了湖中。我向正在岸边修理渔具的人打了个招呼。这位五十岁上下的男人一脸嫌恶之色,将我的问题顶了回来。看来男女两人同行仍会让人感到可疑。"你是死者的熟人吗?"听对方这么反问,我像往常那样给出了回答,可男人神色愈发严肃,一口拒绝:"我是不会跟莫名其妙的陌生人说什么的。"接下来遇到的人同样拒绝了我们。可能是消息传开了吧,不知何时,周围聚集了一大群人。我自己虽已习惯,但遥香大概会感到不安吧。可她却安之若素,脸上挂着温柔的微笑。

在人们的一再盘问下,我始终解释说自己只是想要哀悼一下死者罢了。"那跟你来的这个女人呢?"连遥香也被盘问了。我只答道:"是个朋友。"于是,遥香向众人鞠了一躬,态度磊落地用手语致以问候。人们惊愕地瞪视着她,不由得被她的气度折服。一个年长的男人发话道:"好吧,也不是什么不可告人的事,跟他们讲讲也没什么吧。"据说,死者从前是个技术精湛的渔师,儿子小的时候,他就带儿子一起出海。每当网不到鱼的时候,儿子就会拿把小刀在船舷上刻刻画画,而他从不呵斥,说是喜爱小孩的湖神会代他看管儿子。最后,湖上的渔获愈来愈少,他自己的体力也渐渐衰退,最近好像连自信也丧失了。

儿子离家,也是他心头的一件痛事。尽管如此,私下里他仍会透露心事,认为只要那条船还在,也许哪一天儿子就会回来。

每当风暴来袭，人们总见他多次去确认船是否拴好。就算告诉他不用担心，他也听不进去。有人说，他的心理已经有些病态了。还有人看到他淋着暴雨，痴痴抚摸着船舷上那些刻画的涂鸦。也有人叹息，想不到他竟有这样的举动。

"儿子赶回来参加他的葬礼了吗？"我问。

"当然回来了。"众人都道，"哭得啊，那叫一塌糊涂，不过哭哭也好啊，为了他爹，也为了他自己。"

那艘船后来怎样了？我问。被告知仍拴在那里。我请求大家带我去找，看到了那些刻在船舷上的涂鸦，有父亲和儿子的名字，有各种各样鱼的图案，有打鱼人的笑脸。男人们的手指粗鲁地拂过那些涂鸦。忽然，几根白皙的手指混了进来。男人们的手指仿佛吃了一惊，纷纷撤回。白皙的手指轻柔地抚触着那些刻画的图案，一滴泪水悄然落在了上面。

有人用轻型卡车将我和遥香送到了巴士站。遥香一直在哭，乘上巴士后，好不容易才平复下来，向我道歉："对不起。"我答："很羡慕你。""为什么呢？"她以目光询问。我答："不知从什么时候起，我已经不会哭了。"曾有一段时间，每当哀悼之后，感情都会掀起剧烈的震荡，因神经无法承受而昏倒过去。如今我只是去铭记住那些死者，感情已不再为之激荡。虽然我认为只要继续不停地哀悼下去，这终归是无可避免的事。不过有时却也觉得，自己变成了一个寂寞的人……

遥香拼命摇摇头，抓起了我的手，用力握住。

静人日记

我将她送到新干线的月台。未做再次见面的约定，她只递过来一封信，大概是昨晚连夜写就的吧。我确信里面一定是请求再次见面的话。发车的铃声响起，我提醒她时间到了。她点点头，迈步将要跨进车内的瞬间，却又返回到我身边，将唇印在了我的唇上，随即跳上了即将驶离的列车。车门合拢，那略微敛眉低首的羞涩笑容渐渐远去，淡出了我的视线。

六月二十四日

横渡北边海峡的客轮港口前，我在一座大型停车场内的休息处里睁开眼来。

昨夜，刚走出车站，就瞧见有个男人蜷在一辆卡车后面，说是给站内礼品店送货的途中突然犯起了腰痛。我替他搬运了货物，他掏出酬金要答谢，我便请求道，那不如让我搭个便车。卡车的号牌发放地恰好是我计划中要走访的城市。深夜抵达后，此人又为我介绍了免费的休息处。

从男人那里，我得知了他朋友儿子的故事。十九岁的少年与友人走出练歌房，被一群暴走族错认为敌对组的成员而群殴致死。虽说他染了一头金发，剃光了眉毛，模样举止多少有些街头恶少的味道，但实际上心地纯良，为了好好孝顺成天为自己操心的母亲而做了美容师。少年死后，他的父母和姐姐悲痛不已，但更让他们忧心的是，少年的朋友中有几个孩子打算为他复仇。他们上门拜访，扬言绝对要给对方点颜色瞧瞧。少年的父母出言劝阻，却遭到其中某个孩子的顶撞，他忿忿吐出一句话："正是因为你们不肯做，才要我们来动手。"

"少年的家里人因为这句话十分受伤。不期望去报复，难道就表明没有爱吗？据说那帮孩子把复仇的日子定在少年死后的第四十九日……啊，就是明天。怎么会这样啊！"

男人告诉我发现遗体的地点是河边的木材堆置场。我穿过住宅区，迎面遇到一条河。向着不见人烟的河床地走下去，找到一片堆满了圆木的场所。再继续往前走，便听见焦躁的人声。四个染着金发或红发的少年，有的轰着摩托车的油门，有的猛踹着脚边的木材，嘴上恨恨抱怨着："来得慢死了！这帮孙子怕了吧？好像他们的爹妈跟条子举报了，所以半路上被抓走了也说不定。"随后四人又争执起来："我们继续待在这儿好像也不大妙啊""你不想给那小子报仇了吗"之类的。

"你们好。"我向少年们打了个招呼。几人吃了一惊，集体扭头望着我。我报出死去少年的名字，请求道："你们能听我说几句吗？"四人明显流露出戒备之色，反问道："你是谁啊？有什么事？"我答道："我谁都不是，只想哀悼一下死者。""你没藏着什么人吗？没开车来吗？"少年们四处张望，甚至将我的衣服搜查了一遍。"我真的只是路过而已。听说死去的少年被他的父母和姐姐深爱着，你们也很喜欢他吧，所以才想为他做些什么?"我冲几人说道。

这时,有个少年眼睛警惕地骨碌碌转着,一把揪住我的前襟,猛然在我头上挥了一拳:"说什么屁话?你他妈懂个什么?"我感到眼底和鼻腔一阵痛麻,接着肚子也被膝盖狠狠顶了一记,便双手撑地,趴了下去。"这样好吗?"有人问道。"我哪知道!"对方骂了一句,紧接着又在我的脸颊上踩了一脚。我的身子被踢得高高飞起,口中涌起一股铁锈味道。"不知道啊!"一个声音叫道。"有关系吗?"另一个声音叫道,随即,我的肋间又被踢了几脚,感到一阵窒息。"老子不知道啊!老子也想知道啊……"对方叫嚣着。然后,又响起一阵摩托车打火的声音。"你们这是在干吗?报仇的事怎么办?等等我……"叫嚷声、奔出去的脚步声过后,是摩托车启动时隆隆的爆发声。

四周一瞬间寂静下来,耳边只听到河流的潺潺声与远处乌鸦的呱呱声。我挣扎着卸去肩上的背囊,吐出堵在喉间的血痰。以前也曾被人狠狠揍过胸口,但这种程度的暴力殴打还是平生第一次遇到。鼻子跟肋骨都疼痛难忍,不过幸好还尚未骨折。我重新跪下身去,在这里哀悼了那位死去的少年。

然而,一种无力的感觉涌上心头——自己到底在做什么?竟然要去忍受这些?

身体的疼痛愈加剧烈,我支撑不住,蹲坐下来,心中有些不安,脊背上涌起阵阵寒意,很希望此刻有谁能陪在自己身

畔。背倚着圆木,我从背囊里取出遥香的信:

> 请不要笑我。反之,你若生气的话,倒也是应该的。因为我在琢磨一个疯狂的计划——想要跟着你旅行一阵子。
>
> 当然,不惯于旅行的我或许会成为你的负累。可能你会责备我太过轻率。不过,我是这样考虑的。首先,我不露宿,而是住旅馆酒店。会面时,你让我在哪里等候,我都会遵从。除此之外,你若有其他指示,我也会听从。平时我攒了些有薪假期,聋哑学校的一位学妹也在我的公司里打过几次短工,有她顶着,应该能拿到十天左右的假。
>
> 我想更多地去了解你。你曾告诉我的那个身体中心的巨大空洞,那块缺损,除你之外又属于谁呢……或者说,与什么连结呢?我想与你一起去寻找这个问题的答案。能允许我跟你一起旅行吗?
>
> 并且,虽然明知自己任性,我还是有这样一个考虑。你想没想过在什么地方停留下来生活一段日子呢?比如,我所在的城市,在这里打打工也不错。一面工作,一面哀悼周边地区的亡者,这样的生活对你来说会很勉强吗?想要哀悼所有的亡者本身就是不可能的,你也曾跟我提到过自己的局限。既然如此,那么选一个地方停留下来,去哀悼那些自己目睹范围之内、耳闻范围之内的死者。这样的

活法，我想，与你所持的信念也并非不可相容吧。

若有机会就此事好好做个商议，我将感到十分幸运。下周四，我会在那个车站等你。请好假，下一日，再下一日，都做好旅行的准备，在那里等你。

六月二十五日

透过雨的纱幕，浮现出一朵菊花。莫非是谁给自己的祭品？我自梦中狼狈地醒来。河边的花田延绵无际，栽满白、黄、紫等五颜六色、大小各异的菊花。昨日，我本打算回城里去，却不小心走到了相反的方向。眼皮淤肿，左眼几乎什么也看不见。花田前面有座铁皮屋檐、由几根柱子简单撑起、貌似用来贩花的棚子。我便一头栽倒，躺了下去。

我支起身子，捧着卖花棚屋檐滴落的雨水，轻轻将脸洗了。左眼稍微睁开了一点，淤肿的眼皮下，菊花柔和的色彩泅入眼底。

"您受伤了吗？"

一个平静的声音自耳畔响起，似乎丝毫不为我这个可疑的闯入者所动。一位戴着黑色帽子、穿着黑色长裤、披着件透明塑料雨披的五十来岁女人站在花田里，长靴被泥染得污脏，手上戴着作业手套，拿着锄整花田的工具。"您稍等一会儿，我弄完手上的活儿，就帮您处理。"

女人言辞温和，声音里却有一种令人无法拒绝的坚持。

她将我领到一座木造的小房子里。门口的名牌上写着"多喜"两字。或许此地冬季降雪太厚，屋梁与柱子都造得相当结实，窗子开在稍高的地方，因此室内光线微微有些黯淡。女人理了一头短发，脸上未曾化妆，但皮肤有一种健康的弹性，浓眉下的眼睛里含着力量。她在我脸部的淤肿处涂上了一层软膏状的东西，大约是看我嘴唇也肿了，早餐便给我煮了些白粥。

餐毕，我提出帮忙收拾，她便将我领至厨房水池旁。稍后，看她又朝花田走去，我也披了雨披追赶上去。她挑出那些含苞待放的花枝，剪下，汇拢在塑料布上。我模模糊糊地从旁观望着，她遂递来一把剪刀，又将花棚角落里原本摊在地上的台子支起来，要我将那些快要败落的花都摆在上面。但是该挑哪朵来剪呢？我全无头绪。她交待说，只要拣那些开得最美的下剪子就行。我有些不忍下手，却听她说，放着不管的话，只会吸尽泥土里的养分。我来到那些招摇怒放的花枝前，有些畏缩，边在心里道歉边伸出了剪子。

大的两朵，小的五朵，扎成一束，放在女人指示的那张台子上。台面上贴了张纸，上面用记号笔写着"一百元"，还粘了一只用来收钱的木盘。我问："不会太便宜吗？""什么都不写的话，反而没人拿，那就姑且写一百元好了。"对方答道。片刻后，一辆轻型面包停在了花田前，车上下来一个男人。女人将塑料布里的花枝归拢后递给他,两人礼貌地彼此低头致意后,面包车开走了。

"好啦,工作结束。咱们回去吧。"

午饭也是在她家吃的。直到傍晚,她都伏在桌前,用墨水抄写一部看样子是经书的东西。晚饭后我问她:"您是姓多喜吗?"她说本来不是这两个字,但读音相同,都念"多喜"。于是我决定称呼她多喜女士。她问我:"看样子你像在旅行。是以什么为目的的旅行呢?不必勉强告诉我……"

不止这场旅行,包括当初是如何开始哀悼的,所有的前因后果我都讲了一遍。或许是感觉多喜身上有种类似圣职者的气质吧。她默然听我讲到最后,过了片刻,问道:"方便的话,能把你那些悼亡的记录给我看看吗?"晚间,她留我住了下来。家里仅有两间屋,其中一间给我睡,她则在隔壁房间翻阅那本悼亡日记,一直到很晚。

六月二十六日

早晨醒来后,多喜已经不在。大约是出门工作了。雨早已停歇,但仍阴云密布,什么时候再下起来也不会奇怪。不一会儿,她回来了。我俩一起用了早餐,收拾完毕后,她正姿端坐,手势轻柔地将悼亡日记还给了我,说道:"还是停下来吧。这样的旅程,不要再继续下去了。"温柔教诲的口吻,却充满了不容忤逆的意志。"您是觉得我的行为太卑鄙了吗?认为我在玩弄那些死者?"

"是卑鄙还是高尚,我很难对他人的所作所为随意去下论断。只是,你所期望的那种将所有死者一视同仁去哀悼的方式,我觉得十分勉强。"

她说了句:"你跟我来。"便走出了家门。我俩步行大约一个小时,抵达了一片杂木林。

"去年在这片林子里发现了一个出生未久的婴儿的遗体。是母亲生下没多久就将之抛弃的。凭着目击者证言,警方查明了是何人所为,谁知前来搜查后,却在此发现了另外四具婴儿的遗体,全部都是那个女人偷偷生下又偷偷扔掉的。你能说这些婴儿被谁爱过吗?能说他们被谁感谢过吗?"

我无言以对,只能勉强说,我也知道自己的哀悼是有限度的。

"既然如此,从一开始就不该勉强去哀悼。不管成佛也好,升天也好,只需双手合十,祈祷那些死者各享冥福就足够了,难道不是吗?"

"若不能将每个死者作为独一无二的存在,铭记在心里,我怕自己很快就会将他们遗忘。"

"他们不是你的家人亲属吧?对于素昧平生的陌生人,只要郑重为他们合掌祈祷,就已经足够。之后即便忘却,岂不也

静人日记 323

很好？这个世界上每天都有无数人死去的。"

"但也有人永远都被哀悼。难道对待死,也有等级差别吗?"

"在此世未能得到报偿的人,或许会在彼世受到温暖的对待。让一切顺其自然,有时我们只能去接纳一个事实:毕竟人所生活的这个世界,从来就是如此。"

多喜走掉了,留我独自在此。我漫无目的地在林中四处游走,树下的苔藓与杂草湿漉漉的,脚踩上去有点微微下陷的感觉。在一株大约是榆树的树根旁,我跪下身来,然而,对于那几个在此处发现的死婴,我还是感到无法哀悼。淤肿的眼皮周围发出阵阵刺痛。遭受这样的暴力,在我来说还是头一次,之前或许是运气太好的缘故。反之,也可以想见,必定也会有人因我的哀悼而深深受到伤害。我感到身体的内里积存着沉沉的倦意,便翻身在地上躺了下来,体会着从内到外的寒意,蜷身抱住了膝盖。

在林中一直待到日头落山,我拖着沉重的步伐回到多喜家里。她沉默地招呼我洗了澡,又端出饭菜。餐毕我帮她收拾了东西,铺好被褥,它们虽并不高档,却温暖而舒适地包覆着我。想到"人的日子"这个词,我落下了眼泪。

六月二十七日

一大早，我就去给多喜帮忙干活儿。花田的旁边种着些蔬菜，也仅够自家吃，外加分给邻居的量。我给菜地拔了杂草，捉了虫，返回家中吃过早餐后，向多喜问道："你是圣职人员吗？是侍奉神或服务于教会的吗？"家中既无祭坛亦无佛坛，也未见过她祈祷的样子。不过，从她审慎自律的生活以及禁欲的气质中能找到一丝这样的感觉。

"曾经有一个时期，我从宗教训谕中寻求过救赎。但作为一个不成熟的信者，有许多东西无法理解，最后被赶了出来。对于新的教会，也依然感到与己十分疏远，于是便一知半解地过着现在的日子。"

对除此之外的问题，她便有意避忌地垂下眼睛，走出了房间。我追上去，缠着她问道："无法哀悼的时候，就止于为死者祈祷冥福；能够哀悼的时候，就为之哀悼。这样的做法，你觉得对吗？"

"对也好，错也罢，我无法随意去裁夺。不过，感觉你的行为实在过于沉重了，已经超越了一个人所能承载的。这样下去，无论身心，你都会撑不住的。不只是你，周围与你相关的人们，也很难不感到痛苦吧？"

"我明白。我觉得我明白。不过，看到仅仅写着'一位死者'那样的冰冷数据，就会十分痛苦；想到那些仅仅被冠以

'被害者''受灾者'之类的代称,却什么都未曾被提及的生命,胸口就觉得发堵。体内那块缺损的黑洞要求我去哀悼,同时我也觉得,这并不是自己一人的渴望,而是从一块更大的缺损中传出的某个声音,在推着我、逼着我。"

"那些……都只是你的幻觉吧。是幻觉。总有一天会幻灭的。"

午后,我又去了那片杂木林,在榆树根旁蜷下身来。淡弱的阳光穿透叶隙投射下来。我从口袋里掏出遥香的信,重读她考虑让我去自己所在城市生活的段落,为她的率直而感到心折。不过,她也并非任何时候都那么坚强。

她告诉我,自己曾经打算在那个无人看守的小站月台上自杀。"实际上只从月台向外跨出了半步,电车驶来之前就退了回去。已经是很久以前的旧事了。虽说如此,却始终难以忘怀,成为我心头的一根刺。"她比着手势和唇语。

"不过……"随即她又继续说道,"你的哀悼,只去记住,那些死者的好事。若是这样,活着的人们,也可以只记住好事而去生活吧。我想,比起向死亡踏出一步,自己曾选择了活下去,就将这件事揣在胸口,继续走下去,也很好。

"当时之所以要自杀,现在想来,不过是太年轻的缘故。不过,理由我不能讲。""你的哀悼,是不问死因的,对吧?不过……如果你想知道的话……""不需要。"我答,"你人在这里,就已足够。"突然,林中响起鸟儿振翅的声音。一只鸟的身影掠过眼前。林外立着一位腰背已驼、装扮素朴的老妇人，向着这边树林的深处合十念祷。我思忖，莫非是在哀悼此处发现的几个死去的婴儿，便向她打了个招呼。"实在太可怜了啊，好容易出生到这个世上，简直想替他们去死呢……"

对于我的话，老妇并未流露出如何吃惊的样子，口中絮絮地念叨着，继续说道："每当想到这些死去的孩子啊，我就要感谢虽然日子贫穷，却也把我好好养大的父母。"

胸中一动。我问："这也可以算是对那些死去孩子们的感谢吗？"

"是啊，我一生虽也充满了厄运和不幸，但能够活到这把年纪，实在是十分难得。这也正是那些死去的孩子教给我的领悟……必须要感谢呢。"

六月二十八日

我仍旧在多喜的家中叨扰。之前一直都在犹豫，此刻我却走访了一家设有产科的综合医院。

某位孕妇在分娩之后发生了脑出血，结果婴儿平安无事，母亲却去世了。在此之前，我几乎从未在医院进行过哀悼。一是对踏入需要肃静的治疗场所有所顾忌，二是医院方面为患者保守秘密的义务也是道屏障。考虑到那些因为一般性的伤病而去世的人，我仅限于从医院前经过时垂头默悼一下而已。

今天，我决定相信可能性这种东西，立在了医院的大门前。

死去的那位母亲，生前每日都要对着腹中的孩子说话，由此看，孩子诞生之前她就爱着他。而胎儿呢，如果说他也爱着自己的母亲，会有点言过其实，但这位女性如果还活着的话，应该就会被婴儿所爱吧？这一点，我想可以说是真理。反过来讲，就算女人去世了，这个婴儿今后也会一直爱着生养了自己的母亲吧。当然，这只能作为一种可能性，不过即便只是可能性，我也可以将死去的女性，作为今后将一直被自己的孩子感念着、深爱着的珍贵存在，而永远铭记在心中，不是吗……？

"请问，您有什么事吗？"

一位身穿大约是医院员工制服的白色衬衫、浅蓝色连衣裙、胸前别着枚名牌的女性，手中拎着一只袋子，袋中装有几盒便当，正望着我。当时正好是午饭时间。

我提了死去孕妇的事，也不在意对方僵硬的表情，继续问道："我相信死去的这位女性，今后也必定会被自己的孩子一直感谢并深爱，您认为呢？"女职员并不回答我的问题，只道："没什么正事的话，请你出去，否则我会叫警卫的。"言毕，便拐进了一道工作人员专用的后门里。没有法子，我低头鞠躬，正打算离去。

"喂——"却被一个声音喊住了。刚才那位女职员站在转角处，望着这边。

"我自己当年也是难产的,况且此事也不是完全与己无关……刚才你的那番话,我会转告我们的看护士,她为了这件事特别消沉,我想听了你的话心里大概能稍微松快点……好了,如果你没什么事,就请回吧。"

她向我微微颔首,接着便消失在了转角的对面。

回到多喜家,我告诉了她医院发生的事。"至于那些婴儿,"我说,"也并不是完全无人眷顾的生命,有人在为他们的死悲惜,也正是他们的存在,间接地令生者体会到自己的幸福和幸运。"

"这个……不过,这里面没有你个人一厢情愿的解读吗?"

"有。不过,在看待一件事时,任何人都无法逃脱自己的主观视角。既然如此,我想就该尽力依从自己的本心,去将哀悼进行到底。而自己内里那块莫名的缺损,以及它或许与什么有所连接之类,这种含糊不明、虚浮缥缈的话,我不会再讲。这就是我个人的哀悼,为了我自己去进行的哀悼。我将怀着这样的自觉,继续走下去。"

"难道……你就没有过犹豫吗?"说没有那是假话。不过,现在我还想再做一阵子试试,暂时还无法考虑停下来。这是我此刻唯一可从事的工作。

"即使给周围的人带来伤害?"

这一点是最令我痛苦的。感觉就像一个不得不去背负的重担。

多喜久久不语。之后说了句:"明白了。明天你要早早动身的吧?"便走出了房间。但很快她又折了回来,唤道:"快瞧!"只见庭院里处处闪着星星点点的光亮,轻柔地时隐时现。"这是今年的第一次。"多喜道。

"是源氏萤。到了八月平家萤就会飞来。相比之下,源氏萤的身体更大,也更亮些。不过,平家萤发光更柔和、隐约。每年都能有机会看到。只是,今年的光亮已与去年的不同。这些美丽的光亮,让我们体会到生命的短暂无常与轮回不息的强韧。这或许就是你临行之前的饯别纪念吧。"

黑暗中浮游的一个光点,轻盈飞舞在半空,而后,便融进了天空彼方的光亮之中。

六月二十九日

早间,我向多喜道谢并告别。岂止是未收分文住宿的费用,她还亲手制作了便当,递给我说:"拿着当午餐吧。"我答:"你的这份恩德,我实在是无以为报。"

"对啊,是借给你的。改天你一定要来偿还啊,分期付款也可以的。"她脸上流露出隐隐的笑意。我还是第一次看到她现出近乎笑脸的神情。我和出门干活的她一同走到花田,望着田里的菊花，她语气平和地说："以前，我爱过一个人，是服务于同一所教会的信者。他主张说，相比于宗教训诲，爱对生命更加尊重，也更能促使人感到与他者生命的连结，因此被赶出了教会。而之后，他也接受教会的训示，自杀了。我本来还有个儿子，如果活着的话跟你差不多同龄吧，也死于事故之中。我向新的教会寻求解救，却被敦促反省自己悖离教义、踏入歧途的罪孽，连深爱过的人与自己的儿子也被视为罪人，不堪忍受这一切，我最终疏远了教会。从那以后，我便按照我自己的方式，去为死去的两人奉上祈祷。"

这片花田里的事务，大约也属于她祈祷的一种方式吧。忽然，我想起这些菊花被收购之后的去处，就好奇地询问。

"是啊，菊花基本上都用于祭奠逝者了。我精心培育，希望它们能够在为逝去之人送别时，略微起到一些作用。有时听到什么人去世的消息，我也会心里念着他，为他献上一枝菊花。通过销售业者，让菊花的美丽为死者的遗属们带去一点慰藉，得到来自于他们的感谢，我会非常高兴……这些，都与你的哀悼有相通之处吧？如果有一天你疲倦了，随时欢迎你到这里来。我们再在一起种花吧。"

辞别了多喜，我乘上电车。在一座几乎已生出亲切之感的车站下车，又换乘了本地线。时间尚早，无人小站里不见遥香的身影。绣球花过了盛放期，有些已经枯萎。曾供在这里的那束百合，花瓣也已飘散到了远方。

步出车站，我在四周走了走。附近零零星星有一些民宅，其间夏草葳蕤。看得出田里的稻子也一日比一日高。耳边传来孩童的笑声。

循着那声音，我走近前去。十几个穿着兜兜的幼童，在一位四十多岁女性的引领下，正沿田间小道唱着歌散步。孩子们注意到了我的存在，集体伸手指向这边："啊！一个怪人！真的呀，老师，有个怪人。我们要小心他哦。""不是的哦，"带孩子的女人连忙制止，并向我欠了欠身："因为刚刚才提醒过小朋友要提防陌生人，所以……""没关系。"我答。很想告诉对方实际上我的确是个怪人，但估计会遭到误解，所以闭上了嘴。

"您是一个人旅行吗？"女人问道。脸上虽挂着笑容，视线却很留意地捕捉着我的举动。从气氛能够感觉到，孩子们的戒备心还未解除。接着，一个小女孩拉拉老师的衣袖，动了动手指。女人也动起手指回应了几下。女孩又用手指比划了些什么。我很好奇，便问："您懂手语吗？""以前班上也有个这样的小孩，我就学了。"女人答道。"这个女孩跟你说什么呢？"我又问。"她问我你是不是个怪人。我告诉她不是的，你只是个旅行者。然后她就说，我也这样觉得，他才不是什么怪人。"女人答。

我面向女孩，用自己知道的唯一一句手语表示："谢谢你。"她小脸一下绽出光芒，高兴地冲我比划起来。我慌了，忙向女人求助,说自己只懂这么点。

即使得知这一点,女孩的笑容也并未消失,只是意味深长地慢慢比着手指,最后仿佛祈祷似的,做了个双手合十的动作。一种很深挚的东西流淌在我们之间。女老师见状吃了一惊,口中嘀咕:"啊,你连这都懂得呢。"很想知道女孩话里的含义,我向女人询问。

听了她的回答,感觉就仿佛一个纯度极高的水滴,"叮"的一声落入我胸腔深处,激起了一阵回响。我请求她教我这句手语。女人虽有些困扰,仍是示范道:"这样做。"我一板一眼地跟着模仿。身边的孩子们也不知不觉放松了戒备,兴趣十足地模仿起来。聋哑小女孩快乐地重新给小朋友们做着示范。大家一遍遍重复着、记忆着,直到我与他们告别时,仍彼此比划着那句手语。

返回车站的途中,因为视线中没有任何遮挡,我远远就认出了月台上遥香的身影——牛仔裤配白衬衫,薄夹克,脚边放着只旅行背包。

她也注意到了这边的我,伸长了手臂,冲我挥动着。

我本想走近到足以看清楚对方的唇语时再开始讲话。可一旦真正见到她的身影,决心便动摇了。若是伸手就能触碰到她……若是双手又被她紧紧握住……想要将她信中的提议接受下来的冲动,又涌上了心头。

只是,在一个地方停留下来,于我来说仍是不可能的。之前多喜也提醒过我，悼亡的行为已经给家人带去了极大的麻烦和困扰。我不想再将自己喜欢的人卷入伤害之中。

我立住脚步，在路上凝望着遥香的身影。她大概也察觉到情状有异，身体紧张地瑟缩着，表情僵住，良久地与我凝眸对视。我垂下眼帘，带着告别之意，低头鞠了一躬。当再次抬起脸时，见遥香表情挣扎，已近崩溃，看得出正拼命忍住不让泪水溃决。我向她缓慢而温柔地打出那句学来的手语：

"我由衷地，祈祷，你的幸福。"

她捂住了嘴。我再次低头致歉，转过身，用力拔起脚步，沉重地走了几步之后，忽然感到背后空气的颤动。是遥香在呼唤。

"静人——"我听到自己的名字，转身回望，遥香立在月台的尽头，面向我张大了口，呼喊着什么。她喉间发出的，并非声音。然而，却从她胸腔深处迸出一股强劲的气流，穿过我曾触碰过的温暖双唇，振动了四下的空气。听来的的确确是：

"静人——"

她肩膀耸动，大口地喘息。而后振作地挺直脊背，右手伸向我，左手指了指自己，接着竖起两手的食指，比出两个人站立的样子，再让他们缓缓靠近，面对着彼此。我理解这是在表达两人的相遇。然后，她仿佛让这相遇的两人笔直走入自己内心似的，将两手叠在了胸前。或许不是一段正式的手语。肯定是为了让我理解才选择了这番表达。

上行的电车从她身边迅速掠过，驶入站台。车门打开，遥香努力绽出一个笑容。发车铃响起。我想提醒她，不……我不想提醒她。

笑容自遥香脸上隐去。接下来的瞬间，她的身影消失在月台。

六月三十日

走啊走，即使感到疲惫，也勉力迈出步伐。我有种想要折磨自己的冲动。月色明亮，不需要手电。心情与此无关，最终当肉体发出痛苦的哀鸣，双腿疲累，几乎将要倒下时，前方浮现了一座青白色的、巨大的建筑废墟。

水泥建筑已经老旧，这里那里墙皮剥落，内部空旷寂静，不知以前是用来做什么的。去他的吧，怎样都好。我扔下睡袋，铺开在地上。

片刻后，视线尽头朦朦胧胧现出一朵莲花的花苞。什么啊，我寻思着。但架不住困意，我还是闭上了眼睛。时间不知过了多久，我睁开眼来。那朵莲花，花苞已绽开了一半。可困意仍旧盘桓不去，我再度合眼睡去。待到隔着眼皮感觉周围渐渐发白时，我睁眼醒来。纯白的莲花，已经亭亭怒放。

我惊讶地坐起身，混沌的灰色光线充满室内，天井很高，地上散乱铺满了瓦砾，左右两边曾经该有的屋门已经不见，风穿堂而过，背后的墙壁上开着多扇窗户，上面却不剩一片玻璃，蔓草纷纷大肆侵入。正对面的墙壁上没有窗户，只相隔一定间距并排开了两个空空的大洞。原来上面或许是装了结实的门，沿圈仅留下一个铁框。我这才发觉，这里是个火葬场。两只大洞上方的墙壁镶着莲花的浮雕，从花苞，到五分开，再到盛开，刻绘出各种姿态。

忽然，响起一点什么动静。影影绰绰有只猫趴在地上，拨开晨雾，出现在我眼前。它皮毛有些斑纹，近乎于三花猫，脖颈上未戴项圈，不知是否最近还曾被人饲养，出乎意料的温驯亲人，在我身上来回蠕蹭，爬上我的大腿，伸着懒腰。它身上虽有微温，但作为一只猫来讲，体温却稍凉。大约是在我这里求一点温暖吧。我察觉它腹部膨大，轻轻摸了摸，感到肚皮好似一只茧囊，里面包裹着几只幼仔，已经发育成熟，即便此刻马上分娩都不会稀奇。不知为什么，我觉得母猫是故意走过来让我触摸的。

浓雾耗时许久才缓缓散去，气温升起。母猫动作迟缓地扬起身，借着地上瓦砾的高度，向对面墙上的大洞跳了进去，隐身在洞的深处。

我感觉心境的烦乱，不知何时已经平复。

钻出睡袋，检查双腿的状态，吃过早餐，做完出发的准备，远方响起了隆隆的雷声，外面被乌云覆盖，云层当中掣过一道锐利的电光,瞬间明灭。接下来将要去的地方,貌似下雨了。

对面的大洞里传来杂乱微弱的喘息声,我走近前去查看。只见黑暗深处有两只灼灼闪亮的眼睛,并且在射进洞里的一丝阳光下,几只小生命正蠢蠢蠕动。

我披上雨衣,走到室外。夹带着潮气的风吹得青草起伏漾动,心急的雨点敲打着我的脸颊,预告着接下来的大雨。深深吸一口气,将胸腔涤荡,再缓缓吐出,我将背囊背在了肩上。